afgeschrev

Gezocht: redder in nood!

Rachel Gibson

Gezocht: redder in nood!

Karakter Uitgevers B.V.

Oorspronkelijke titel: *Rescue Me*
© 2012 by Rachel Gibson
Vertaling: Erika Venis
© 2012 Karakter Uitgevers B.V., Uithoorn
Opmaak binnenwerk: ZetSpiegel, Best
Omslagontwerp: blauwblauw-design | bno
Omslagbeeld: Shutterstock

ISBN 978 90 452 0298 3
NUR 340

Hoofdstuk een

Op 3 december 1996 beging Mercedes Johanna Hollowell een modieuze misstap. Sadie balanceerde al jaren op het randje in dat opzicht – ze combineerde patroontjes met ruitjes, en droeg witte schoenen in de herfst. Maar haar allergrootste zonde op modegebied, erger nog dan de witte schoenen, was toen ze zich vertoonde op het Texas Star-kerstbal met haar dat zo plat was als een overreden eekhoorn.

Hoe hoger je haar, hoe dichter bij God, dat wist iedereen. Als God had gewild dat vrouwen hun haar sluik en plat droegen, zou Hij de mens geen mousse, toupeerkammen en Aqua Net Extra Super Hold-haarspray hebben laten uitvinden. Het was algemeen bekend dat plat haar niet alleen van slechte smaak getuigde, maar zowat een heuse zonde was. Zoiets als drinken voor je naar de kerk ging, of niet van football houden.

Sadie was altijd al een beetje raar geweest. Anders. Niet knettergek anders. Niet zoals mevrouw Londen, die katten en tijdschriften spaarde en het gras knipte met een borduurschaartje. Sadie had gewoon rare ideeën. Zoals die keer toen ze het in haar zesjarige hoofdje had gehaald dat als ze maar diep genoeg groef,

5

ze goud zou vinden. Alsof ze thuis het geld nodig hadden. Of toen ze haar blonde haar knalroze verfde en zwarte lippenstift opdeed. Dat was rond de tijd dat ze stopte met volleybal. Iedereen wist dat als een gezin gezegend werd met een kind van het mannelijk geslacht, hij dan football speelde. Meisjes gingen op volleybal. Zo waren de regels. Als een soort elfde gebod: een kind van het vrouwelijk geslacht speelt volleybal of Texas zal haar minachten.

Of die keer dat ze had besloten dat de uniformen van de cheerleaders van Lovett High seksistisch waren en ze een petitie had ingediend voor langere franje op de pakjes van de Beaverettes. Alsof een korte franje een groter schandaal was dan plat haar.

Maar niemand kon het Sadie verwijten dat ze rare ideeën had en tegendraads was. Ze was een kind van oude ouders: een nuchtere rancher, Clive, en zijn schat van een vrouw, Johanna Mae. Johanna Mae was een echte dame uit het Zuiden. Ze was hartelijk en gul, en toen ze haar zinnen had gezet op Clive was dat een beetje een schok geweest voor haar familie, en het stadje Lovett. Clive was vijf jaar ouder dan zij en zo koppig als een oude ezel. Hij kwam uit een oude, gerespecteerde familie, maar eerlijk gezegd was hij humeurig geboren en zijn manieren waren niet al te verfijnd. Die van Johanna Mae wel. Johanna Mae was een schoonheidskoningin geweest, die alles had gewonnen van Little Miss Peanut tot Miss Texas. Ze was ooit tweede geworden in de Miss America-verkiezingen en zou zelfs gewonnen hebben als jurylid nummer drie geen feministische sympathieën had gehad.

Maar Johanna Mae was even sluw als ze mooi was. Ze vond dat het niet uitmaakte als je echtgenoot het verschil niet kende tussen een soepkom en een vingerkommetje. Een goede vrouw kon hem dat verschil altijd nog leren. Zolang hij ze allebei maar kon betalen, en Clive Hollowell had zeker de middelen om haar te voorzien van porselein van Wedgwood en kristallen glazen van Waterford.

Na de bruiloft was Johanna Mae in het grote huis bij de JH Ranch getrokken en had gewacht tot er kinderen kwamen, maar na vijftien jaar waarin ze alles had geprobeerd, van temperaturen tot ivf, bleek Johanna Mae onvruchtbaar. Het echtpaar schikte zich in hun kinderloze huwelijk en Johanna Mae stortte zich op haar vrijwilligerswerk. Iedereen was het erover eens dat ze een halve heilige was en uiteindelijk, op haar veertigste, kreeg ze haar 'wonderbaby' als beloning. De baby kwam een maand te vroeg, omdat, zoals haar moeder het altijd omschreef: 'Sadie ontzettend veel haast had om uit de baarmoeder te komen en iedereen rond te commanderen'.

Johanna Mae verwende haar enig kind in alle opzichten. Toen Sadie zes maanden oud was, schreef ze haar in voor haar eerste missverkiezing en in de vijf jaar daarna sleepte Sadie een hele reeks kroontjes en linten binnen. Maar omdat Sadie de neiging had net iets te veel te draaien, net iets te luid te zingen, en ze regelmatig van het podium viel als ze haar danspasjes uitvoerde, kon ze nooit helemaal voldoen aan haar moeders droom van een echte misstitel. Op haar vijfenveertigste stierf Johanna Mae onverwacht aan een hartkwaal en al haar dromen over haar baby als miss stierven met haar. De opvoeding van Sadie kwam neer op Clive, die zich veel prettiger voelde bij zijn Herefordkoeien en stalknechten dan bij een meisje met glittersteentjes op haar laarzen in plaats van koeienmest.

Clive had er alles aan gedaan om Sadie op te voeden tot een dame. Hij had haar naar de etiquetteschool van mevrouw Naomi gestuurd om haar alles te leren waar hij de tijd of de kennis niet voor had, maar etiquetteschool was geen vervanging van een vrouw in huis. Terwijl de andere meisjes thuis hun etiquettelessen oefenden, schopte Sadie haar jurk uit en ging haar gang. Door haar rommelige opvoeding wist Sadie hoe ze een wals moest dansen, een tafel moest dekken, en kon ze converseren met hoge heren. Ze kon echter ook vloeken als een cowboy en spugen als een stalknecht.

7

Vlak na haar eindexamen aan Lovett High had ze haar Chevy volgestouwd en was ze vertrokken naar een of andere chique universiteit in California, met achterlating van haar vader en bevuilde galahandschoenen. Daarna hoorde niemand nog veel van Sadie. Zelfs haar arme vader niet, en voor zover bekend was ze nooit getrouwd. En dat was gewoonweg sneu en onbegrijpelijk, want hoe moeilijk was het nou helemaal om aan de man te komen? Zelfs Sarah Louise Baynard-Conseco, die de pech had dat ze bij haar geboorte het uiterlijk had meegekregen van haar vader, Big Buddy Baynard, had een man weten te vinden. Weliswaar had Sarah Louise haar man ontmoet op prisoner.com en verbleef de heer Conseco momenteel tweeduizend kilometer verderop in San Quentin, maar Sarah Louise wist zeker dat hij volstrekt onschuldig was aan de vergrijpen waar hij onterecht voor vastzat, en zou met hem een gezinnetje gaan stichten zodra hij over tien jaar vervroegd vrijkwam.

De ziel.

Natuurlijk, in een klein stadje lagen de mannen niet voor het oprapen, maar daar ging je als meisje voor naar de universiteit. Iedereen wist dat alleenstaande meisjes niet naar de universiteit gingen om daar hoger onderwijs te genieten, hoewel dat ook belangrijk was. Het was altijd nuttig om te weten hoe je de prijs van overgrootmoeders zilver moest berekenen, maar de eerste taak van een alleenstaande vrouw was het vinden van een echtgenoot.

Tally Lynn Cooper, het tweeëntwintig jaar oude nichtje van Sadie Jo aan haar moeders kant, had dat inderdaad gedaan. Tally Lynn had haar aanstaande ontmoet op Texas A&M en zou over een paar dagen naar het altaar lopen. De moeder van Tally Lynn had erop gestaan dat Sadie Jo bruidsmeisje zou zijn, en de vraag die iedereen bezighield was niet welke jurk Tally Lynn had gekozen, of hoe groot de diamant van haar ring was, en of oom Frasier van de drank af kon blijven, maar of Sadie Jo al aan de man was. Want hoe lastig kon dat nou zijn? Zelfs voor een tegendraads meisje met rare ideeën en plat haar?

* * *

Sadie Hollowell drukte op het knopje aan de binnenkant van de deur van haar Saab en het raampje ging een stukje open. Warme wind woei door de opening en ze drukte opnieuw op het knopje, zodat het raam verder omlaag kwam. De bries kreeg een paar plukken van haar steile blonde haar te pakken en blies ze in haar gezicht.

'Kijk nog eens naar dat overzicht van Scottsdale.' Ze sprak in de BlackBerry die ze tegen haar wang hield. 'Het huis in San Salvador met drie slaapkamers.' Terwijl haar secretaresse Renee het huis opzocht, keek Sadie uit het raam over de vlakten van het bovenste deel van Texas. 'Staat het al verkocht onder voorbehoud?' Soms wachtten makelaars een paar dagen voordat ze een verkoop onder voorbehoud aankondigden, in de hoop dat iemand anders nog hoger zou bieden. De gluiperige ratten.

'Ja.'

Ze ademde opgelucht uit. 'Mooi.' In de huidige markt telde elke verkoop. Zelfs die met lage commissie. 'Ik bel je morgen.' Ze hing op en gooide de telefoon in de bekerhouder.

Buiten gleden stukken bruin, bruin, en nog meer bruin voorbij, alleen onderbroken door rijen windturbines in de verte, hun wieken draaiden langzaam in de warme Texaanse wind. Jeugdherinneringen en oude emoties kwamen bij haar op met elke trage draai. Ze voelde alle gemengde gevoelens weer bovenkomen. Gevoelens die altijd weggestopt lagen tot ze Texas binnenreed. Een mengeling van liefde en verlangen, teleurstelling en gemiste kansen.

Een paar van haar vroegste herinneringen waren aan hoe haar moeder haar aankleedde voor een missverkiezing. Met het verstrijken van de tijd waren de herinneringen vervaagd, de overdreven jurkjes en de nepkrullen die in haar haren waren ge-speld waren vage herinneringen. Maar de gevoelens waren nog even sterk. Ze herinnerde zich het plezier en de opwinding, en de geruststellende aanraking van haar moeders hand. Ze her-innerde zich de angst en paniek. Het goed willen doen. Te be-hagen, maar daar nooit helemaal in slagen. Ze herinnerde zich de teleurstelling die haar moeder tevergeefs probeerde te ver-bergen elke keer als haar dochter 'beste huisdierfoto' of 'mooi-ste jurk' won, maar nooit de grote kroon. Met elke wedstrijd deed Sadie nog meer haar best. Ze zong iets luider, ze wiegde haar heupen wat sneller, of ze probeerde haar act wat meer pit te geven, en hoe meer ze haar best deed, hoe valser ze zong, hoe vaker ze zich verstapte, of van het toneel viel. Haar dansjuf zei altijd dat ze zich moest houden aan wat ze hadden ingestu-deerd: hou je aan het script. Maar natuurlijk deed ze dat nooit. Ze had het altijd moeilijk gevonden om te doen en te zeggen wat haar was opgedragen.

Ze kon zich haar moeders begrafenis nauwelijks herinneren. De orgelmuziek die weerkaatste tegen de houten kerkmuren, de harde witte banken. De bijeenkomst na de begrafenis en de naar lavendel geurende boezems van haar tantes. 'Arm weeskind,' kweelden ze, terwijl ze aan kaaskoekjes knabbelden. 'Hoe moet het nu met het arme weesje van mijn zus?' Ze was niet arm en ze was geen wees.

De herinneringen aan haar vader waren levendiger en meer vastomlijnd. Het harde profiel van zijn gezicht tegen het einde-loze blauw van de zomerlucht. Zijn grote handen die haar in een zadel tilden, waarna zij zich moest vastklampen om hem bij te houden. Zijn handpalm die op haar hoofd drukte, waarbij de ruwe huid bleef hangen in haar haren, toen ze voor de witte kist van haar moeder stond. Zijn voetstappen die langs haar deur liepen terwijl ze zich in slaap huilde.

De relatie met haar vader was altijd verwarrend en moeilijk geweest. Een kwestie van duwen en trekken. Een emotionele touwtrekkerij die ze altijd had verloren. Hoe meer emoties ze liet zien, hoe meer ze zich aan hem probeerde vast te klampen, hoe meer hij haar van zich af duwde, tot ze het had opgegeven. Jarenlang had ze geprobeerd aan alle verwachtingen te voldoen. Die van haar moeder. Die van haar vader. Die van een stadje waarvan de inwoners verwachtten dat ze een lief, keurig, charmant meisje was. Een schoonheidskoningin. Iemand op wie ze trots konden zijn zoals haar moeder of tegen wie ze konden opkijken zoals haar vader, maar op de middelbare school had ze genoeg gekregen van die zware taak. Ze had de last van zich af gegooid en was gewoon Sadie geworden. Achteraf bezien mocht ze toegeven dat ze soms wat extravagant was geweest. Soms met opzet. Zoals het roze haar en de zwarte lippenstift. Dat had niks met mode te maken gehad of met een poging zichzelf te vinden. Het was een wanhopige poging geweest om aandacht te krijgen van die ene persoon op aarde die elke avond naar haar zat te kijken vanaf de andere kant van de eettafel maar die haar niet leek te zien.

Het opvallende haar had niet gewerkt, evenmin als de reeks foute vriendjes. Haar vader had haar grotendeels gewoon genegeerd.

Het was nu vijftien jaar geleden dat ze haar spullen had gepakt en haar geboorteplaats Lovett ver achter zich had gelaten. Ze was zo vaak als ze kon terug geweest. Wat Kerstmissen, een paar keer voor Thanksgiving, en een keer voor de begrafenis van haar tante Ginger. Dat was vijf jaar geleden.

Haar vinger drukte het knopje in en het raam gleed helemaal open. Een schuldgevoel drukte in haar nek en de wind blies door haar haar terwijl ze terugdacht aan de laatste keer dat ze haar vader had gezien. Dat was ongeveer drie jaar geleden, toen ze in Denver woonde. Hij was ernaartoe gereden voor de National Western Stock Show.

Ze drukte opnieuw op het knopje en het raam gleed dicht. Het leek minder lang geleden dat ze hem had gezien, maar het moest wel toen zijn geweest want kort na dat bezoek was ze naar Phoenix verhuisd.

Sommige mensen zouden haar onrustig noemen. In de afgelopen vijftien jaar had ze in zeven verschillende steden gewoond. Haar vader zei altijd dat ze nergens lang bleef omdat ze probeerde te wortelen in keiharde grond. Hij wist niet dat ze niet eens probeerde om te wortelen. Ze vond het prettig om geen wortels te hebben. Ze genoot van de vrijheid om haar boeltje te pakken en te verhuizen als ze daar zin in had. Door haar baan kon dat ook. Na jaren hoger onderwijs, waarbij ze meerdere universiteiten had bezocht maar geen enkel diploma had behaald, was ze in de makelaardij gerold. Inmiddels had ze een vergunning om in drie staten haar vak uit te oefenen en genoot ze van iedere minuut dat ze huizen verkocht. Nou ja, niet iedere minuut. Ze werd soms gek van het gedoe met banken en leningen.

Een verkeersbord langs de kant van de weg telde de kilometers af naar Lovett en ze drukte weer op het knopje voor het raam. Iets aan het thuis zijn maakte haar rusteloos en gespannen en zorgde ervoor dat ze weg wilde nog voor ze was aangekomen. Het was niet haar vader. Met hun relatie had ze een paar jaar geleden al vrede gekregen. Hij zou nooit de papa zijn die ze nodig had en zij zou nooit de zoon worden die hij had gewild.

Het was ook niet eens de stad zelf die haar gespannen maakte, al had ze zich bij haar vorige bezoek aan Lovett al na ongeveer tien minuten een mislukkeling gevoeld. Toen was ze bij de Gas and Go gestopt voor benzine en een cola light. Van achter de toonbank had de eigenaresse, mevrouw Luraleen Jinks, een blik geworpen op haar ringloze vinger en had zo ongeveer naar adem gehapt van afschuw, al kwam dat waarschijnlijk meer door haar verslaving van vijftig jaar lang een pakje per dag.

'Ben je niet getrouwd, lieverd?'

Ze had geglimlacht. 'Nog niet, mevrouw Jinks.'

Luraleen stond al in de Gas and Go zo lang Sadie zich kon herinneren. De goedkope drank en nicotine hadden haar gerimpelde huid gelooid als een oude leren jas. 'Je vindt nog wel iemand. Er is nog tijd genoeg.'

Dat betekende dat ze moest opschieten. 'Ik ben achtentwintig.' 28 was jong. Ze was toen nog bezig haar leven op orde te krijgen.

Luraleen had zich voorovergebogen en op Sadies ringloze hand geklopt. 'Het allerbeste, hoor.'

Tegenwoordig had ze een betere kijk op de zaken. Ze voelde zich rustiger, althans totdat haar tante Bess, van haar moeders kant, had gebeld om te zeggen dat ze naar de bruiloft van haar jongere nichtje Tally Lynn moest. Het was zo kort dag geweest dat ze zich had afgevraagd of iemand anders was uitgevallen en zij op het laatste moment moest invallen. Ze kende Tally Lynn niet eens, maar Tally Lynn was familie en hoewel Sadie graag deed alsof ze geen wortels had, en ze gruwde bij de gedachte dat ze naar de bruiloft van haar nicht moest, had ze geen nee kunnen zeggen. Zelfs niet toen de felroze bruidsmeisjesjurk was gearriveerd om te passen. Hij was strapless en had baleinen, en de korte ballonrok van taf was zo wijd en geplooid dat haar handen in de stof verdwenen als zij ze omlaag liet hangen. Het zou niet zo erg zijn geweest als ze achttien was en naar haar eindexamenbal ging, maar *high school* lag ver achter haar. Ze was drieëndertig en zag er een tikje belachelijk uit in haar bal/bruidsmeisjesjurk.

Altijd bruidsmeisje. Nooit de bruid. Zo zou iedereen haar zien. Iedereen in haar familie en iedereen in de stad. Ze zouden medelijden met haar hebben en dat vond ze vreselijk. Vreselijk dat ze zich daar nog wat van aantrok. Vreselijk dat ze momenteel geen vriend had die ze kon meenemen. Zo vreselijk dat ze zelfs had overwogen om iemand in te huren. De grootste, knapste bink die ze kon vinden. Gewoon om iedereen het zwijgen op te leggen. Zodat ze het gefluister niet hoefde te horen en de steelse blikken niet hoefde te zien, en niet hoefde uit te leggen dat er geen man was in haar leven. Maar het was niet praktisch gebleken om in de ene staat een man te huren en hem mee te nemen naar een andere. Met de ethische kant had Sadie weinig moeite. Mannen huurden voortdurend vrouwen in.

Vijftien kilometer buiten Lovett werd het bruin-op-bruine landschap onderbroken door een windvaan en een oud stuk hek. Een omheining van prikkeldraad liep langs de snelweg naar de grove toegangspoort van houtblokken en smeedijzer van de JH Ranch. Alles was even bekend, alsof ze nooit was weg geweest. Alles, behalve de zwarte pick-up langs de kant van de weg. Een man stond met een heup tegen de achterbumper, zijn zwarte kleren kleurden bij de zwarte lak, en een baseballpet wierp een schaduw over zijn gezicht onder het felle Texaanse zonlicht.

Sadie minderde vaart om de weg naar de ranch van haar vader op te draaien. Misschien zou ze moeten stoppen om te vragen of hij hulp nodig had. De omhoog staande motorkap vormde een grote aanwijzing dat dat inderdaad het geval was, maar zij was een vrouw alleen op een verlaten snelweg en hij zag er behoorlijk fors uit.

Hij kwam omhoog en duwde zich af van de pick-up. Een zwart T-shirt, strak over zijn borst en rond zijn grote bicepsen. Er zou vast wel iemand anders komen.

Uiteindelijk.

Ze draaide de onverharde weg op en reed onder de poort door. Of hij kon naar de stad lopen. Lovett lag vijftien kilometer verderop. Ze keek even in haar achteruitkijkspiegel terwijl hij zijn handen op zijn heupen zette en haar achterlichten nakeek.

'Verdomme.' Ze trapte op de rem. Ze was nog maar een paar uur in de staat en haar Texaanse inborst stak alweer zijn gastvrije kop op. Het was na zessen. De meeste mensen waren al thuis uit hun werk en het kon minuten of uren duren voor er iemand langsreed.

Maar... mensen hadden toch mobiele telefoons? Hij had vast al iemand gebeld. In de spiegel haalde hij een hand van zijn heup en stak die omhoog, met de palm naar voren. Misschien had hij geen bereik hier. Ze controleerde of de deuren op slot zaten en zette de auto in zijn achteruit. Het vroege avondlicht scheen door de achterruit terwijl ze de weg weer op reed, en vervolgens langs de weg tot aan de grote pick-up.

Het warme licht viel op de zijkant van zijn gezicht toen de man naar haar toe kwam. Hij was het soort man waar Sadie zich wat ongemakkelijk van ging voelen. Het soort man dat leer droeg en bier dronk en de lege blikjes platdrukte tegen zijn voorhoofd. Het soort man dat ze vermeed als brownies met warme toffeesaus, omdat ze allebei funest waren voor haar bovenbenen.

Ze stopte en drukte op het knopje op het portier. Het raampje zakte langzaam tot halverwege en ze keek op. Langs de stalen spieren onder zijn strakke, zwarte T-shirt, zijn brede schouders en dikke nek. Zijn stoppelbaard was meer baard dan stoppel en donkere baardharen kleurden de onderste helft van zijn gezicht en vierkante kaak.

'Problemen?'

'Ja.' Zijn stem kwam ergens ver uit de diepte. Alsof hij uit zijn ziel werd getrokken.

'Hoelang sta je hier al?'

'Ongeveer een uur.'

'Tank leeg?'

'Nee,' antwoordde hij, en hij leek zich eraan te ergeren dat ze hem zou kunnen aanzien voor het soort man dat zonder benzine kwam te zitten. Alsof het een aanslag was op zijn mannelijkheid. 'Het is de alternator of de distributieriem.'

'Of de benzinepomp.'

Een van zijn mondhoeken kwam omhoog. 'Hij krijgt wel benzine. Maar geen vermogen.'

'Waar moet je heen?'

'Lovett.'

Dat had ze al begrepen, want veel anders was er niet langs de weg. Niet dat Lovett zoveel voorstelde. 'Zal ik een sleepauto bellen?'

Hij keek op en staarde de snelweg af. 'Dat zou fijn zijn.'

Ze toetste het informatienummer in en werd doorverbonden met de garage van B.J. Henderson. Ze had op school gezeten met de zoon van B.J., B.J. Junior, die door iedereen Boner werd genoemd. Voor zover ze wist, werkte Boner voor zijn vader. Ze kreeg het antwoordapparaat en keek op het klokje van het dashboard. Het was vijf over zes. Ze hing op zonder nog een andere garage te bellen. Het was een uur en vijf minuten na sluitingstijd en Boner en de andere monteurs van de stad waren nu ofwel thuis of ze zaten ergens een barkruk warm te houden.

Ze keek op naar de man, langs die fantastische borstkas, en bedacht dat ze twee keuzemogelijkheden had. Ze kon de vreemdeling meenemen naar de ranch van haar vader en vragen of een van zijn mannen hem naar de stad kon brengen, of ze kon het zelf doen. Het was tien minuten rijden over de onverharde weg naar de ranch, en twintig tot vijfentwintig minuten naar de stad.

Ze staarde naar de schaduw die op zijn profiel werd geworpen. Ze had liever niet dat een vreemdeling wist waar ze woonde. 'Ik heb een verdovingspistool.' Dat was een leugen, maar ze had er altijd al een willen hebben.

Hij keek omlaag naar haar. 'Sorry?'

'Ik heb een verdovingspistool en ik weet hoe ik het moet gebruiken.' Hij deed een stap achteruit van de auto en ze glimlachte. 'Ik ben dodelijk.'

'Een verdovingspistool kan niet doden.'

'Wel als ik het op een heel hoge stand zet.'

'Je kunt het niet zo hoog zetten dat je ermee kunt doden, tenzij er sprake is van een bestaande hartafwijking. Ik heb geen bestaande hartafwijking.'

'Hoe weet je dat allemaal?'

'Ik heb in de beveiliging gewerkt.'

O. 'Maar het doet flink pijn als ik je in je kont schiet.'

'Ik wil niet in mijn kont worden geschoten. Ik wil gewoon naar de stad worden gesleept.'

'Alle garages zijn dicht.' Ze gooide haar telefoon in de beker- houder. 'Ik zal je naar Lovett brengen, maar je moet me eerst wat identificatiepapieren laten zien.'

Een van zijn mondhoeken trok wat geërgerd omlaag terwijl hij in de achterzak van zijn Levi's voelde. Voor het eerst viel haar blik op de vijf knoopjes van zijn gulp.

Lieve deugd.

Zonder iets te zeggen trok hij zijn rijbewijs tevoorschijn en stak het door het raampje.

Sadie zou zich misschien een tikje pervers hebben gevoeld over het feit dat ze naar zijn indrukwekkende zaakje zat te staren als het niet zo ongeveer omkaderd was geweest door het raam. 'Prima.' Ze toetste wat cijfers in op haar mobieltje en wachtte tot Renee opnam. 'Hoi Renee. Sadie hier. Heb je een pen?' Ze keek naar het stuk man dat voor haar stond en wachtte. 'Ik geef een gestrande man een lift naar de stad, dus schrijf dit even op, wil je?' Ze gaf haar vriendin het nummer van het rijbewijs uit Was- hington en voegde eraan toe: 'Vincent James Haven. 4389 North Central Avenue, Kent, Washington. Haar: bruin. Ogen: groen. Een meter negentig en viernegentig kilo. Heb je dat? Goed. Als je over een uur niets van me hebt gehoord, bel dan de sheriff van Potter County in Texas en zeg dat ik ontvoerd ben en dat je voor mijn leven vreest. Geef ze de informatie die ik net heb doorge- geven.' Ze klapte de telefoon dicht en gaf het rijbewijs terug door het raam. 'Stap in. Ik zet je wel af in Lovett.' Ze keek om- hoog in de schaduw van zijn pet. 'En zorg ervoor dat ik mijn ver- dovingspistool niet hoef te gebruiken.'

'Nee, mevrouw.' Een van zijn mondhoeken kwam omhoog terwijl hij zijn rijbewijs aanpakte en het terug stopte in zijn por- temonnee. 'Ik pak even mijn tas.'

Haar blik gleed omlaag naar de achterzakken van zijn jeans

toen hij zich omdraaide en zijn portemonnee wegborg. Fraaie borstpartij. Mooie kont, knap gezicht. Wat ze wel had geleerd in al die jaren alleen zijn, was dat er meerdere soorten mannen waren. Heren, gewone kerels, charmante honden, en gemene honden. De enige echte heren in de wereld waren pure sukkels die alleen maar heren waren omdat ze hoopten dat ze dan ooit van bil zouden kunnen gaan. De man die nu zijn tas van zijn stoel pakte was te knap om een heer te zijn.

Ze haalde de deuren van het slot en hij gooide een groene legertas op de achterbank. Hij stapte voor in, zodat het autogordelalarm afging en de Saab werd gevuld met zijn brede schouders en het irritante *ping ping ping* van het gordelalarm.

Ze zette de auto in zijn vooruit en maakte een U-bocht de snelweg op. 'Ben je ooit in Lovett geweest, Vincent?'

'Nee.'

'Dan zul je wat beleven.' Ze zette een zonnebril op en trapte op het gaspedaal. 'Doe even je gordel om, alsjeblieft.'

'Schiet je me neer met je verdovingspistool als ik het niet doe?'

'Misschien. Dat hangt ervan af hoe geïrriteerd ik raak over het gordelalarm tussen hier en Lovett.' Ze zette de goudomrande bril recht op haar neus. 'Maar ik moet je waarschuwen, ik ben al de hele dag onderweg, dus ik zit dicht bij mijn irritatiegrens.'

Hij grinnikte en klikte zijn gordel vast. 'Ben jij ook onderweg naar Lovett?'

'Helaas wel, ja.' Ze keek hem vanuit haar ooghoeken aan. 'Ik ben hier geboren en getogen, maar ben op mijn achttiende ontsnapt.'

Hij duwde de klep van zijn pet omhoog en keek haar aan over zijn schouder. Volgens zijn rijbewijs waren zijn ogen groen, en dat klopte. Een lichtgroen dat net niet griezelig was. Eerder verontrustend, en hij staarde haar aan met zijn uiterst mannelijke gezicht. 'Waarom ben je terug?' vroeg hij.

'Bruiloft.' Verontrustend omdat je door dat soort mannen met je haar wilde schudden en rode lipgloss op wilde doen. 'Mijn nicht gaat trouwen.' Haar jongere nicht. 'Ik ben bruidsmeisje.' De andere bruidsmeisjes waren vast ook allemaal jonger. En ze hadden vast een vriendje mee. Zij zou de enige zonder man zijn. Oud en alleen. Een bord met 'WELKOM IN LOVETT, TEXAS, Y'ALL' markeerde de stadsgrenzen. Het was felblauw geverfd sinds de laatste keer dat ze thuis was geweest.

'Je lijkt er niet erg enthousiast over.'

Ze was te lang uit Texas weg geweest als haar lelijke trekjes zichtbaar waren. Lelijke trekjes waren onprettige gedachten, volgens haar moeder. Een meisje mocht ze wel hebben, maar niet tonen. 'De jurk is voor iemand die tien jaar jonger is dan ik en heeft de kleur van bubblegum.' Ze keek uit het raam aan de bestuurderskant. 'Wat brengt jou naar Lovett?'

'Pardon?'

Ze keek hem aan terwijl ze langs een terrein met gebruikte auto's en een Mucho Taco reden. 'Wat brengt jou naar Lovett?'

'Familie.'

'Wie zijn dat?'

'Is.' Hij wees naar de Gas and Go aan de andere kant van de weg. 'Zet me daar maar af.'

Ze stak twee rijbanen over en reed het parkeerterrein op. 'Vriendin? Vrouw?'

'Geen van beide.' Hij kneep zijn ogen samen en keek door de voorruit naar de winkel. 'Moet je je vriendin Renee niet bellen om te zeggen dat je nog helemaal heel bent?'

Ze kwam tot stilstand op een lege plek naast een witte pick-up en reikte naar de bekerhouder. 'Geen zin in de sheriff aan de deur?'

'Niet op de eerste avond.' Hij maakte de gordel los en deed de passagiersdeur open. Zijn voeten raakten de stoep en hij stond op.

Ze kon de popcorn van de Gas and Go haast ruiken terwijl ze Renees nummer intoetste: Lady Gaga's 'Born This Way'

klonk in haar oor tot haar assistente opnam. 'Ik ben niet dood.'
Sadie zette haar zonnebril op haar hoofd. 'Ik zie je maandag op
kantoor.'

De achterdeur werd geopend en hij haalde zijn tas tevoorschijn. Hij liet de tas op de stoep vallen en deed de deur dicht.
Daarna legde hij zijn handen op het dak van de auto, boog
voorover en keek haar door de auto heen aan. 'Bedankt voor de
lift. Het was aardig van je. Als ik iets terug kan doen, moet je
het zeggen.'

Het was wat mensen zeggen zonder het ooit te menen. Zoiets
als vragen hoe het met je gaat zonder dat het je iets kan schelen.
Ze keek hem aan, naar zijn lichtgroene ogen en donkere, mannelijke gezicht. Iedereen had altijd al gezegd dat ze meer moed
dan verstand had.

'Nou, er is inderdaad iets wat je voor me kunt doen.'

Hoofdstuk twee

Vince Haven trok de klep van zijn baseballpet omlaag en keek de Saab na, die wegreed van het parkeerterrein. Normaal gesproken vond hij het niet erg om een knappe vrouw een dienst te bewijzen. Zeker niet als ze hem net een wandeling van vijftien kilometer had bespaard. Al was vijftien kilometer over de vlakten van Texas een leuk wandelingetje vergeleken met vijftig kilometer door de bergen van Afghanistan rennen met ongeveer dertig kilo op zijn rug en genoeg munitie om een klein dorp op te blazen. Toen had hij een M4A1 over zijn borst gehad, een SIG op zijn heup, en een .45ACP 1911-pistool aan zijn dij.

Hij greep naar zijn oude plunjezak van de marine en stak die onder zijn arm. Hij had Sadie afgewezen en gezegd dat hij geen pak had. Dat klopte, maar dat was niet waarom hij nee had gezegd. De blonde Sadie was zijn type niet. Al was ze er knap genoeg voor. Beeldschoon eigenlijk, maar hij had zijn blondines liever wat makkelijker. Makkelijk in het algemeen, makkelijk van humeur, makkelijk in de omgang, makkelijk om in bed te krijgen. Hetzelfde gold voor brunettes en roodharigen. Een makkelijke vrouw verlangde niets van hem, zoals dat hij een pak droeg of meeging naar een bruiloft waar hij niemand kende. Makkelijk kletste niet de oren van zijn hoofd over gevoelens. Makkelijk vroeg niet veel meer van hem dan seks, vroeg niet om enige vorm van vastigheid, en makkelijk verlangde ook niet de andere honderden dingen die hij niet kon geven. Gelukkig waren er genoeg makkelijke vrouwen die hem net zo leuk vonden als hij hen.

Hij wist niet wat dit over hem zei. Waarschijnlijk heel veel. Waarschijnlijk dingen die hij liever niet wilde toegeven. Gelukkig kon het hem allemaal niet heel erg veel schelen.

De rubber hakken van zijn laarzen maakten geen geluid toen hij naar de winkeldeur liep, langs een witte truck met een grote deuk in de voorbumper. De vrouw die hem een lift had gegeven was allesbehalve dom. Een domme vrouw zou zijn gegevens niet hebben doorgegeven alsof hij een seriemoordenaar was voor ze hem in haar auto liet. Dat had grote indruk op hem gemaakt, en het niet-bestaande verdovingspistool was ook een mooie zet geweest. Hij wist niet of ze makkelijk was. Soms waren slimme vrouwen net zo makkelijk als domme, maar hij dacht het niet. Haar kleren – jeans en een grote, grijze capuchonsweater – gaven weinig aanwijzingen en hij had niet kunnen zien of het lichaam bij het gezicht paste. Niet dat het uitmaakte. Vrouwen zoals Sadie wilden altijd een relatie, en hij was volstrekt niet in de gelegenheid om zich te binden voor meer dan een of twee nachten. Misschien meer als de vrouw alleen goeie seks wilde.

Hij trok de deur open en de geur van popcorn, hotdogs en schoonmaakmiddel kwam hem tegemoet. Bij de toonbank stond een cowboy met zijn armen vol gedroogde vleessnacks en een twelvepack Lone Star-bier te kletsen met een vrouw met een berg fijn grijs haar en diepe rimpels. Ze droeg een wit T-shirt met de opdruk 'Don't Mess with Texas' in haar rok, met de riem vlak onder haar borsten. Ze zag eruit als een magere Shar-Pei met lange, bungelende oorbellen.

'Hallo, tante Luraleen.'

'Vince!' De zus van zijn moeder keek op van de boodschappen van de cowboy. 'Wat ben jij een knappe jongen.' Haar ogen leken felblauw toen ze om de toonbank liep. Ze wierp zich tegen zijn borst en hij liet zijn tas aan zijn voeten vallen. Ze sloeg haar armen om hem heen zo ver als ze reiken kon en drukte hem plat met het soort affectie dat hij nooit helemaal had begrepen. De Texaanse familieleden van zijn moeder waren aartsknuffelaars, alsof ze niet beter wisten. Alsof het in hun DNA zat. Op de een of andere manier hadden hij en zijn zus dat knuffelgen niet geërfd. Hij stak een hand uit om op haar rug te kloppen. Hoeveel klopjes zouden genoeg zijn? Een? Twee? Hij hield het op twee.

Ze haalde haar kin van zijn borst en keek naar hem op. Hij had haar al een paar jaar niet gezien, maar ze was geen steek veranderd. 'Je bent zo groot als de halve staat Texas,' zei ze met die diepe, door tabak geruwde stem waar hij als kind doodsbang voor was geweest. Dat ze zo lang leefde getuigde meer van koppigheid dan van een gezonde levenswijze. Vermoedelijk had hij die streng DNA wel geërfd, want hij had zelf ook niet bepaald gezond geleefd. 'Zo knap als de oerzonde zelf,' voegde ze eraan toe.

'Bedankt.' Hij glimlachte. 'Ik heb mijn knappe uiterlijk te danken aan mijn familie uit Texas.' Dat was niet waar. Zijn familie uit Texas had een blanke huid en rood haar. Net als zijn zus. Het enige wat hij van zijn moeder had geërfd was groene ogen en de neiging om weinig honkvast te zijn. Hij had het zwarte haar en de trouweloosheid van zijn vader.

Luraleen knuffelde hem nog een laatste keer met haar magere armen. 'Buig eens omlaag, dan kan ik je kussen.'

Als kind had hij het altijd afschuwelijk gevonden. Als man van zesendertig, en een voormalig Navy SEAL, had hij ergere dingen meegemaakt dan de Marlboro-adem van zijn tante. Hij hield zijn wang omlaag.

Ze gaf hem een dikke pakkerd en liep toen terug op haar

makkelijke schoenen terwijl de cowboy de Gas and Go verliet. 'Luraleen,' zei hij in het voorbijgaan.

'Tot morgenavond, Alvin.'

De cowboy kleurde dieproze terwijl hij de deur uit liep.

'Heeft hij een oogje op je?'

'Natuurlijk.' De zolen van de schoenen van tante Luraleen kraakten op het linoleum toen ze zich omdraaide en weer achter de toonbank ging staan. 'Ik ben een alleenstaande vrouw met behoeften en mogelijkheden.'

Ze was ook eind zestig, met een akelig rokershoestje en ongeveer twintig jaar voorsprong op de cowboy. Twintig harde, onaantrekkelijke jaren. Hij lachte. 'Tante Luraleen, je bent een *cougar*.' Jezus, wie had dat gedacht? Het toonde maar weer aan dat sommige mannen geen fatsoen hadden. Sommige vrouwen, vooral zijn zus, vonden Vince een schoft, maar hij had zo zijn principes. Oude dames met een rokershoestje vielen daaronder.

De rasperige lach van Luraleen voegde zich bij de zijne en eindigde in een hoestbui. 'Heb je honger?' Ze klopte op haar magere borstkas. 'Ik heb hotdogs in de warmer. Mijn jalapeño-dogs zijn heel populair bij de klanten.'

Hij had honger. Hij had niet gegeten sinds Tulsa.

'Ik heb ook gewone frankfurters van rundvlees. Die eten de mensen graag met Cheez Whiz, salsa en chili.'

'Zoveel honger heb ik nou ook weer niet. Ik neem wel een hotdog.'

'Jij je zin. Pak een biertje.' Ze glimlachte en gebaarde naar de grote koelkasten. 'Pak er twee en ik kom bij je zitten in de achterkamer.'

De moeder van Vince was heel gelovig geweest, maar tante Luraleen had alleen de bar van haar lokale kroeg aanbeden, met een fles goedkope drank en een pakje sigaretten. Hij liep naar de koelkast en deed de glazen deur open. Koele lucht streek over zijn gezicht terwijl hij een paar Shiner Blonde-biertjes pakte. Hij had geen Shiner meer gedronken sinds zijn bezoek aan de moeder van Wilson in San Antonio. Pete Bridger Wilson had samen met Vince het BUD/S-examen gedaan en was een van de slimste jongens die Vince ooit had ontmoet. Hij had een groot, rond hoofd, vol met allerlei feiten, van heel triviaal tot heel diepzinnig. Hij was een lange, trotse Texaan, een teammaat, en een SEAL-broeder. Hij was ook de beste en dapperste man geweest die Vince ooit had gekend, en het ongeluk dat het leven van Vince had veranderd, had dat van Wilson genomen.

Onderweg naar de achterkamer stak Vince een fles onder zijn arm en plukte twee hotdogs uit de warmer. De jalapeño en rundvleesworstjes rolden omhoog en omlaag op een van de smerigste worstgrills die hij ooit had gezien.

'Ik had je al een paar uur geleden verwacht,' zei Luraleen toen hij de kamer binnenkwam. Ze zat op een oud, verweerd bureau met een Marlboro tussen haar vingers. Roken op de werkplek was kennelijk heel gewoon bij de Gas and Go. Het hielp waarschijnlijk dat zij de eigenaar was van de tent.

Hij gaf haar haar bier en ze hield de hals vast terwijl hij de kroonkurk eraf draaide. 'Ik had een beetje pech met mijn pick-up op ongeveer vijftien kilometer buiten de stad.' Hij draaide zijn eigen kurk eraf en sleepte een stoel naar het bureau. 'Hij staat nog altijd langs de kant van de weg.'

'Waarom heb je niet gebeld?'

Hij fronste. Wat hij nu moest opbiechten kon hij zelf nog altijd niet geloven. 'Mijn batterij is leeg.' Hij was de vleesgeworden voorbereiding. Zijn spullen waren altijd op orde. Ooit had een goede voorbereiding het verschil betekend tussen leven of dood. 'Volgens mij is de lader stuk.'

Ze nam een lange teug en blies die uit. 'Hoe ben je hier gekomen? Je hebt toch niet gelopen?'

'Iemand heeft me een lift gegeven.' Hij trok de folie van zijn hotdog en nam een hap. Het was niet de beste maaltijd ooit, maar hij had ook wel slechter gegeten. Larven van een zijderups bij een straatstalletje in Seoul, bijvoorbeeld.

'Iemand van hier?'

Hij had moeten kiezen tussen de larven of stoofpot van hondenvlees. De larven waren kleiner. Hij slikte en nam een slok van de fles. Het had geholpen dat hij stomdronken was geweest.

'Wie?'

'Ze heette Sadie.'

'Sadie? De enige Sadie van hier is Sadie Jo Hollowell, maar die woont niet meer in Lovett.' Luraleen schonk haar bier in een koffiebeker met Tweety erop. 'Ze is meteen na haar eindexamen vertrokken. Heeft haar arme papa alleen achtergelaten.'

'Ze zei al dat ze hier niet meer woonde.'

'Huh. Dus Sadie is terug.' Ze nam een slok. 'Waarschijnlijk voor de bruiloft van Tally Lynn dit weekend in de Sweetheart Palace Wedding Chapel om zes uur. Het is een grote bruiloft.' Ze zette de beker op het bureau. 'Ik ben natuurlijk niet uitgenodigd. Ik zou ook niet weten waarom. Behalve misschien dat ik in de klas heb gezeten met haar neef van vaderskant en dat Tally Lynn en haar vriendinnen probeerden bier bij me te kopen met vervalste identiteitsbewijzen. Alsof ik ze al niet hun hele leven kende.'

Luraleen klonk bitter dus hij verzweeg dat hij wel was uitgenodigd. 'Als je niet bent uitgenodigd, waarom weet je er dan zoveel van?' Hij nam nog een hap.

'Ze vertellen me alles. Ik ben een soort kapster en barkeeper ineen.'

Waarschijnlijk stak ze haar neus ook gewoon in andermans zaken. Hij slikte en nam een grote teug van zijn bier. De deur rinkelde, wat betekende dat er een klant was, en Luraleen drukte haar sigaret uit. Ze zette haar hand op het bureau en stond op.

'Ik word oud.' Ze liep naar de deur en zei over haar schouder: 'Blijf zitten en eet lekker verder. Als ik terugkom, praten we over dat zakelijke voorstel van me.'

Dat was waarom hij naar Texas was gereden. Ze had hem een paar weken geleden opgebeld toen hij in New Orleans was om het huis van een maat te herstellen. Ze had verder niets gezegd, alleen dat ze een voorstel had en dat hij er geen spijt van zou krijgen. Hij dacht dat hij wel wist wat het voorstel inhield. De afgelopen vijf jaar had hij een vaste baan in de beveiliging gehad, en had hij een verlopen wasserette gekocht als bijverdienste. Hij had de wasserette opgeknapt en er een echt goudmijntje van gemaakt. Crisis of geen crisis, mensen wilden hun kleren wassen. Het geld dat hij had verdiend, had hij geïnvesteerd in een recessieveilig farmaceutisch bedrijf. Terwijl anderen hun aandelen zagen kelderen, maakten die van hem een winst van 27 procent ten opzichte van het aankoopbedrag. Zes maanden geleden had hij de wasserette voor een leuke winst verkocht. Nu deed hij het rustig aan, zocht naar andere recessieveilige aandelen en goudmijntjes waarin hij kon investeren.

Voordat hij bij de marine ging, had hij wat cursussen bedrijfsvoering gevolgd, wat erg handig was. Een paar cursussen was niet hetzelfde als een diploma, maar hij had geen diploma nodig om een situatie te overzien, in zijn hoofd een kosten-baten-analyse uit te voeren en te zien hoe hij winst kon maken.

Omdat Luraleen geen behoefte leek te hebben aan zware beveiliging, vermoedde hij dat ze een of ander opknapklusje voor hem had.

Vince nam een hap en spoelde hem weg. Hij keek rond in het kantoor, naar de oude magnetron en de koelkast en de dozen met schoonmaakmiddelen en koffiebekertjes. De oude olijfkleurige toonbanken en oude kasten. Het was allemaal wat oud en vervallen, dat stond vast. Het kon wel een likje verf en wat nieuwe vloertegels gebruiken. Voor de toonbanken hier en in de winkel was de sloophamer goed genoeg.

Hij nam de laatste hap van zijn hotdog en frommelde de folieverpakking in zijn hand tot een bal. Nu had hij wel tijd om zijn tante te helpen. Sinds hij zijn beveiligingsbaantje in Seattle had opgezegd een paar maanden terug had hij te veel vrije tijd. Vijf jaar geleden was hij afgezwaaid uit het leger en sindsdien lag zijn toekomst open. Iets te open misschien wel.

Een paar maanden nadat hij op medische gronden uit de SEAL's was ontslagen, was zijn zus bevallen van zijn neefje. Ze was alleen geweest, en bang, en ze had hem nodig gehad. Hij was haar nog wat verschuldigd, omdat zij hun moeder tot het einde toe had verpleegd terwijl hij in Irak diende. En dus had hij een tijdje in de staat Washington gewoond, voor zijn kleine zusje gezorgd en haar geholpen bij de opvoeding van haar zoontje, Conner. Er waren maar een paar dingen waar Vince een schuldgevoel over had: dat zijn zusje hun moeder had verzorgd, niet bepaald de makkelijkste persoon in de wereld, was daar een van.

Dat eerste jaar was zwaar geweest, voor hem en voor Conner. Conner huilde veel door krampjes, en Vince kon wel janken van dat irritante gefluit in zijn hoofd. Hij had in het leger kunnen blijven. Hij was altijd van plan geweest de volle twintig jaar vol te maken, maar zijn gehoor zou nooit meer worden wat het was geweest voor het ongeluk. Een SEAL met gehoorverlies was een probleemgeval. Hoe ervaren hij ook was in gewapende en ongewapende gevechten, hoe goed hij ook overweg kon met wapens, van zijn SIG tot een machinegeweer. Hoe groot zijn talent in onderwaterexplosies ook was, en ook al kon hij de beste landingen uitvoeren, hij vormde een gevaar voor zichzelf en voor de rest van de jongens.

Hij had dat leven, dat gevoed werd door adrenaline en testosteron, gemist. Miste het nog steeds. Maar toen hij vertrok, had hij een nieuwe missie geaccepteerd. Hij was tien jaar weg geweest. Zijn zus, Autumn, had helemaal alleen voor hun moeder gezorgd, en nu was het zijn beurt om haar en zijn neefje te verzorgen. Maar zij hadden hem niet meer nodig, en na een extreem gewelddadige vechtpartij in een bar aan het begin van het jaar, waar Vince de nodige blauwe plekken en een verblijf in de cel aan had overgehouden, was het tijd voor een nieuwe omgeving. Hij was in tijden niet zo woedend geweest. Van die opgekropte woede die vlak onder je huid zit, als een hogedrukketel. Het soort woede dat hem kon verscheuren, als hij het toeliet. Wat hij nooit deed. Althans al heel lang niet meer.

Hij gooide de folie in de prullenbak en begon aan de tweede hotdog. De afgelopen drie maanden had hij veel gereisd, maar zelfs na maanden nadenken wist hij nog altijd niet goed waarom hij een bar vol motorrijders te lijf was gegaan. Hij wist ook niet meer zeker wie er was begonnen, maar hij wist nog wel dat hij wakker was geworden in de cel met een pijnlijk gezicht en gekneusde ribben, en een paar aanklachten wegens geweldpleging. Alle aanklachten waren ingetrokken, dankzij een goede advocaat en zijn brandschone legerblazoen, maar hij was schuldig. Hartstikke schuldig. Hij ging nooit op zoek naar een gevecht, maar hij wist het altijd wel te vinden.

Hij reikte naar het bier en bracht het naar zijn mond. Zijn zus zei altijd dat hij een woedeprobleem had, maar dat zag ze verkeerd. Hij slikte en zette het bier op het bureau. Hij had geen probleem met zijn woede. Zelfs als de woede onder zijn huid kriebelde en dreigde te exploderen, kon hij het onder controle houden. Ook als hij in een vuurgevecht was verwikkeld, of een knokpartij.

Woede was het probleem niet. Verveling wel. De ellende begon als hij geen doel of missie had. Iets om met zijn hoofd of handen te kunnen doen. Hoewel hij zijn vaste baan had, en de wasserette, voelde hij zich verloren sinds zijn zus had besloten om te hertrouwen met die schoft van een ex van haar. Nu die klootzak weer in beeld was, was Vince een van zijn banen kwijt.

Hij nam een hap en kauwde erop. Ergens diep vanbinnen wist hij dat het goed was dat de klootzak aan zijn plichten voldeed en een goede vader werd, en hij had zijn zus nooit zo gelukkig gezien als tijdens zijn laatste bezoek. Hij had haar nooit gelukkiger gehoord dan bij hun laatste telefoongesprek, maar haar geluk had een grote leegte geslagen in het leven van Vince. Een leegte die hij tot die tijd had gevuld met gezin en werk. Een leegte die hij nu had geprobeerd te vullen door overal in het land maatjes te bezoeken die het begrepen.

Het gekraak van Luraleens schoenen en haar rokershoestje kondigden haar terugkeer in het kantoortje aan. 'Dat was Bessie Cooper, de mama van Tally Lynn. Door die bruiloft is ze zo zenuwachtig als een kat met een lange staart.' Ze liep om het bureau heen en ging op de bureaustoel zitten. 'Ik heb gezegd dat Sadie er is.' Ze stak de gedoofde sigaret uit en pakte haar Tweety-beker. Toen hij nog klein was had Luraleen altijd snoep-sigaretten voor hem meegebracht wanneer ze op bezoek kwam. Zijn moeder werd daar heel boos over, en Vince vermoedde dat zijn tante het daarom deed, en hij had altijd genoten van zijn pakje chocoladesigaretten. 'Ze wilde weten of Sadie was aange-komen, die neiging hebben de vrouwen aan haar vaders kant.'

'Ze zag er niet dik uit. Maar ik heb haar niet zo heel goed be-keken.' Het meest memorabele aan Sadie waren haar blauwe ogen geweest, die groot en dromerig waren geworden toen ze had gesproken over in zijn kont schieten met het denkbeeldige verdovingspistool.

Luraleen nam een trekje en blies de rook naar het plafond. 'Volgens Bessie is Sadie nog niet getrouwd.'

Vince haalde zijn schouders op en nam een hap. 'Waarom heb je me gebeld?' vroeg hij, om van onderwerp te veranderen. Ge-praat over trouwen leidde altijd tot de vraag wanneer híj ging trouwen, en dat zat er voorlopig nog niet in. Niet dat hij er nooit voor had opengestaan, maar omdat hij in het leger zat, waar het scheidingspercentage hoog lag, en omdat zijn eigen ouders ook waren gescheiden, had hij gewoon nooit een vrouw ontmoet waarmee hij dat risico had durven nemen. Misschien had het ook iets te maken met zijn voorkeur voor vrouwen met lage verwachtingen. 'Wat heb je in gedachten?'

'Je vader zei dat hij je heeft gebeld.' Luraleen plantte haar si-garet in de asbak en een kringeltje rook steeg op.

Ja, dat klopt. Ongeveer vier maanden terug.' Na 26 jaar had

zijn ouweheer gebeld en geprobeerd een vader te zijn. 'Het verbaast me dat hij jou ook heeft gebeld.'

'Het verbaasde mij ook. Ik had Big Vin niet gesproken sinds hij je moeder verliet.' Ze nam een teug van haar sigaret en blies de rook uit in een dikke wolk. 'Hij belde omdat hij dacht dat ik je zou kunnen overhalen. Hij zei dat je hem niet had laten uitpraten.'

Vince had hem wel laten uitpraten. Hij had in de woonkamer van de ouweheer gezeten en ongeveer een uur lang geluisterd voor hij genoeg had gehoord en was vertrokken. 'Hij had je niet mogen lastigvallen.' Vince nam een grote slok uit het bierflesje en ging op de stoel zitten. 'Heb je gezegd dat hij de klere kan krijgen?'

'Zo ongeveer.' Ze pakte haar beker. 'Heb jij ook zoiets gezegd?'

'Niet zoiets. Dat is precies wat ik heb gezegd.'

'Je wilt er dus niet over nadenken?'

'Nee.' Hij was niet zo vergevingsgezind. Daar moest hij nog aan werken, maar Vincent Haven senior was al die moeite zeker niet waard. 'Heb je me daarom gebeld? Ik dacht dat je een voorstel voor me had.'

'Heb ik ook.' Ze nam een slok. 'Ik word oud en ik wil met pensioen.' Ze zette de beker op het bureau en sloot een oog tegen de rook die vanaf het sigarettenuiteinde naar boven kringelde. 'Ik wil op reis.'

'Klinkt niet onredelijk.' Hij had de wereld gezien. Sommige plekken waren hels. Andere adembenemend mooi. Hij had overwogen om sommige van die plekken opnieuw te bezoeken, als burger. Misschien had hij dat nodig. Hij was nergens aan gebonden. Hij kon overal heen. Wanneer hij maar wilde. En zo lang als hij wilde blijven. 'Wat kan ik doen om je daarbij te helpen?'

'Je kunt de Gas and Go van me kopen. Meer niet.'

Hoofdstuk drie

Hij had haar afgewezen. Ze had een vreemdeling gevraagd of hij met haar naar de bruiloft van haar nicht wilde en hij had haar plompverloren afgewezen.

'Ik heb geen pak,' had hij alleen maar gezegd voor hij wegliep. Zelfs zonder dat ze zijn rijbewijs had gezien of het gebrek aan accent had gehoord in zijn stem had ze geweten dat hij niet uit Texas kwam, want hij had niet eens de moeite genomen om goed te liegen. Bijvoorbeeld dat zijn hond net was overleden en dat hij nog in de rouw was of dat hij morgen een nier moest doneren.

De ondergaande zon dompelde de JH in feloranje met goud en werd gefilterd door de fijne stofwolkjes, opgeworpen door de banden van de Saab. Hij had aangeboden om iets terug te doen, maar natuurlijk had hij dat niet gemeend. Hem vragen was een dom, impulsief idee geweest. En domme, impulsieve ideeën brachten altijd ellende. Zo beschouwd had de gestrande Vince haar eigenlijk een dienst bewezen. Wat had ze tenslotte de rest van de avond moeten doen met een grote, fantastisch knappe vreemdeling zodra zijn taak erop zat? Daar had ze duidelijk niet goed over nagedacht toen ze hem vroeg.

De rit over de onverharde weg naar de JH duurde tien tot twintig minuten, afhankelijk van hoe kort daarvoor de weg was aangestampt en in welke auto je reed. Sadie verwachtte elk moment wild geblaf te horen en ineens een half dozijn koeienhonden te zien. De ranch en de bijgebouwen lagen ongeveer acht kilometer van de weg op een landgoed van ruim vierduizend hectare. De JH was niet het grootste landgoed van Texas, maar wel een van de oudste, met een omzet van meerdere duizenden koeien per jaar. De ranch was gesticht en het land langs de Canadian River was gekocht aan het begin van de twintigste eeuw door Sadies overoudgrootvader, Majoor John Hollowell. Door de jaren heen was het de Hollowells afwisselend voor de wind gegaan en juist helemaal niet. Ze fokten ras-Herefords en Amerikaanse Paint Horses. Maar als het ging om het voortbrengen van een mannelijke erfgenaam om de stam veilig te stellen, schoten de Hollowells ernstig tekort. Afgezien van een paar verre neven die ze nooit had ontmoet was Sadie de laatste Hollowell. En dat was een grote bron van teleurstelling voor haar vader.

Het was nog net graasseizoen en het vee stond nog dicht bij het huis en de bijgebouwen. Terwijl Sadie langs het hek reed, graasden de vertrouwde silhouetten in het veld. Binnenkort zou het tijd worden om ze te brandmerken en te castreren, en sinds ze was vertrokken had Sadie de geluiden en geuren van die afschuwelijke maar noodzakelijke ingrepen niet gemist.

Ze kwam tot stilstand voor het vierhonderd vierkante meter grote huis dat haar grootvader had gebouwd in de jaren veertig. De oorspronkelijke boerderij lag acht kilometer naar het oosten langs Little Tail Creek en werd momenteel bewoond door voorman Snooks Perry en zijn gezin. De Perry's waren al in dienst van de JH zo lang als Sadie zich kon herinneren.

Ze pakte haar Gucci-tas van de achterbank en deed de autodeur achter zich dicht. Nachtzwaluwen tjilpten op een koele bries die haar wangen streelde en langs de kraag van haar grijze capuchonsweater streek.

De ondergaande zon kleurde het huis van witte stenen en planken goud en ze liep naar de grote, dubbele, grove eiken deuren, die elk in het midden het JH-brandmerk hadden. Thuiskomen was altijd verwarrend. Een wirwar van emoties trok aan haar maag en hart. Warme gevoelens wedijverden met het vertrouwde schuldgevoel en een gevoel van afwachting dat haar altijd trof als ze naar Texas kwam.

Ze opende de onafgesloten deur en stapte de lege hal in. De geuren van thuis begroetten haar. Ze ademde de geur in van citroen, hout en leervet, jaren rook uit de enorme haard in de grote kamer, en decennia van keukengeurtjes.

Niemand begroette haar en ze liep over de vloer van knoestig naaldbomenhout en Navajo-kleden naar de keuken achter in het huis. Een fulltime staf aan personeel hield de JH draaiend. De huishoudster, Clara Anne Parton, hield de zaken netjes en schoon in het hoofdgebouw en het slaapverblijf, en haar tweelingzus Carolynn bereidde elke dag drie maaltijden, behalve op zondag. Geen van beiden was ooit getrouwd en ze woonden samen in de stad.

Sadie ging af op het gestage *bonk-bonk* van iets zwaars wat ronddraaide in de droger. Ze liep door de lege keuken, voorbij de voorraadkamer naar het washok erachter. In de deuropening bleef ze staan en glimlachte. De niet onaanzienlijke kont van Clara Anne begroette haar toen de huishoudster zich bukte om wat handdoeken van de vloer te rapen. Beide tweelingzussen hadden flinke rondingen en kleine middeltjes, die ze graag benadrukten door hun broeken strak aan te trekken en gespen te dragen zo groot als schoteltjes.

'Je bent nog laat bezig.'

Clara Anne sprong op en draaide zich om, haar hand op haar hart. Haar hoog opgestoken zwarte haar wankelde een beetje. 'Sadie Jo! Je liet me schrikken, meid.'

Sadie glimlachte en voelde haar hart opwarmen terwijl ze door de kamer liep. 'Sorry.' De tweeling had bij haar opvoeding geholpen en ze stak haar armen uit. 'Het is fijn je weer te zien.'

De huishoudster drukte haar stevig tegen haar enorme boezem en kuste haar op de wang. De warmte rond haar hart straalde uit over haar borst. 'Ik heb je al sinds de dagen van olim niet meer gezien!'

Sadie lachte. De tweelingzussen waren monumenten als het ging om hoog haar en ouderwetse gezegden. 'Dat valt ook wel weer mee.'

'Nou, het scheelt niet veel.' Ze leunde achterover en keek Sadie recht in het gezicht. 'Hemel, je lijkt precies op je moeder.'

Maar dan zonder de elegantie en de charme en alles waardoor iedereen meteen van haar had gehouden. 'Ik heb papa's ogen.'

'Ja. Zo blauw als gentiaan.' Ze liet haar ruwe handen over Sadies armen glijden. 'We hebben je gemist.'

'Ik jullie ook.' Dat was de waarheid. Ze had Clara Anne en Carolynn gemist. Ze miste hun warme knuffels en de aanraking van hun lippen op haar wangen. Natuurlijk niet genoeg om terug te komen. Ze liet haar armen langs haar lichaam vallen. 'Waar is papa?'

'In het kookhuis, aan het eten met de jongens. Heb je honger?'

'Als een paard.' Natuurlijk at hij met de staljongens. Dat was waar hij altijd at, omdat het logisch was. 'Wist hij nog dat ik zou komen?'

'Natuurlijk.' De huishoudster boog voorover naar een stapel handdoeken. 'Natuurlijk vergeet hij niet dat jij zou thuiskomen.'

Dat wist Sadie niet zo zeker. Hij was haar diploma-uitreiking van high school vergeten. Of liever gezegd, hij had het te druk gehad met het vaccineren van de koeien. De zorg voor dieren ging altijd voor de zorg voor mensen. Zaken kwamen eerst, en Sadie had dat al lang geleden leren accepteren. 'In wat voor humeur is hij?'

Clara Anne keek haar aan over de stapel handdoeken in haar armen. Ze wisten allebei waarom ze het vroeg. 'Goed. Ga je vader zoeken, en dan praten we morgen bij. Ik wil alles horen over wat je hebt gedaan.'

'Bij de lunch. Misschien dat Carolynn kipsalade met croissants wil maken.' Dat was iets wat de kokkin niet voor de stalknechten bereidde. Die hielden meestal meer van steviger kost, zoals dikke plakken vlees op grote hompen brood. Maar Carolynn maakte vroeger altijd kipsalade speciaal voor Sadies moeder, en later ook voor Sadie.

'Ik zal het tegen haar zeggen. Al denk ik dat ze het al heeft ingepland.'

'Lekker.' Sadie keek nog een laatste keer naar Clara Anne, liep weer naar de keuken en vervolgens naar buiten. Ze liep over hetzelfde betonnen pad waar ze al duizend keer over had gelopen. Ze aten meestal in het kookhuis en hoe dichter ze in de buurt kwam van dat langwerpige gebouw van betonblokken en stucwerk, hoe sterker de geur werd van barbecue en gebakken brood. Haar maag knorde toen ze de lange houten veranda op stapte. De scharnieren van de deur kondigden haar komst aan, en een paar stalknechten keken op van hun borden. Ongeveer acht cowboyhoeden hingen aan haakjes bij de voordeur. De kamer zag er precies zo uit als de vorige keer dat ze er was geweest. Houten vloer, witgekalkte muren, rood-wit geruite gordijntjes, en hetzelfde stel koelkasten. Alleen stond er nu een spiksplinternieuw fornuis met oven.

Ze herkende de gezichten van een paar van de mannen die opstonden. Ze gebaarde dat ze mochten blijven zitten en toen vond haar blik haar vader, zijn hoofd boven zijn bord, met hetzelfde klassieke westernhemd dat hij altijd droeg. Vandaag was het beige met witte parelmoeren knoopjes. Haar maag kromp ineen en ze hield haar adem een beetje in. Ze wist niet goed wat ze moest verwachten. Ze was 33 en nog altijd zo onzeker in het bijzijn van haar vader. Zou hij vriendelijk zijn of ongenaakbaar?

'Ha, papa.'

Hij keek op en glimlachte vermoeid naar haar. De glimlach haalde het niet helemaal naar de gerimpelde hoeken van zijn blauwe ogen. 'Daar ben je dan, Sadie Jo.' Hij zette zijn handen op tafel en stond op, waardoor hij langer leek dan normaal. Haar hart zonk op haar ineengekrompen maag terwijl ze naar hem toe liep. Haar vader was altijd al een slanke man geweest. Lang, met lange ledematen en een hoge taille, maar nooit mager. Zijn wangen waren ingevallen en hij zag er minstens tien jaar ouder uit dan de laatste keer dat ze hem had gezien, drie jaar terug in Denver. 'Ik had je een uur geleden al verwacht.'

'Ik heb iemand een lift gegeven,' zei ze terwijl ze haar armen om zijn middel sloeg. Hij rook nog hetzelfde. Naar Lifebuoy-aftershave en stof en de schone lucht van Texas. Hij stak een verweerde hand op en klopte op haar rug. Twee keer. Altijd twee keer, behalve bij bijzondere gelegenheden, als ze iets had gedaan wat drie klopjes verdiende.

'Heb je honger, Sadie mijn kind?'

'Als een paard.'

'Pak een bord en ga zitten.'

Ze liet haar armen zakken en keek naar zijn gezicht terwijl een egoïstische gedachte bij haar opkwam en als een loden gewicht op haar bleef rusten. Haar vader werd oud. Hij zag er geen jaar jonger uit dan 78. Wat moest ze doen als hij er niet meer was? Wat zou er met de JH gebeuren? 'Je bent afgevallen...'

Hij ging weer zitten en pakte zijn vork. 'Een paar kilo.'

Eerder tien.

Ze liep naar het fornuis aan de andere kant van de kamer en schepte wat rijst op en pakte een stuk versgebakken brood. Ze had jaren geleden wel eens een paar schapen en koeien verzorgd als lid van de vereniging voor plattelandsjongeren, maar verder wist Sadie weinig over de alledaagse gang van zaken op een veeranch. Diep in haar verraderlijke ziel, waar ze haar donkerste geheimen verborgen hield, lag het feit dat het haar eigenlijk ook weinig kon schelen. De typische Hollowell-liefde voor het land was aan haar voorbijgegaan. Ze woonde liever in de stad. Maakte niet uit welke. Zelfs een stadje als Lovett, met tienduizend inwoners.

De hor van de achterdeur sloeg tegen de deurpost toen Carolynn Parton binnenkwam. Ze gilde, gooide haar handen omhoog en afgezien van de strokenrok en de ruchesblouse zag ze er precies zo uit als haar zus. 'Sadie Jo!' Sadie zette haar bord op het geschilferde aanrecht en een seconde later werd ze tegen Carolynns grote, zachte boezem gedrukt.

'Lieve deugd, meid, we hebben jou niet meer gezien sinds de dagen van olim.'

Sadie glimlachte terwijl Carolynn haar op de wangen kuste. 'Niet helemaal.'

Na wat te hebben gekletst, nam Carolynn het bord van Sadie en schepte er een stapel spareribs op. Ze schonk een glas ijsthee in en liep achter Sadie aan naar de tafel. Een paar cowboys vertrokken en ze ging op de stoel naast haar vader zitten.

'We praten morgen wel bij,' zei Carolynn tegen Sadie terwijl ze de thee op tafel zette. Toen wendde ze zich tot Clive. 'Eet op,' beval ze, waarna ze terugliep door de ruimte.

Clive nam een hap maïsbrood. 'Wat zijn je plannen nu je hier bent?'

'Ik moet morgen naar het oefendiner en de bruiloft zelf is zaterdag om zes uur.' Ze nam een hap van de Spaanse rijst van Carolynn en zuchtte. De warme vertrouwdheid bracht haar maag tot rust, net als de rijst. 'Ik heb morgen de hele dag vrij. Laten we iets leuks gaan doen.' Ze dacht aan wat zij en haar vader in het verleden samen hadden gedaan. Ze nam nog een hap en dacht dieper na. 'Misschien kleiduivenschieten of naar Little Tail rijden en wat kletsen met Snooks.' Niet dat ze zoiets vaak hadden gedaan. Als ze er lang genoeg over zeurde, vroeg hij meestal of een van de knechten meeging.

'Snooks is in Denver om wat vee te bekijken.' Hij nam een grote teug van zijn thee. 'Ik vertrek morgen naar Laredo.'

Het verraste haar niet eens. 'Wat is er in Laredo?'

'Ik breng Maribell erheen om te fokken met een Tobianohengst die Diamond Dan heet.'

Werk ging voor alles, weer of geen weer, vakantie of feestdag. Dat kon ze begrijpen. Ze was opgevoed om dat te begrijpen, maar er werkten een hoop mensen op de ranch. Een hoop mensen die heel goed in staat waren om een merrie naar Laredo te brengen om gedekt te worden. Of waarom kon er niet wat zaad van Diamond Dan worden verstuurd? Maar Sadie wist het antwoord op die vraag. Haar papa was oud en koppig en wilde op alles zelf toezicht houden, daarom. Hij moest het gebeuren live zien, met eigen ogen, zodat hij zeker wist dat hij de dekhengst kreeg waar hij voor had betaald.

'Ben je op tijd terug voor de bruiloft?' Ze hoefde niet te vragen of hij was uitgenodigd. Hij hoorde bij de familie, ook al was hij dan geen bloedverwant, en ook al was hij niet erg populair bij mama's familie.

Hij schudde zijn hoofd. 'Ik ben te laat terug.' Hij nam niet eens de moeite om teleurgesteld te kijken. 'Snooks is zondag terug. Dan kunnen we bij hem langs.'

'Ik moet zondagmorgen weer weg.' Ze pakte een sparerib. 'Ik heb maandag een overdracht.' Renee zou die overdracht ook best kunnen doen, maar Sadie wilde er graag bij zijn voor het geval er iets onverwachts gebeurde. Ze hield de rib stil onderweg naar haar mond en keek in de vermoeide blauwe ogen van haar vader. Hij was bijna tachtig. Over nog eens vijf jaar was hij er misschien niet meer. 'Ik kan ook wel wat afspraken verzetten en dinsdag weggaan.'

Hij nam zijn thee en ze besefte dat ze haar adem inhield. Dat ze zat te wachten, zoals altijd. Te wachten tot hij een teken gaf, een woord of een aanraking... wat dan ook, iets om te laten zien dat hij om haar gaf.

'Nergens voor nodig,' zei hij en hij nam een slok. En zoals een echte Hollowell veranderde hij van onderwerp zodat het niet langer ging over iets wat belangrijk zou kunnen zijn. 'Hoe was het onderweg?'

'Prima.' Ze nam een hap en kauwde. Prietpraat. Ze waren goed in prietpraat. Ze slikte de brok in haar keel weg. Ineens had ze niet zoveel honger meer en ze legde de sparerib op het bord. 'Er staat een zwarte pick-up langs de kant van de weg,' zei ze, terwijl ze haar vingers afveegde aan een servet.

'Misschien is het er een van Snooks.'

'Hij was niet van hier en ik heb hem afgezet bij de Gas and Go.'

De borstelige witte wenkbrauwen van haar vader kwamen lager te staan. 'Lovett is niet meer het stadje waarin je bent opgegroeid. Je moet oppassen tegenwoordig.'

Lovett was vrijwel onveranderd. 'Ik heb opgepast.' Ze vertelde haar vader dat ze de gegevens van de man had doorgegeven. 'En ik heb hem gedreigd met een verdovingspistool.'

'Heb je een verdovingspistool?'

'Nee.'

'Ik pak je .22 wel uit de kluis.' Dat was waarschijnlijk haar vaders manier om haar te laten weten dat hij het vervelend vond als ze in mootjes werd gehakt door een seriemoordenaar.

'Bedankt.' Ze dacht aan Vince en zijn lichtgroene ogen, die haar aankeken vanuit de schaduw van zijn pet. Ze wist niet wat haar had bezield toen ze hem had gevraagd om met haar naar de bruiloft van haar nicht te gaan. De familie van haar moeder was heel behoudend en ze wist niets over hem. Misschien was hij wel echt een seriemoordenaar. Een of andere moorddadige gek, of erger.

Een Democraat.

Goddank dat hij haar had afgewezen, en goddank dat ze Vince Haven nooit meer hoefde te zien.

Hoofdstuk vier

Sadie reed de Saab de oprit van de Gas and Go op en stopte onder de felle lampen van de benzinepompen. Een dof gebonk dreunde tegen haar slapen. Het oefendiner was niet de nachtmerrie geworden die ze had gevreesd. Alleen maar een voorproefje voor de volgende dag.

Ze stapte uit de auto en gooide de tank vol met super plus. Over één ding had ze gelijk gehad. Alle andere aanwezigen op de bruiloft waren ongeveer tien jaar jonger dan Sadie en ze hadden allemaal een vriend of een echtgenoot. Sommigen hadden zelfs kinderen.

De vriend van de bruidegom met wie ze naar het altaar was gelopen was de neef van Boner Henderson, Rusty. Ze wist niet zeker of Rusty zijn echte naam was of alleen een bijnaam, maar hij was in elk geval heel toepasselijk. Hij had rood haar en sproeten en was zo bleek als een paar babybillen. Hij was ongeveer tien centimeter korter dan Sadie en had gevraagd of ze misschien schoenen met lage hakken wilde aandoen voor de bruiloft.

Echt niet.

Ze leunde tegen de auto en sloeg haar armen over elkaar tegen haar beige trenchcoat. Een koele avondbries speelde met haar hoge paardenstaart en ze omarmde zichzelf tegen de kou. Haar tante Bess en oom Jim leken oprecht blij te zijn geweest om haar te zien. Tijdens het dessert was oom Jim opgestaan en had een heel lange toespraak gehouden over Tally Lynn. Hij begon met de dag dat zijn dochter was geboren en eindigde met hoe blij ze allemaal waren dat ze ging trouwen met haar middelbareschoolvriendje, een geweldige knul, Hardy Steagall.

Sadie had de meeste vragen over haar liefdesleven weten te ontwijken. Pas toen de dessertbordjes werden weggehaald raakte de vrouw van haar oom Frasier, Pansy Jean, op dreef over het onderwerp. Goddank was het al een paar uur na borreltijd en was oom Frasier flink boven zijn theewater en dus heel spraakzaam. Hij onderbrak Pansy Jean steeds met stomme grapjes. Het was geen geheim dat oom Frasier zijn drankprobleem onder controle hield door pas na vijven te gaan drinken. Het was al na achten toen hij Sadie onbedoeld redde van het vragenvuur van tante Pansy Jean.

De benzine sloeg af en Sadie hing de slang terug aan de pomp. Ze kon zich niet voorstellen hoe het was om zo jong te trouwen en dan ook nog met iemand van school. Zij had geen middelbareschoolvriendje gehad. Ze was mee uit gevraagd, had afspraakjes gehad, maar ze was nooit serieus verliefd geweest.

Ze draaide de dop op de benzinetank, deed de deur van haar auto open en viste haar tas van de stoel. Haar eerste echte relatie had ze gehad in haar eerste jaar op de universiteit in Austin. Zijn naam was Frank Bassinger, maar iedereen noemde hem Frosty.

O ja, Frosty.

Hij was prachtig geweest, met door de zon geblondeerd haar en helderblauwe ogen. Een echte Texaan. Hij speelde football en was een nette jongen geweest, een senator in de dop. Hij had haar ontmaagd en hij had het zo goed gedaan dat ze het diezelfde nacht weer hadden gedaan.

Ze hadden bijna een jaar iets gehad en achteraf bezien was hij waarschijnlijk de enige echt nette jongen waar ze ooit iets mee had gehad, maar ze was jong geweest, en begon zich opgesloten te voelen en rusteloos, en ze wilde weg van Frosty en Austin en Texas in het algemeen.

Ze had zijn hart gebroken, en ze had zich ellendig gevoeld, maar ze was jong geweest en haar toekomst lag nog helemaal open. Nog weidser dan de vlaktes van Texas, die ze zo goed gekend had.

De tien centimeter hoge hakken van haar schoenen tikten op het asfalt van de parkeerplaats toen ze naar de winkel liep. Ze vroeg zich af wat er van Frosty zou zijn geworden. Hij was vast getrouwd met zo'n perfect, opgewekt lid van een damesvereniging, had twee kinderen, en werkte voor het advocatenkantoor van zijn vader. Hij leidde waarschijnlijk een perfect leven.

Ze liep tussen een witte pick-up en een Jeep Wrangler. Na Frosty had ze een hele reeks vriendjes gehad op verschillende universiteiten. Maar één van hen zou ze een serieuze relatie willen noemen. Maar één van hen had haar hart vertrapt en het gebroken als een pretzel. Hij heette Brent. Eén naam, niet twee. Geen bijnaam, en ze had hem ontmoet op UC Berkeley. Hij was totaal anders geweest dan de andere jongens die ze had gekend. Achteraf bezien besefte ze dat hij een doelloze rebel was geweest, een radicaal zonder flauw benul, maar als jonge twintiger had ze dat niet gezien. Toen had ze niet gezien dat er niks zat achter die broeierige, sombere stemmingen van hem. Een geprivilegieerd rijkeluiszoontje met alleen maar pretentieuze woede tegen 'het systeem'. God, wat had ze van hem gehouden. Toen hij haar had gedumpt voor een zwartharige schone met diepzinnige ogen, had Sadie gedacht dat ze zou sterven. Natuurlijk was ze blijven leven, maar het had lang geduurd voor ze over Brent heen was. Tegenwoordig was ze te slim om zo blindelings verliefd te worden. Dat had ze achter zich gelaten en ze had geen belangstelling voor emotioneel onbeschikbare mannen. Mannen zoals haar vader die dichtsloegen zodra iemand te dichtbij kwam.

Ze deed de deur van de Gas and Go open en ergens in de winkel klonk een belletje. Haar neusgaten kregen een aanval te verwerken van de geur van popcorn, hotdogs en schoonmaakmiddel met dennengeur. Ze liep langs een rij met chips naar de glazen koelkastdeuren. Haar laatste relatie was kortstondig geweest. Hij was succesvol en knap, maar ze had hem de deur gewezen omdat zijn seksuele techniek na drie maanden nog niet verbeterd was. Ze had geen man nodig voor het geld. Ze had hem nodig voor de dingen die ze niet zelf kon doen, zoals zware voorwerpen tillen en de horizontale tango dansen.

Het was zo simpel, maar het was toch elke keer weer schokkend om te ontdekken hoeveel kerels niet goed horizontaal konden dansen. Echt verbijsterend. Was seks niet hun belangrijkste werk? Nog belangrijker dan het hebben van *echt* werk?

Ze pakte een sixpack cola light en glipte langs een cowboy van middelbare leeftijd die in de koelkast ernaast naar een pak Lone Star greep. De grote snor onder zijn hoed zag er enigszins bekend uit, maar ze bleef niet staan om beter te kijken. Ze was moe, en na het oefendiner, waar een lunch met de zusjes Parton aan vooraf was gegaan, was ze sufgepraat en uitgevloerd.

Uitgevloerd? Hemel, die uitdrukking had ze niet gebruikt sinds de dagen van olim.

Ze pakte een zak Cheetos en legde die naast de blikjes op de toonbank voor Luraleen Jinks. Mevrouw Jinks had zo mogelijk nog meer rimpels. Ze droeg een fluorroze blouse en roze oorbellen in de vorm van schedels, met diamanten oogjes.

'Zo, Sadie Jo,' begroette ze haar, met een stem zo rauw als schuurpapier 60.

'Hallo mevrouw Jinks.'

'Je bent net zo knap als je mama.'

Nu moest ze iets complimenteus terugzeggen, maar dat vereiste een leugenachtigheid die ze niet bezat. Zelfs niet als inheemse. 'Bedankt, mevrouw Jinks. Wat een leuke schedeloorbellen.' Dat was ook een leugen, maar niet zo erg als zeggen dat Luraleen knap was.

'Bedankt. Ik heb ze gekregen van een van mijn heren.'

Zei ze nou *heren*? Als in meer dan één?

'Hoe gaat het met je vader?' Ze scande de cola light en stopte hem in een plastic zak. 'Ik heb hem al een tijdje niet gezien.'

'Prima.' Sadie zette haar Gucci-tas op de toonbank en haalde haar portemonnee tevoorschijn.

'Ik hoor dat je in de stad bent voor de bruiloft van Tally Lynn?'

'Ja, ik kom net van het oefendiner. Tally zag er erg gelukkig uit.' En dat was de waarheid. Gelukkig en stralend van prille verliefdheid.

Ze sloeg de Cheetos aan. 'Vince zei dat je hem hebt geholpen en dat je hem gisteren een lift hebt gegeven.'

Ze keek op. 'Vince? De man langs de kant van de weg?' De man die de kans had afgewezen om met haar naar de bruiloft van haar nicht te gaan? De laatste man op aarde die ze zou willen terugzien?

'Ja. Dat is mijn neef.'

Neef? Toen ze vanochtend van de JH was vertrokken, had ze gezien dat de pick-up niet meer langs de kant van de weg stond.

Luraleen sloeg het totaal aan. 'Hij zet achterin dozen voor me weg. Ik haal hem wel even.'

'Nee, dat is niet no...'

'*Vince!*' riep ze, en meteen kreeg ze een hoestbui.

Sadie wist niet of ze moest wegrennen of over de toonbank moest springen om op de rug van de vrouw te kloppen. Rennen was niet echt een optie, en ze vroeg zich af of er bij elke klop rookwolkjes uit Luraleens oren zouden komen als ze op haar rug zou slaan.

Achter in de winkel hoorde ze een deur zacht piepen en het zwaardere gestamp van laarzen vlak voor het diepe gebrom weerklonk van een mannenstem. 'Alles goed, tante Luraleen?'

Sadie keek naar links, naar een lange aanwezigheid die haar kant op kwam. Een donkere schaduw bedekte de onderste helft van zijn gezicht, waardoor zijn ogen nog levendiger groen leken. Hij zag er nog langer en ruiger uit dan vorige avond, en zonder basketbalpet was hij nog knapper. Zijn donkere haar was kortgeknipt, ongeveer twee centimeter langer dan gemillimeterd.

Hij stond stil toen hij haar zag. 'Hallo, Sadie.'

Hij had haar naam onthouden. 'Hoi, Vincent.' Ze merkte dat ze opnieuw de neiging had om haar haren los te schudden en haar lipgloss te controleren. Dat bewees maar weer dat het tijd werd voor een nieuwe relatie. Dit keer met een man die wat voorstelde in bed. 'Ik zag dat je pick-up weg was, dus ik neem aan dat iemand je heeft weggesleept?'

'Iedereen noemt me Vince.' Hij liep door tot achter de toonbank en ging naast zijn tante staan. 'Ik ben vanochtend weggesleept. De alternator is kapot, maar hopelijk is hij maandag weer gerepareerd.'

De man voor haar wist ongetwijfeld wat hij moest doen. Kerels zoals hij wisten altijd alle finesses van het bed. Of tegen een muur, of op het strand van Oahu, of zelfs in een auto met uitzicht op L.A. Niet dat *zij* daar iets van wist. Absoluut niet. 'Dus je bent hier tot maandag?' En waarom dacht ze überhaupt aan Vince en het bed? Misschien omdat hij er erg bedderig uitzag in het bruine T-shirt dat strak over zijn borst spande.

Hij keek steels naar zijn tante. 'Ik weet niet wanneer ik wegga.'

Sadie schoof een briefje van twintig over de toonbank. Ze keek omhoog in de lichtgroene ogen van Vince, in zijn duistere gezicht. Hij leek geen man voor kleine stadjes. Zeker geen kleine stadjes in Texas. 'Lovett is niet bepaald Seattle.' Ze schatte hem op halverwege de dertig. De vrouwen van Lovett zouden *dol* op hem zijn, maar ze wist niet zeker hoeveel van die vrouwen alleenstaand waren. 'Er is niet zoveel te doen.'

'Nou, daar ben ik... ik het niet mee eens,' stamelde Luraleen terwijl ze het wisselgeld pakte. 'We hebben hier geen grote musea en chique kunstgaleries en zo maar er is hier best een hoop te doen.'

Sadie had kennelijk een gevoelige snaar geraakt. En dus ging ze er niet tegenin. Ze pakte het wisselgeld en stopte het in haar portemonnee. 'Ik bedoel alleen dat dit meer een stad is voor gezinnen.'

Luraleen schoof de kassalade dicht. 'Er is niets mis met gezinnen. Families zijn voor veel mensen belangrijk.' Ze duwde de tas met cola light en Cheetos in Sadies richting. 'De meeste mensen bezoeken hun arme papa's wat vaker dan elke vijf jaar of zo.'

En de meeste papa's bleven thuis als hun dochters na vijf jaar op bezoek kwamen. 'Mijn vader weet waar ik woon. Dat heeft hij altijd geweten.' Ze voelde haar gezicht gloeien. Van woede en schaamte, en ze wist niet wat ze erger vond. Zoals de meeste mensen in Lovett wist Luraleen niet waar ze het over had, maar dat weerhield haar er niet van om te doen alsof ze het wel wist. Ze was niet verbaasd dat Luraleen wist hoelang ze niet op bezoek was geweest. Kleinstedelijke roddels waren een van de redenen dat ze uit Lovett was vertrokken, zonder een spoortje spijt. Sadie liet haar portemonnee in haar tas vallen en keek op naar Vince. 'Ik ben blij dat iemand je auto heeft weggesleept.'

Vince keek toe terwijl Sadie haar tas met cola light en Cheetos pakte. Zag haar wangen dieproze kleuren. Er was iets aan de hand achter die blauwe ogen. Iets wat meer was dan woede. Als hij een aardige vent was geweest, zou hij wat meer moeite hebben gedaan om iets sympathieks te bedenken om de overduidelijk bijtende opmerking van Luraleen te verzachten. De vrouw had hem een dienst bewezen, maar Vince wist niet wat hij moest zeggen, en niemand had hem er ooit van kunnen beschuldigen dat hij een aardige vent was. Behalve dan zijn zus, Autumn. Zij had hem altijd veel meer eer gegeven dan hij verdiende en hij had altijd gevonden dat als zijn zus de enige vrouw op aarde was die hem een aardige vent vond, hij dus eigenlijk een enorme eikel was. En dat vond hij verrassend genoeg prima. 'Nog bedankt voor de lift,' zei hij.

Ze zei iets, maar hij kon het niet verstaan omdat ze zich net omdraaide. Haar blonde paardenstaart zwiepte terwijl ze zich op haar hakken omdraaide en de deur uit beende. Zijn blik gleed langs de rug van haar jas, langs haar blote kuiten en enkels naar een paar hoerenhakken.

'Ze liep altijd al als een paard van een daalder.'

Vince keek naar zijn tante, en zijn blik dwaalde weer af naar het achterwerk van Sadie terwijl ze over het parkeerterrein liep. Hij wist niet goed wat een paard ermee te maken had, maar hij wist wel dat hij een enorme fan was van hoerenhakken. 'Je was wel onaardig tegen haar.'

'Ik?' Luraleen legde in onschuld een hand op haar borst. 'Ze zei dat er niks te beleven is in de stad.'

'En?'

'Er is een hele hoop te beleven!' Geen grijze haar op haar hoofd verroerde zich terwijl ze het hevig heen en weer schudde. 'We hebben de picknick ter gelegenheid van de stichting van de stad, en de vierde juli is altijd een grote fuif. Bovendien is het over een maand alweer Pasen.' Ze gebaarde naar Alvin, die achteraan stond met zijn krat Lone Star. 'We hebben hier een paar goede restaurants waar je lekker kunt eten.' Ze sloeg het bier aan. 'Dat is toch zo, Alvin?'

'Bij Ruby's hebben ze prima biefstuk,' zei de cowboy instemmend terwijl hij twee opgevouwen briefjes overhandigde. Zijn grote hoed leek omhooggehouden te worden door zijn flaporen. 'De vis is er niet geweldig.'

Luraleen wuifde de kritiek weg. 'Dit is een streek van vleeseters. Wie geeft er nou om vis?'

'Wat doe je vanavond na sluitingstijd, Luraleen?'

Ze keek opzij naar Vince en hij probeerde net te doen alsof hij het niet zag. 'Ik heb mijn neef te logeren.'

'Ik vind het prima als je uit wilt gaan.' Na gisteravond en het grootste deel van vandaag kon hij wel even zonder zijn tante. Hij moest haar aanbod nog overdenken. Hij had het aanbod eerst willen afwijzen, maar hoe meer hij erover dacht, hoe aanlokkelijker het klonk. Hij was niet van plan om de rest van zijn leven in Lovett, Texas, te blijven, maar misschien was de Gas and Go een mooie nieuwe investering. Een paar kleine verbeteringen hier en daar, en hij kon het tegen een fraaie winst verkopen.

'Zeker weten?'

'Ja.' Hij wist het zeker. Voor zijn tante betekende een leuke avond luisteren naar een 'bandje' met Tammy Wynette en een fles Ten High. Hij hield niet zo van bourbon, zeker geen *goedkope* bourbon, en hij wist niet zeker of zijn lever nog meer van dat bocht kon hebben.

Ze sloeg het wisselgeld in de uitgestoken hand van Alvin. 'Goed, maar zorg ervoor dat alles het deze keer doet, anders kun je het vergeten.'

Het doet?

Alvin werd rood maar slaagde erin een knipoog te geven. 'Zeker weten, schat.'

Wat?! Vince had al heel wat verontrustende dingen meegemaakt in zijn leven, die hij diep had weggestopt in een donker hoekje van zijn ziel, maar zijn gerimpelde tante op haar rug met Alvin stond bijna boven aan het lijstje.

Luraleen duwde de la van de kassa dicht en verkondigde: 'We gaan vroeg dicht. Zet de hotdogmachine uit, Vince!'

Nog geen uur later werd Vince afgezet bij het huis van zijn tante. Ze had wat roze lippenstift in de kleur van aardbeienijs op haar rimpelige paardenlippen gesmeerd en was in de pick-up van Alvin gesprongen om dingen te gaan doen waar Vince volstrekt niet aan wilde denken.

Vince bleef alleen achter in een oude metalen stoel op de veranda. Hij zette een fles water aan zijn mond en zette die daarna neer op het verbogen hout bij zijn linkervoet. Hij was niet zo goed in ontspannen. Hij moest altijd iets te doen hebben. Een doel hebben.

Hij strikte de veters van zijn linker sportschoen en keek naar zijn rechter. In de marine was er altijd wat te doen geweest. Hij was altijd wel op een missie geweest, of aan het trainen of voorbereiden voor de volgende. Toen hij thuiskwam, had hij afleiding gezocht in werk of zijn familie. Zijn neefje was nog maar een paar maanden oud geweest en zijn zus had veel hulp nodig gehad. Hij had een duidelijk doel gehad, en er was geen ruimte om in een psychisch gat te vallen. Er was geen tijd om na te denken. Over wat dan ook.

Daar hield hij wel van.

De hordeur viel achter hem dicht toen hij de koele maartlucht in stapte. Een smal strookje maan hing in de zwarte sterrennacht. Seattle, New York en Tokyo hadden een prachtige skyline, maar ze vielen allemaal in het niet bij de natuurlijke schoonheid van miljarden sterren.

De zolen van zijn sportschoenen dreunden in een gestaag tempo op het asfalt. Of hij nu in Afghanistan, Irak of op een olieplatform in het midden van de kalme Perzische Golf was, onder de donkere deken van de nacht vond hij altijd een beetje vredigheid. Dat was eigenlijk wel ironisch, want net als de meeste speciale eenheden had hij vaak in het holst van de nacht moeten werken, met het vertrouwde *rekketek* van een AK-47 in de verte en het geruststellende antwoord van een M4A1. Die tweedeling van gelijke delen geruststelling en angst die de nacht bood, was iets wat mannen zoals hij begrepen: naar de vijand toe gaan was veel beter dan wachten tot de vijand naar jou kwam.

In de rustige Texaanse nacht hoorde hij alleen zijn eigen ademhaling en een hond die blafte in de verte. Een rottweiler misschien.

Op avonden zoals deze waren zijn gedachten vol van het verleden of van de toekomst. Vol met de gezichten van zijn maten. Degenen die het hadden gehaald en die waren achtergebleven. Hij kon terugdenken aan de jongens van Team One van het Alfapeloton. Hun frisse gezichten waren in de loop der jaren veranderd door alles wat ze hadden gezien en gedaan. Hij was volwassen geworden in de marine. Een man geworden, en de dingen die hij had gezien en gedaan hadden hem ook veranderd.

Maar vanavond had hij andere dingen om over te denken. Dingen die niets met het verleden te maken hadden. Toegegeven, hoe langer hij nadacht over het kopen van de Gas and Go, hoe aanlokkelijker het idee leek. Hij kon de winkel kopen, opknappen en over een jaar weer verkopen. Misschien kon hij wel de volgende John Jackson worden, de eigenaar en oprichter van een keten van ongeveer honderdvijftig gemakswinkels in het noordwesten.

Weliswaar wist hij niets van gemakswinkels, maar dat had John ook niet gedaan. Hij was een marketeer voor Chevron geweest uit een stadje in Idaho en was nu miljoenen waard. Niet dat Vince een tycoon wilde zijn. Hij was niet het type man voor een pak. Hij was niet geschikt voor de directiekamer en hij kende zichzelf goed genoeg om te weten dat hij niet erg diplomatiek was, helemaal niet zelfs. Niet lullen maar poetsen, dat kenmerkte hem meer. Hij trapte liever een deur in dan dat hij zich ergens langs praatte, maar hij was 36 en zijn lichaam was behoorlijk afgemat door al die jaren deuren intrappen, uit vliegtuigen springen, vechten tegen de golven als een rodeoruiter en een Zodiac het strand op slepen.

Hij liep onder een zwak brandende lantaarnpaal door in noordelijke richting. Hij had de helse week van BUD/S doorstaan en had tien jaar gediend bij SEAL Team One op Coronado. Hij was overal op de wereld op missies geweest, en was daarna naar Seattle verhuisd om zijn neefje te helpen. Dat klusje had hem soms doen terugverlangen naar de dagen met eindeloze zandstormen, stinkende moerassen en huiveringwekkende kou. Hij kon best een klein supermarktje aan, want eerlijk gezegd had hij toch niet veel meer omhanden.

Een auto kwam zijn richting uit en hij liep meer naar de rand. Hij had zich lang niet zo doelloos gevoeld. Niet sinds zijn vader was weggelopen bij hem, zijn zus en zijn moeder. Hij was tien toen zijn ouweheer was vertrokken zonder ooit nog terug te komen. Tien toen hij zich voor het eerst verward had gevoeld over zijn plek in de wereld. Hij was te jong geweest om zijn moeder te helpen en te oud om te huilen zoals zijn zusje. Hij had zich hulpeloos gevoeld. En dat gevoel haatte hij nog steeds.

Toen het gebeurde, woonden ze in een huisje aan het Coeur d'Alene Lake in het noorden van Idaho. Om te ontsnappen aan het verdriet over het verdwijnen van zijn vader en het onvermogen van zijn moeder om daarmee om te gaan, had hij die eerste zomer vooral doorgebracht met het verkennen van de ijskoude wateren. Elke ochtend maakte hij ontbijt voor zijn zusje en paste op tot zijn moeder opstond. Dan trok hij zijn zwembroek aan, pakte zijn zwemvliezen en duikbril, en dwong zichzelf steeds verder te gaan. Verder dan hij de dag daarvoor had gezwommen, dieper dan hij had gedoken, en met langer ingehouden adem. Het was het enige wat hem een doel gaf in het leven. Het enige waardoor hij zich niet zo hulpeloos voelde. Het enige waar hij controle over had.

In de acht jaar daarna waren zijn moeder en zijn zus en hij vier keer verhuisd. Soms bleven ze in dezelfde staat, maar nooit in hetzelfde district. In elke nieuwe stad nam hij een baantje om kranten te bezorgen voor schooltijd. Door zijn lengte en natuurlijke sportieve aanleg speelde hij wat football, maar hij vond lacrosse leuker. 's Zomers werkte hij en in zijn vrije tijd ging hij naar het dichtstbijzijnde water. Om te zwemmen, te duiken of om Autumn te laten doen alsof ze een drenkeling was zodat hij haar kon redden. Als zijn zus niet mee was, keek hij naar de meisjes.

In de zomer van zijn zestiende jaar woonden ze in Forest

Grove, Oregon, en bracht hij zijn dagen door bij Hagg Lake. Hij was ontmaagd op het strand, onder de sterren en een volle maan. Haar naam was Heather, en ze was achttien. Voor sommige mensen zou dat leeftijdsverschil een probleem zijn geweest, maar niet voor Vince. Hij had het helemaal geen punt gevonden om die nacht met Heather te slapen.

Hij had altijd geweten dat hij in het leger wilde, maar hij had zijn moeder beloofd dat hij het eerst op de universiteit zou proberen. Hij kreeg een beurs om lacrosse te spelen voor de universiteit van Denver, en hij had twee jaar gespeeld. Maar hij had nooit het idee gehad dat hij er op zijn plaats was. Toen hij het wervingskantoor van de marine was binnengelopen, had dat als thuiskomen gevoeld. Eén blik op de muurschildering van een SEAL-team dat uit een CH-53 afdaalde op een scheepsdek, met een diepblauwe oceaan op de achtergrond, en hij wist dat zijn hele leven op die muur stond.

Tegenwoordig was het allemaal niet zo helder. Hij had geen doel. Hij was rusteloos, en dat was nooit gunstig. Rusteloos leidde tot kroeggevechten en erger. Er waren echt wel ergere dingen dan in elkaar geslagen worden door een bar vol motorrijders. Ergere dingen dan een explosie die een einde maakte aan alles waar je zo hard voor had gewerkt. Ergere dingen dan doof worden in je linkeroor.

Hij was een SEAL, een schaduwvechter. Geteisterd worden door nachtmerries en wakker worden met een ijskoude poel angstzweet op zijn borst was erger dan alles wat hij ooit had meegemaakt.

Maar zou een supermarkt in een godvergeten uithoek van Texas hem de benodigde helderheid geven? Wilde hij wel in een klein stadje van Texas zitten? Minstens een jaar? Bier en benzine en broodjes verkopen terwijl hij de boel verbouwde?

Hij zou het overleggen met Autumn. Zij was eigenaar van een succesvol evenementenbedrijf in Seattle en hij wilde graag weten wat zij dacht van het aanbod van tante Luraleen. De laatste keer dat hij Autumn had gesproken, was ze druk bezig geweest met het plannen van haar huwelijk. Met die eikel van een ex van haar.

Dezelfde eikel die zijn borgtocht had betaald na de vechtpartij met de motorrijders en die hem de naam had gegeven van een geweldige advocaat. Dat betekende dat hij bij hem in het krijt stond, en Vince had er een bloedhekel aan om bij mensen in het krijt te staan.

Vince had een paar simpele stelregels in het leven, en die stonden in steen gebeiteld. Hou je hoofd koel en je spullen op orde. Laat nooit een maat achter en zorg ervoor dat je nooit bij iemand in de schuld staat.

Hoofdstuk vijf

Sadie stond aan een kant van een hartvormig prieel, de tweede in een rij bruidsmeisjes in felroze jurken van taf. Het prieel van hout en ijzerdraad was bedekt met rozen en tule. Sadie vocht tegen de aandrang om de rand van haar strapless jurk omhoog te hijsen. Bij het passen van de jurk had ze hem nooit langer dan een paar minuten aangehad, en ze had niet beseft dat hij zo laag over haar borsten zat. De andere meisjes uit het gezelschap leken er geen punt van te maken, maar Sadie was nooit erg dol geweest op de combinatie kort en strak. Het zat niet prettig en in haar werk was het ook niet gepast. Ze was niet gewend aan kleren die dingen omhoog en naar buiten duwden, maar ze vermoedde dat ze tien jaar eerder de roze jurk van taf te gek had gevonden. De andere bruidsmeisjes zagen er te gek uit, maar zij was 33 en ze voelde zich belachelijk.

'Indien iemand hier een gegronde reden kan noemen waarom deze twee mensen niet in de echt verenigd mogen worden, laat hij dan nu spreken of voor eeuwig zwijgen,' sprak de predikant, waarmee de ceremonie halverwege was.

Direct achter Sadie fluisterde bruidsmeisje nummer drie, Becca

Ramsey, iets en snikte toen zachtjes. De avond ervoor was Becca's vriend Slade betrapt terwijl hij haar bedroog met 'die slet Lexa Jane Johnson' en Becca trok zich dat behoorlijk aan. Ze was met rode, opgezwollen ogen en een druipneus naar de Sweetheart Palace Wedding Chapel gekomen. Terwijl ze in kapstoelen zaten en hun haar en make-up werd gedaan, had Becca gehuild en was dat blijven doen tot Tally Lynn er genoeg van kreeg. Ze was opgestaan, met grote krulspelden in haar blonde haar, een valse wimper net op zijn plek gelijmd, en een witte 'IK BEN DE BRUID'-badjas om haar schouders.

'Je gaat mijn dag NIET verpesten, Becca Ramsey!' had ze gezegd, met een stem die zo angstaanjagend was dat zelfs Sadie achteruit was gedeinsd in haar stoel. De ogen van Tally Lynn waren spleetjes geworden en terwijl ze met een vinger naar de bruidsmeisjes wees had ze zo'n uitpuilende ader op haar voorhoofd gekregen. 'Dit is MIJN dag, niet die van jullie. Iedereen weet dat Slade alles wat beweegt bespringt. Hij bedriegt je al twee jaar. Je hebt 'm al die tijd zijn gang laten gaan, dus hou nu verdomme op over Slade. En als er nog verder iemand mijn dag wil verpesten, kan die Becca achterna door die deur.' Toen was ze weer gaan zitten en had tegen de visagist gebaard dat ze door moest gaan, alsof ze niet net in een vrouwelijke versie van Satan was veranderd. 'Meer eyeliner, alsjeblieft.'

Sadie had geglimlacht van trots over dat felle nichtje dat ze niet zo goed kende. Trots, ondanks het feit dat Tally Lynn haar dwong een minibaljurk te dragen en hoog Texaans haar. Het soort haar dat ze nooit had gehad toen ze zichzelf nog Texaans vond.

'U mag de bruid kussen,' verkondigde de predikant, wat voor de bruidegom het teken was om Tally Lynn in zijn armen te nemen, haar naar achteren te buigen en haar een flinke pakkerd te geven. Een spoortje van iets kroop over Sadies hart. Het was geen jaloezie. Het spoortje iets herinnerde haar er alleen aan dat zij ook graag ooit met iemand voor een predikant zou willen staan, en dat diegene zou beloven om eeuwig van haar te houden en haar dan over zijn arm zou buigen.

'Dames en heren, de heer en mevrouw Hardy Steagall!'

Sadie draaide zich om en maakte zich klaar om achter de bruid en bruidegom aan te lopen, over het gangpad naar de foyer. Misschien zat er in dat spoortje iets ook een beetje melancholie.

Ze liep weg van het prieel en stak haar vrije hand door de arm van Rusty. Ze wist niet goed waarom ze zich een beetje melancholiek voelde. Ze was niet verdrietig over haar leven. Ze vond haar leven *leuk*.

'Klaar om te feesten?' vroeg Rusty uit zijn mondhoek terwijl ze over het gangpad liepen.

'Ja.' Ze had behoefte aan een glas wijn. Misschien kwam het omdat haar nicht en tante Bess en oom Jim er zo gelukkig uitzagen. Misschien kwam het door de roze jurk en het boeketje roze met witte bloemen in haar hand. Misschien kwam het omdat ze terug was in Lovett, waar trouwen en kinderen krijgen het enige doel in het leven was. Ze wist niet goed waar haar veranderde stemming vandaan kwam, maar ze voelde zich ineens erg *alleenstaand* en alleen. Zelfs Rusty had ze te leen. Zijn vriendin zat ergens in de menigte. Voor zover ze het wist waren zij en de net verlaten Becca de enige solodames in het Sweetheart Palace. Zelfs haar tante Charlotte, een echte cougar, had een partner gevonden.

Sadie nam haar plek in voor de foto's. Ze glimlachte naar de fotograaf en deed net alsof haar humeur niet was gekelderd. Ze was blij voor haar nichtje. Echt waar. Maar ze kon niet wachten tot ze weer terug mocht naar haar eigen leven, waar ze zich niet zo'n manloze mislukking voelde.

Toen de foto's waren genomen, gingen ze naar de met roze, goud en wit versierde eetzaal. Tally Lynn trok Sadie in een stevige omhelzing tegen haar witte suikertaartjurk. 'Ik ben zo blij dat je erbij bent.' Haar gezicht straalde helemaal van de liefde en alle plannen voor een gelukkige toekomst en ze voegde eraan toe: 'Goh, Sadie, ik weet gewoon dat jij de volgende zult zijn.'

Haar nicht bedoelde dat lief, geruststellend, en Sadie duwde haar mondhoeken tot een glimlach en wist een vrolijk 'Misschien' uit te brengen.

'Ik heb je aan tafel gezet bij de tantes.' Ze wees naar een van de ronde tafels, versierd met bloemstukken van rozen en roze waxinelichtjes. 'Ze vinden het zo fijn dat je er bent. Zo kunnen jullie lekker bijpraten.'

'Fantastisch.' De tantes. Sadie liep tussen de tafels met wit linnen tafelkleden en kristal door, *caesar salad* op elk bord. Ze liep langzaam maar zeker naar de inquisitie toe, met hun witte suikerspinhaar en rode rouge op hun tachtigpluswangen. 'Hi, tante Nelma en Ivella.' Ze hield een hand voor haar decolleté en boog voorover om ze allebei te kussen op hun dunne huid. 'Wat fijn om jullie weer eens te zien.'

'Hemel, wat lijk je op je moeder. Nelma, ziet ze er niet precies zo uit als Johanna Mae toen die Miss Texas werd?'

'Wat?'

'Ik zei,' schreeuwde Ivella, 'Sadie ziet er precies zo uit als Johanna Mae!'

'Precies,' zei Nelma instemmend.

'Komt door het haar.' Ze ging tegenover haar tantes zitten, naast een wat dikkig meisje dat er enigszins bekend uitzag.

'Zo droevig,' zei Ivella hoofdschuddend.

Wat was er droevig. Haar haar?

'Arme Johanna Mae.'

O, dat droevige. Sadie legde haar linnen servet op schoot.

'Haar hart was gewoon te groot,' schreeuwde Nelma. Ze was misschien wat doof, maar haar stem deed het nog prima.

Hoe ouder Sadie werd, hoe vager de herinneringen aan haar moeder werden. En dat was heel erg 'droevig'.

'Te groot,' zei Ivella instemmend.

Sadie wendde zich tot de vrouw rechts van haar en stak haar linkerhand uit. 'Hoi, ik ben Sadie Hollowell.'

'Sarah Louise Baynard-Conseco.'

'O, de dochter van Big Buddy?'

'Ja.'

'Ik zat op school met Little Buddy. Wat is er van hem geworden?' Ze pakte haar vork en nam een hapje sla.

'Hij werkt in San Antonio voor Mercury Oil.' Net als alle mensen om Sadie heen sprak Sarah Louise met een vet accent en een woord als *oil* klonk meer als *ole*. Sadie had ook zo geklonken, maar tegenwoordig niet meer zo erg. 'Hij is getrouwd en heeft drie kinderen.'

Drie? Hij was een jaar jonger dan Sadie. Ze gebaarde naar de ober, die een glas rode wijn inschonk. Ze nam een lange teug voor ze het glas weer op tafel zette.

'Hoe gaat het met je vader?' vroeg Nelma luid.

'Goed!' Ze nam nog wat happen salade, en ging toen verder: 'Hij is vanochtend naar Laredo vertrokken om een merrie te laten dekken.'

Ivella legde haar vork neer, en een frons trok haar dunne witte wenkbrauwen samen. 'Waarom gaat hij in vredesnaam weg als jij in de stad bent?'

Ze haalde haar schouders op, dacht aan haar decolleté, en trok haar jurk op. Hij was voor zonsopgang vertrokken en ze had niet eens afscheid van hem genomen. Ze kende hem goed genoeg om te weten dat hij van plan was om haar gedag te zeggen voor ze uit Texas vertrok, maar zolang hij weg was, zou hij nauwelijks aan haar denken.

Tijdens het diner praatte iedereen over de bruiloft. De jurk en de geloften die ze hadden gedaan en die kus op het eind.

'Heel romantisch,' zei Sarah Louise toen de saladeborden werden weggehaald en het hoofdgerecht werd neergezet.

'Toen ik met Charles Ray trouwde, kusten we elkaar voor het eerst bij het altaar,' biechtte Nelma op, luid genoeg om hoorbaar te zijn in het volgende dorp. 'Papa liet ons meisjes niet in de buurt van jongens komen.'

'Inderdaad,' zei Ivella instemmend.

Sadie keek eens goed naar haar bord. Biefstuk, aardappel-puree en groene asperges.

'En niks geen seks voor het huwelijk!'

Zonder seks voor het huwelijk zou ze nog altijd maagd zijn. Ze nam een hapje biefstuk. Hoewel, de laatste tijd was het er zo weinig van gekomen dat ze net zo goed een maagd kon zijn. Ze was in een stadium in haar leven waarbij de kwaliteit het belangrijkste was. Niet dat het vroeger niet belangrijk was, maar de laatste tijd had ze gewoon minder geduld met slechte minnaars.

'Ben jij getrouwd?' vroeg Sarah Louise.

Ze schudde van nee en slikte. 'En jij?'

'Ja, maar mijn man woont buiten de stad. Als zijn tijd erop zit, komt hij vrij en gaan we een gezin beginnen.'

'Tijd? Zit hij in het leger?'

'San Quentin.'

Sadie nam liever nog een hap dan dat ze de voor de hand liggende vraag moest stellen.

Sarah Louise beantwoordde de vraag al uit zichzelf: 'Hij zit vast voor moord.'

De schok was vast van Sadies gezicht te lezen.

'Hij is volstrekt onschuldig, uiteraard.'

Natuurlijk. 'Kende je hem al voor hij... hij... vertrok?'

'Nee, ik heb hem ontmoet via een website om te schrijven aan gevangenen. Hij zit al tien jaar en hij moet nog tien jaar voor hij voorwaardelijk vrij kan komen.'

Lieve deugd. Sadie vond het altijd verbijsterend dat a) er vrouwen waren die wilden trouwen met een man in de gevangenis en b) ze daar zo luchtig over konden doen. 'Dat is lang om op iemand te wachten.'

'Dan ben ik pas vijfendertig, maar zelfs als het langer wordt, dan wacht ik nog eeuwig op Ramon.'

'Wat zei ze?' vroeg Nelma, met een vork naar Sarah Louise wijzend.

'Ze vertelt Sadie over die moordenaar waar ze aan vastzit!'

'Ach heremetijd.'

Sadie kreeg een beetje medelijden met Sarah Louise. Het was vast niet makkelijk om in zo'n klein stadje te wonen en bekend te zijn omdat je was getrouwd met 'die moordenaar'.

Tante Nelma leunde voorover en gilde: 'Heb je een vriend, Sadie Jo?'

'Nee.' Ze zette het glas rode wijn aan haar lippen en nam een teugje. Het was net na zevenen en ze had die vraag tot nog toe weten te ontlopen. 'Ik heb op dit moment geen tijd voor een man.'

'Ben jij zo'n vrouw die vindt dat ze geen man nodig heeft?'

In haar jeugd was ze, telkens als haar gedachten en ideeën afweken van die van de kudde, ervan beschuldigd dat ze grillig was. 'Ik heb ook geen man *nodig*.' Er was een verschil tussen nodig hebben en willen.

'Wat zei ze?' wilde Nelda weten.

'Sadie heeft geen man nodig!'

Geweldig. Nu wist de hele zaal het, maar de tantes waren nog niet klaar. Ze waren zulke koppelaarsters dat ze elkaar aankeken en knikten. 'Gene Tanner is beschikbaar,' zei Ivella. 'De schat.'

Gene Tanner? Het meisje dat de hele middelbare school lang gemillimeterd haar had gehad en houthakkersshirts droeg? 'Woont die nog in Lovett?' Sadie had er een lief ding om durven verwedden dat Gene was vertrokken, zonder ooit terug te willen komen. Ze was een nog groter buitenbeentje geweest dan Sadie.

'Ze woont in Amarillo maar ze komt bijna elk weekend bij haar mama op bezoek.'

Sadie zweeg en wachtte op de nare opmerking over haar zeldzame bezoekjes aan haar vader.

'Ze werkt als parkwachter en heeft vast een goede ziektekostenverzekering.'

Sadie ontspande. Dit was haar moeders kant van de familie, en die hadden nooit veel gegeven om Clive Hollowell. Ze hadden er geen geheim van gemaakt dat ze hem te koud en te ongevoelig vonden voor hun Johanna Mae. 'Ook voor de tandarts?' vroeg ze, om ze op stang te jagen.

'Ik denk het wel.' Maar voor Nelma het kon vragen, vouwde Ivella haar handen om haar mond en gilde: 'Sadie Jo wil weten of Gene Tanner verzekerd is voor de tandarts!'

'Een meisje kan het slechter treffen dan een lesbo met een tandartsverzekering,' mompelde ze, en ze nam een hap aardappel. 'Jammer dat ik morgen alweer wegga.'

Sarah Louise leek een beetje geschrokken dat ze misschien naast een lesbienne zat, maar zij moest haar mond houden. Tenslotte was zij getrouwd met 'die moordenaar', die pas over tien jaar voorwaardelijk vrij zou komen.

Na het diner volgde iedereen de bruid en bruidegom naar de balzaal en kon Sadie ontsnappen aan de tantes. Onder de glinsterende kroonluchters begon het pasgetrouwde stel aan de openingsdans op 'I Won't Let Go' van Rascal Flatts. Het was een oprecht mooi moment van jonge liefde aan het begin van een nieuwe toekomst, en Sadie voelde zich opnieuw heel oud.

Ze was nog maar 33. Ze pakte een glas wijn van een voorbijkomend dienblad en ging naast een met wit en roze behangen ficus staan. Ze was 33 en oud en alleen.

De volgende dans danste Tally Lynn met oom Jim op 'All American Girl'. Ze glimlachten en lachten en oom Jim keek met onmiskenbare liefde en goedkeuring naar zijn dochter. Sadie kon zich niet herinneren dat haar eigen vader ooit zo naar haar had gekeken. Ze maakte zichzelf wijs dat hij het wel had gedaan maar dat ze het zich niet kon herinneren.

Ze sloeg een aanbod af om te dansen met Rusty, vooral omdat ze niet uit haar jurk wilde vallen, maar ook omdat hij erg in zijn vriendin leek op te gaan.

'Hoi Sadie Jo.'

Sadie draaide zich om en keek in een paar diepbruine ogen. Boven het geluid van de band uit zei ze: 'Flick?'

Haar vriendje uit de vierde spreidde zijn armen wijd uit en toonde het kleine buikje onder zijn overhemd met de Amerikaanse vlag. 'Hoe gaat het, meid!'

'Prima.' Ze stak haar hand uit, maar natuurlijk omhelsde hij haar zo hevig dat de wijn uit haar glas spatte. Ze voelde zijn hand op haar kont en wist meteen weer waarom ze maar zo kort verkering had gehad met Flick Stewart. Hij was handtastelijk. Goddank dat ze nooit met hem naar bed was geweest. 'Hoe gaat het ermee?'

'Ben getrouwd en heb een paar kinderen,' antwoordde hij vlak bij haar oor. 'Ben vorig jaar gescheiden.'

Getrouwd *en* gescheiden? Ze maakte zich los uit zijn armen. 'Wil je dansen?'

Met Flick de billenknijper? Met de tantes kletsen leek ineens een heel goed alternatief. 'Later misschien, het was leuk je weer te zien.' Ze liep naar de foyer, waar Nelma en Ivella aan een tafeltje zaten te kletsen met tante Bess. Bess was de tien jaar jongere zus van haar moeder, en dus halverwege de zestig.

Ze ging zitten om het gewicht van haar tien centimeter hoge hakken te halen en binnen een paar seconden begonnen de drie tantes haar te ondervragen over haar leven en het gebrek aan een relatie. Ze nam een slok van haar wijn en vroeg zich af hoelang ze nog moest blijven voor ze met goed fatsoen naar huis kon gaan en die strakke jurk en schoenen kon uittrekken. Ze wilde haar koffers pakken, wachten tot haar vader thuis was en naar bed. Ze wilde bij zonsopgang vertrekken.

'Ik vind het zo fijn dat je er bent, Sadie Jo,' zei tante Bess met een droevige glimlach om haar lippen. 'Het is alsof Johanna Mae een beetje terug is.'

Dat was tenminste een ander onderwerp, al wist Sadie nooit zo goed wat ze erop moest zeggen. Ze had het gevoel dat ze het eigenlijk zou moeten weten, maar ze wist het niet. Alsof ze van nature moest weten hoe ze de familie van haar overleden moeder moest troosten, maar ze had geen idee.

'Ik weet nog dat ze Miss Texas werd. Het was in Dallas en ze zong "The Tennessee Waltz".'

Ivella knikte. 'Ze zong als een engel. Miss Patti Page had het niet beter kunnen doen.'

'Daar houden de overeenkomsten tussen mij en mijn moeder dan ook meteen op. Ik kan niet zingen.'

'Hè? Wat zei ze?'

'Ze zei dat ze geen wijs kan houden! De schat.'

Tante Bess rolde met haar ogen en vouwde haar handen om haar mond. 'Waar is je gehoorapparaat, Nelma?'

'Op mijn nachtkastje! Ik heb het uitgedaan omdat ik Hector niet wilde horen, dat vreselijke keffertje van Velma Patterson, en ik ben vergeten het weer in te doen. Ik haat die hond! Velma laat 'm expres blaffen, want ze is zo gemeen als een stel ratelslangen bij een revival!'

Een doffe pijn bonsde in Sadies slapen terwijl de tantes mekkerden over gehoorapparaten en gemene honden, maar ze hadden het in elk geval niet meer over haar gebrek aan een liefdesleven. Voor nu althans.

Nog vijf minuten, dacht ze, en ze nam de laatste slok wijn. Ze voelde een warme hand op haar blote schouder en keek op langs haar glas. Langs een keurig gestreken kaki broek en een blauw overhemd dat om brede schouders zat. De kraag stond open rond zijn gespierde nek en ze moest zichzelf dwingen om de wijn in haar mond door te slikken. Haar blik gleed verder over zijn vierkante kin en zijn lippen, naar zijn neus en tot in een paar lichtgroene ogen.

'Sorry dat ik zo laat ben.' Zijn diepe, warme stem deed alle gesprekken stokken.

Sadie zette haar glas op tafel en stond op. Ze wist niet welk gevoel overheerste: schok of opluchting. Schok omdat hij daadwerkelijk op de bruiloft was of opluchting omdat zijn onverwachte komst een eind had gemaakt aan de foltering door haar familie. Alle drie de tantes staarden met wijd open ogen naar het oogverblindend stuk mannelijkheid dat voor hen stond.

'Ik dacht niet dat je zou komen.'

'Ik ook niet, maar ik kon je niet laten vertrekken terwijl ik bij je in het krijt stond. Ik wil quitte staan.' Hij liet zijn blik over haar hele lichaam glijden. Over haar blote hals en haar borsten, samengedrukt en omsloten door strakke tafzijde. Langs haar heupen en haar benen naar haar voeten. 'En ik wilde je kauwgomjurk eens goed bekijken.'

'Wat vind je ervan?'

'Waarvan?' Zijn blik gleed weer omhoog langs haar lichaam naar haar gezicht.

'De jurk.'

Hij lachte, een diep, warm geluid dat haar rillingen op haar rug gaf, gewoon omdat ze het mooi vond klinken. 'Alsof je naar een bal gaat en een partner zoekt.'

'Grappig, zo voel ik me ook.'

'Wie is die heer van je, Sadie Jo?'

Ze keek over haar schouder naar de belangstellende ogen van haar drie tantes. 'Dit is Vince Haven. Hij is op bezoek bij zijn tante, Luraleen Jinks.' Ze gebaarde naar de starende vrouwen. 'Vince, dit zijn mijn tantes, Ivella, Nelma en Bess.'

'Jij bent de neef van Luraleen?' Ivella kwam langzaam overeind. 'Ze zei al dat je langs zou komen. Aangenaam kennis te maken, Vince.'

Hij ging de tafel langs. 'Sta alstublieft niet op, mevrouw.' Hij boog licht voorover en gaf elke tante een hand alsof hij keurig was opgevoed. Zijn stoppelbaard was verdwenen en zijn wangen waren glad en gebruind.

'Wie is de jongeman van Sadie?' schreeuwde Nelma.

'Hij is niet van mij. Hij...'

'De neef van Luraleen, Vince!' antwoordde Bess vlak bij het dove oor van Nelma.

'Ik dacht dat ze zei dat ze van vrouwen hield. Lieve deugd!'
Sadie sloot haar ogen. Ik wil dood.

Er was niets mis met lesbisch zijn, alleen was zij toevallig hetero, en dat Nelma schreeuwde dat ze van vrouwen hield was even gênant als wanneer ze had geschreeuwd dat ze van mannen hield. Het leek zo wanhopig. Ze deed haar ogen open en keek in het donkere, knappe gezicht van de vreemdeling voor haar. Hij was geamuseerd want zijn mondhoeken kwamen een beetje omhoog en hij had rimpeltjes bij zijn ooghoeken.

'Red me,' zei ze, net niet fluisterend.

Hoofdstuk zes

Hij stak zijn arm uit alsof hij het gewend was om vrouwen te redden en ze stak haar hand tussen zijn elleboog en ribben. De warmte drong door tot in haar palm en verwarmde haar lichaam. 'Het was aangenaam om kennis te maken, dames.'

'Aangenaam, Vince.'

'Bedankt voor je komst.'

'Hij is zo groot als Texas!'

Samen liepen ze door de gang naar de balzaal en Sadie zei: 'Mijn tantes zijn een beetje gek.'

'Ik weet wel iets van gekke tantes.'

Dat klopte. 'Bedankt dat je gekomen bent vanavond. Dat waardeer ik.'

'Bedank me niet te vroeg. Ik heb al zo lang niet gedanst dat ik niet meer weet hoe.'

'We hoeven echt niet te dansen.' Ze keek omlaag naar haar decolleté en toen omhoog naar zijn gezicht. Met zijn hoekige kin en donkere huid en donkere haar was het meest opvallende aan Vince dat hij zo *mannelijk* was. Een belachelijk knappe man. 'Ik doe mijn armen zelfs liever niet omhoog.'

'Waarom niet?'

'Ik wil niet uit mijn jurk vallen.'

Hij glimlachte en keek omlaag naar haar vanuit de hoeken van zijn ogen. 'Ik beloof je dat ik alles zal opvangen wat eruit valt.'

Ze lachte toen zijn arm tegen haar aan kwam, de aanraking van katoen en warmte tegen haar huid. 'Ga je me twee keer op een avond redden?'

'Dat wordt lastig, maar het lukt me vast wel.' Ze liepen naar de balzaal en naar het midden van de drukke dansvloer. Onder de glinsterende prisma's van de kristallen kroonluchters pakte hij een van haar handen. Zijn andere grote handpalm legde hij op de ronding van haar middel. De band speelde een langzaam nummer over herinneringen en ze liet haar andere hand langzaam over zijn borst glijden, over de harde vlakken en richels, tot op zijn schouder. Alles bleef in haar jurk, en hij trok haar naar zich toe, zo dichtbij dat ze de warmte van zijn brede borst voelde, maar niet zo dichtbij dat ze elkaar raakten.

'Maar als je me twee keer op één avond moet redden, staan we niet quitte,' zei ze, net boven de muziek uit, en zijn blik gleed naar haar lippen. 'Dan sta ik weer bij jou in het krijt.'

'Je kunt vast wel iets bedenken.'

Wat? Ze wist niets van hem. Behalve dan dat zijn tante gekke Luraleen Jinks was, dat hij uit Washington kwam en in een grote Ford reed. 'Ik ga je auto niet wassen.'

Hij grinnikte. 'We kunnen vast wel iets bedenken wat leuker is om te wassen dan mijn auto.'

Voor die opmerking had ze zelf de voorzet gegeven. Maar had ze niet precies hetzelfde gedacht sinds hun eerste of tweede ontmoeting? Langs de kant van de weg? Haar raam om zijn zaakje? Ze veranderde gericht van onderwerp. 'Wat vind je tot nu toe van Lovett?'

'Ik heb het overdag nog niet goed kunnen bekijken.' Hij rook naar koude avondlucht en gesteven katoen, en terwijl hij sprak, streelde zijn adem over de linkerkant van haar slaap. 'Ik weet het dus niet goed. Het ziet er 's nachts wel aardig uit.'

'Ben je uit geweest?' Er was 's avonds weinig te doen in Lovett, behalve een paar kroegen.

'Ik loop hard 's nachts.'

'Met opzet?' Ze nam wat afstand en keek hem recht aan. 'Er zit niemand achter je aan?'

'Nu even niet.' Zijn zachte lach raakte haar voorhoofd. Flitsen fel, gekleurd licht gleden over zijn wangen en naar zijn mond bij het praten. 'Ik vind 's nachts joggen ontspannend.'

Zij gaf de voorkeur aan een glas wijn en een box-set *Real Housewives* om te ontspannen, dus ze mocht niks zeggen. 'En voor je vrijdag langs de kant van de weg kwam te staan, wat deed je toen?'

'Reizen.' Hij keek over haar hoofd. 'Op bezoek bij wat maten.'

Sommige mensen in de stad dachten dat ze een trustfonds had. Dat was niet zo. Haar papa had geld. Zij niet. Hoeveel geld hij had, wist ze niet, maar ze had wel een idee. 'Ben jij een fondsbaby?' Hij zag er niet uit als het soort man dat van een trustfonds leefde, maar het kostte niet niks om rond te trekken met een grote, benzineslurpende pick-up, en uiterlijk kon je ook niet altijd verder helpen. Zelfs hem niet.

'Pardon?' Zijn blik keerde terug naar haar gezicht en hij keek naar haar mond terwijl ze praatte. Ze moest toegeven dat ze dat best sexy vond. Toen ze de vraag herhaalde, moest hij lachen. 'Nee. Tot een paar maanden geleden werkte ik als beveiligings-consultant voor de haven van Seattle. Ik moest zwakke plekken in het systeem opzoeken en ze melden bij de binnenlandse be-veiligingsdienst.' Zijn duim streelde over haar middel door de gladde zijde. 'Dat betekende dat ik er net zo uitzag als de gewone beveiligingsagenten of onderhoudswerkers of chauffeurs en zocht naar lekken in de beveiliging van de containerterminals.'

De wetenschap dat iemand de havens van de VS in de gaten hield gaf haar een veilig gevoel, en dat zei ze ook.

Een van zijn mondhoeken kwam omhoog. 'Dat ik wat formuleren invulde, wil niet zeggen dat iemand er iets mee heeft gedaan of er aandacht aan schonk.'

Geweldig.

'Voor de overheid werken is een lesje in frustratie.' Hij streelde weer over haar middel, heen en weer alsof hij de stof testte tegen de huid van zijn duim. 'Welke afdeling je ook neemt, het is overal dezelfde ellende. Alleen de verpakking is anders.' Hij legde haar hand op zijn borst en liet zijn vrije hand over haar onderrug glijden. Terwijl de band aan alweer een langzaam nummer begon, dit keer van Trace Adkins over een huis waar alle lampen branden, verspreidde zich een tintelende warmte over Sadies ruggengraat door het onverwachte genoegen van Vince' aanraking. Hij haalde haar iets naar zich toe en vroeg: 'Als je geen kauwgomjurk draagt, wat doe je dan voor de kost?' Zijn warme adem raakte de schelp van haar rechteroor, en de stof van zijn broek kwam tegen haar blote bovenbeen.

Misschien kwam het door de wijn of omdat het een vermoeiende dag was geweest, maar ze legde haar hoofd op zijn borst. 'Vastgoed.' Ze had maar een paar glazen merlot op, dus aan de wijn lag het waarschijnlijk niet. 'Ik ben makelaar.' En zo moe was ze niet. In elk geval niet moe genoeg om uit te rusten tegen een harde, gespierde borstkas. Ze kon beter een stapje achteruit doen. Eigenlijk wel, maar het voelde wel lekker om vastgehouden te worden door een paar gespierde armen en om tegen een brede borst te leunen. Zijn hand gleed over haar rits, en weer omlaag, waardoor de tintelende warmte zich over haar hele huid verspreidde.

Hij hield zijn gezicht bij haar haren. 'Je ruikt lekker, Sadie Jo.'

Hij rook ook lekker, en ze inhaleerde hem als een tintelende drug. 'De mensen die me Sadie Jo noemen, hebben een Texaans accent.' Ze genoot van zijn geur, zijn aanraking en dat hij haar hart liet bonzen, waardoor ze zich jong en levendig voelde. Met slechts een hand op haar rug deed hij dingen met haar lichaam die ze lang niet had gevoeld. Dingen die ze niet zou mogen voelen bij een vreemde. 'De rest van de wereld noemt me gewoon Sadie.' Ze liet haar hand naar zijn nek glijden en veegde over zijn kraag met haar vingers.

'Is Sadie Jo een afkorting van iets?'

'Mercedes Johanna.' Haar vingertoppen gingen over de rand van zijn kraag en raakten zijn nek. Hij had een warme huid, die haar vingertoppen verwarmde. 'Maar zo word ik al niet meer genoemd sinds mijn moeder overleed.'

'Hoelang geleden is dat?'

'Achtentwintig jaar.'

Hij was even stil. 'Een hele tijd. Hoe is ze gestorven?'

Zo lang geleden dat ze het zich nauwelijks kon herinneren. 'Hartaanval. Ik weet er niet zoveel meer van. Alleen dat mijn papa haar naam riep en het geluid van de ambulance en een wit laken.'

'Mijn moeder is bijna zeven jaar dood.'

'Het spijt me.' Haar knie stootte tegen de zijne. 'Jouw herinneringen zijn nog verser dan die van mij.'

Hij was nog een paar hartslagen stil, voegde er toen aan toe: 'Ik was in Fallujah toen het gebeurde. Mijn zus was bij haar toen ze overleed.'

Haar vingers kwamen tot stilstand op zijn kraag. Het was al even geleden, maar ze herinnerde zich de dagelijkse nieuwsberichten en de beelden van de gevechten in Fallujah. 'Zat je in het leger?'

'Marine,' corrigeerde hij. 'Navy SEAL.'

'Hoelang heb je gediend?'

'Tien jaar.'

'Ik heb ooit iets met een commando gehad.' Ongeveer drie weken. 'Hij was een beetje vreemd. Ik denk dat hij aan posttraumatische stress leed.'

'Dat overkomt veel goede jongens.' Ze was nieuwsgierig genoeg om te willen vragen of het hem ook was overkomen, maar ze had genoeg tact om het niet te doen.

Haar vingers gleden in de korte, donkere haren achter op zijn hoofd. Zo'n sterke, capabele man had wel iets. Het had iets aantrekkelijks om te weten dat als je viel en je been brak, hij je over zijn schouder kon gooien en je dertig kilometer verderop naar een ziekenhuis kon brengen. Of een spalk kon maken van wat takken en modder. 'Volgens die Ranger zijn SEAL's nog arroganter dan de verkenners van de marine.'

'Je brengt het alsof arrogantie iets slechts is,' zei hij vlak naast haar oor, waardoor die warme tintelingen over haar nek en borsten kroelden. 'Mensen kunnen arrogantie en de waarheid niet uit elkaar houden. Toen president Obama het bevel gaf om Bin Laden te arresteren, stuurde hij drie SEAL-teams, omdat we nu eenmaal de beste zijn.' Hij haalde zijn brede schouders op. 'Dat is geen arrogantie, dat is een feit.' De muziek zweeg en hij deed een stap naar achteren, zodat hij net omlaag naar haar gezicht kon kijken. 'Misschien moeten we even wat drinken.'

Drank zou tot andere dingen leiden, dat wisten ze allebei. Ze wisten het door de manier waarop zijn groene ogen in de hare keken, de manier waarop haar lichaam reageerde. Ze kende hem niet. Ze wilde hem wel kennen. Ze wilde al die slechte dingen kennen die zo fijn aanvoelden. Al was het maar even, maar ze was verstandiger dan dat en ze had een hoop te doen morgen. 'Ik moet weg.'

Paars en blauw licht van de kroonluchter gleed over zijn gezicht. 'Waarheen?'

'Huis.' Waar ze veilig was voor knappe vreemdelingen met te veel charme en testosteron. 'Ik vertrek morgenvroeg en ik wil nog even wat tijd doorbrengen met mijn vader voor ik ga.'

Ze verwachtte half dat hij boos zou worden en zou zeggen dat hij om haar naar de bruiloft was gekomen, en dat ze nu alweer wegging. 'Ik breng je wel naar buiten.'

'Nogmaals bedankt dat je naar de bruiloft van mijn nicht bent gekomen,' zei Sadie terwijl Vince en zij door de gang liepen naar de kamer van de bruid in het Sweetheart Palace. 'Ik voel me schuldig dat je je helemaal hebt opgedoft voor zo'n kort moment.'

'Ik ben niet helemaal opgedoft, en je had wat van me te goed,' zei hij en zijn diepe stem vulde de smalle gang naar de achterkant van het gebouw.

Samen gingen ze de kamer in. Het licht uit de gang viel door de deur naar binnen op de rijen met kappersstoelen en de lege kledingzakken. 'Ik had niets van je te goed, Vince.' Ze pakte haar jas en keek hem aan via een spiegel. Het licht viel over haar hals en zijn borst, en hulde de rest van de kamer in gevlekte schaduwen.

Hij nam de jas van haar aan. 'Staan we nu quitte?'

Het leek zo belangrijk voor hem dat ze knikte, tot ze besefte dat hij dat niet kon zien, en eraan toevoegde: 'Ja, we staan quitte.'

Hij hield de jas voor haar open en ze stak een voor een haar armen in de mouwen. De knokkels van zijn vingers raakten haar blote armen en schouders terwijl hij haar in de jas hielp.

Sadie tilde haar haren van de kraag en keek hem aan over haar schouder. Haar mond was vlak onder die van hem en ze fluisterde: 'Bedankt.'

'Graag gedaan.' Zijn adem raakte haar lippen. 'Weet je zeker dat je naar huis wilt?'

Nee. Dat wist ze helemaal niet zeker. Ze voelde dat hij vooroverboog vlak voor zijn mond de hare bedekte; warm en uiterst mannelijk. Zo mannelijk dat het voelde als een pijl die zich vanuit haar borst een weg naar haar maag boorde. De tintelingen die op de dansvloer kleine vonkjes waren geweest, ontbrandden nu en ze deed haar mond open. Zijn tong kwam naar binnen, heet en nat en lekker. Haar tenen kromden in haar schoenen en ze smolt in de stevige muur van zijn lichaam. Zijn armen omcirkelden haar middel en hij hield haar tegen zich aan. Hield haar tegen zich aan terwijl hij haar liet afdalen in genot. Ze wist niet of ze hem had kunnen weerstaan. Ze kreeg de kans niet om erover na te denken omdat hij de hitte aanwakkerde met diepe, natte kussen. Ze probeerde zijn tong te vangen, probeerde hem dieper in haar mond te trekken terwijl haar lichaam heet en vochtig werd, en meer wilde. Meer dan alleen zijn tong bij haar binnen.

Verlangen krulde om haar heen, omhelsde haar met zoveel genot dat ze niet tegenspartelde toen ze voelde dat zijn handen over haar middel gleden en om haar borsten kwamen. Door het dunne taf maakten zijn hete handen haar tepels hard en ze kreunde diep in haar keel. Een rilling liep omhoog langs haar ruggengraat en ze draaide zich naar hem toe.

Dit ging allemaal zo snel. Te snel. Haar hele wereld werd kleiner en focuste zich op zijn hete mond en warme handen, die haar borsten aanraakten en zachtjes de uiteinden van haar harde tepels streelden. Zijn mond bleef de hare met vurige hartstocht en honger verslinden, en ze liet haar handen over zijn lichaam glijden. Zijn schouders en borst. De zijkant van zijn nek en zijn korte haar.

Het was helemaal mis, maar het kon haar niets schelen. Het voelde goed om zijn warme handen op haar verlangende huid te voelen. Zijn heerlijke mond, zijn grote erectie tegen haar bekken, hard en krachtig.

Hij bracht een warme palm naar de binnenkant van haar koele, blote dij en liet zijn vingers onder de zoom van haar korte jurk glijden. Zijn mond gleed naar de zijkant van haar hals. 'Je bent prachtig, Sadie.' Zijn mond ging open tegen haar hals en zijn hand ging tussen haar dijen.

Ze hapte naar adem toen hij haar kruis pakte door het kant en de zijde van haar broekje. Dit gebeurde niet. Dit mocht niet gebeuren. Ze mocht dit niet laten gebeuren. Niet hier. Niet nu.

'Je bent vochtig,' zei hij tegen haar hals.

Vloeibare warmte, vurig en intens, stroomde door haar aderen en haar hele wereld werd teruggebracht tot de hete mond van Vince tegen haar nek en zijn vingers die tegen het kleine lapje kant en zijde duwden. Ze kreunde en haar hoofd viel naar achteren.

'Vind je dit lekker?'

'Ja.' Ze moest hem laten ophouden. Nu. Voor er geen weg terug was. Hij duwde haar benen uit elkaar en streelde haar waar ze glad en nat vanbinnen was en... 'O god.'

'Meer?'

'Ja.'

'Sla je benen om mijn middel.'

'Wat?' Ze voelde niets meer. Niets behalve zijn hand, die heerlijke dingen met haar deed.

'Sla je benen om mijn middel en dan neuk ik je tegen de deur.'

'Wat?' Ze deed haar mond open om hem te zeggen dat ze helemaal niets tegen de deur gingen doen. Hij moest ophouden. Ophouden voor... 'O god,' kreunde ze toen een vloed van vloeibaar vuur haar te pakken kreeg en haar van binnenuit verbrandde. 'Niet stoppen, Vince.' Het begon tussen haar dijen en verspreidde zich over haar lijf. Haar hoofd tolde en haar oren suisden terwijl de ene hete golf na de andere hetere golf van een intens orgasme over haar heen denderden. 'Alsjeblieft niet stoppen.'

Ze perste haar dijen om zijn hand. Haar lichaam schokte van pure lust, opnieuw en opnieuw; het golfde over haar huid tot de laatste gram heet genot uit haar vingertoppen en tenen spoelde. Toen pas werd ze zich weer langzaam bewust van waar ze was en wat ze net had laten gebeuren. 'Stop!' Ze stapte van hem weg. 'Stop!' Ze duwde tegen zijn handen en borst. Wat mankeerde haar? Wat had ze gedaan? 'Wat doe je?'

'Precies wat je wilde dat ik deed.'

Ze sjorde haar bovenstukje omhoog en trok de zoom van haar jurk omlaag. Dit was de bruiloft van haar nicht. Iedereen had binnen kunnen lopen. 'Nee, dat wilde ik niet.' Goddank dat zij zijn gezicht niet kon zien en hij niet dat van haar.

'Net smeekte je nog dat ik niet mocht stoppen.'

Had ze dat gedaan? O hemel.

Het gloeiende gevoel op haar wangen verspreidde zich naar

haar oren. Ze sloot haar jas over haar jurk en pakte haar weekendtas. 'Heeft iemand ons gezien?'

'Geen idee. Een minuutje geleden leek je je daar nog niet erg druk om te maken.'

'O god,' zei ze opnieuw, en ze rende de kamer uit.

* * *

De seksuele frustratie bonsde tegen Vince' hoofd en kruis. Ging ze nou echt weg? Terwijl hij niet klaar was? 'Wacht even!' riep hij terwijl de slippen van haar jas uit zicht verdwenen. Hij stond in de kamer van de bruid in een of andere trouwlocatie in Texas met een enorme stijve. Wat was er in vredesnaam gebeurd? Hij had haar amper aangeraakt, was net een beetje op dreef aan het komen, en ze was verdwenen.

'Shit.' Hij zuchtte en keek omlaag naar zichzelf, naar de tent in zijn broek. Hij had geweten dat ze voor problemen zou zorgen. Hij had alleen niet gedacht dat ze een tease zou zijn. Niet nadat ze haar lichaam tegen zijn borst had gevlijd op de dansvloer. Niet nadat ze hem had aangekeken alsof ze aan seks dacht. Hij had genoeg vrouwen gekend om te weten wanneer ze tussen de lakens wilden, en dat wilde zij beslist.

Hij ging in een kappersstoel zitten, schoof zijn jongeheer naar rechts en leunde met zijn hoofd tegen de duisternis. Hij kon nog niet weg. Nog niet helemaal. Niet zolang hij een stijve had. Hij wist niet meer wanneer hij voor het laatst met zijn handen onder de jurk van een meisje had gezeten en toch onbevredigd en alleen was achtergelaten. De middelbare school misschien.

Eerder, toen hij haar tegen zich aan had getrokken zodat hij haar kon verstaan boven de band uit, was ze tegen hem aan gesmolten, waardoor hij ineens weer wist dat hij het al niet meer had gedaan sinds zijn vertrek uit Seattle. Toen ze in de kamer aankwamen, was hij al half hard geweest, en had daarnaar gehandeld. Hij zou Sadie niet gekust hebben als hij niet in de spiegel had gekeken, naar die streep licht die over haar mond viel en dat ongelofelijke decolleté dat tegen zijn borstkas reed. Misschien was het niet een van zijn beste ideeën geweest, maar zij leek weinig bezwaar te hebben gehad, en hij was in minder dan een seconde van half naar helemaal hard gegaan.

Hij boog voorover en leunde met zijn onderarmen op zijn knieën. Door de duisternis keek hij naar de punten van zijn schoenen. Ze was hem geen seks verschuldigd geweest, maar als ze het niet had gewild, had ze hem tegen moeten houden voor hij zijn handen op haar volle borsten legde. Ze was oud genoeg om te weten waar kussen en een mannenhand in je onderbroek toe leidden. Ze was oud genoeg om te weten dat je er dan allebéí iets aan overhield. En ja, dit was misschien niet de beste plek om horizontaal te gaan, maar er waren hotels in de stad. Hij had ze zelf gezien. Hij zou haar hebben laten kiezen, maar in plaats daarvan was ze weggerend alsof ze de trein moest halen. Had hem achtergelaten met een stijve. En frustratie. Verder niets. Zelfs geen bedankje.

Het licht ging aan en Vince keek op terwijl een meisje met een kauwgomjurk binnenkwam. Ze had lange pijpenkrullen blond haar om haar hoofd. Ze stond stil en haar ogen werden groter. Een hand ging naar de rand van haar strapless jurk en ze zei naar adem happend: 'Wat doe jij hier?'

Goede vraag. 'Ik had een afspraakje hier.' Vince was het gewend om snel te moeten denken en geloofwaardig te liegen. Hij was erin getraind om net genoeg informatie te geven om eventuele ondervragers tevreden te stellen. Hij wist ook hoe hij van onderwerp moest veranderen en wees naar haar jurk. 'Een van de bruidsmeisjes, zie ik.'

'Ja. Ik heet Becca. En jij?'

'Vince.' Hij stond liever niet op, omdat hij Becca anders misschien de stuipen op het lijf zou jagen.

'Met wie had je een afspraak?'

'Sadie.' De tease.

77

'Ik zag haar net weggaan.' Ze ging in de stoel naast hem zitten. 'Ze heeft je laten zitten.'

En ze had hem ook laten staan. Dat was dan weer de reden dat hij zelf bleef zitten.

'Liefde is verschrikkelijk,' zei ze en tot afschuw van Vince barstte ze in snikken uit. Ze schudde haar hoofd en haar krullen deinden terwijl ze hem vertelde over haar vriendje, die ellendige nietsnut, Slade. Ze zwetste maar door over hoelang ze al met elkaar gingen en dat ze allemaal toekomstplannen had gehad. 'Hij heeft alles verpest. Hij heeft me bedrogen met die slet Lexa Jane Johnson!' Becca pakte een papieren zakdoekje van de tafel achter haar. 'Lexa Jane,' snikte ze. 'Ze is zo stom als een plukje haar en is vaker bereden dan een huurezel. Waarom vallen mannen op zulke vrouwen?'

Vince' erectie werd meteen slap en hij was Becca bijna dankbaar voor haar hysterische gehuil. Bijna, want hij was nooit het soort man geweest dat goed tegen emotionele vrouwen kon.

'Waarom?' vroeg ze opnieuw.

Hij dacht dat het een retorische vraag was geweest. Of dat het antwoord in elk geval erg voor de hand lag, maar ze keek hem met waterige oogjes aan alsof ze een antwoord verwachtte. 'Waarom vallen mannen op makkelijke vrouwen?' vroeg hij, om zeker te weten dat ze hetzelfde bedoelden.

'Ja. Waarom scharrelen mannen met sletten?'

Hij had 'slet' nooit een prettig woord gevonden. Het werd te makkelijk gebruikt en impliceerde dat er iets mis was met een vrouw omdat ze van seks hield. En dat was niet altijd waar.

Hij mocht dan een goede leugenaar zijn, tact was beslist niet zijn sterkste kant. 'Omdat je bij sommige vrouwen weet wat je eraan hebt. Die spelen geen spelletje. Die weten wat ze willen, en dat is niet uit eten en een filmpje pakken.'

Een frons plooide het voorhoofd van Becca. 'Is dat niet erg oppervlakkig, emotioneel gezien, voor allebei?'

'Ja.' Hij zette zijn handen op de leuning van zijn stoel, klaar om op te staan. 'Dat is het precies. Emotioneel oppervlakkige seks. Je gaat erin, je gaat eruit, en niemand raakt gekwetst.' Hij stond half op uit de stoel en Becca werd weer hysterisch. Shit. 'Nou, eh... het was leuk je te leren kennen, Becca.' Dit was Sadies schuld, en het was maar goed dat ze morgen zou vertrekken en dat hij haar nooit meer zou zien. Hij zou haar met liefde willen wurgen.

'Dat is zo onvolwassen en smerig, Vince.'

Het was handig en wederzijds nuttig, wilde hij ertegen inbrengen, maar hij had geen zin in een discussie met Becca over seks en moraal, en hij vroeg zich af hoeveel langer hij daar nog zou moeten zitten. Dertig seconden. Een minuut? 'Moet ik nog iets voor je halen voor ik wegga?'

'Ga niet weg.' Ze slikte en schudde haar hoofd. 'Ik wil met iemand kunnen praten.'

Wat? Zag hij er soms uit als een vrouw? Of zo'n man die makkelijk kon kletsen? 'Waarom ga je niet naar een van je vriendinnen? Ik kan er wel een gaan zoeken.' Niet dat hij zoveel moeite zou doen zodra hij eenmaal buiten de deur stond.

'Die zeggen dat ik me eroverheen moet zetten omdat iedereen weet dat Slade een eikel is.' Ze schudde opnieuw met haar hoofd en wreef haar neus schoon. Haar rode, betraande ogen werden smaller. 'Ik wou dat ze allebei platjes kregen en doodgingen van de jeuk.'

Ho even. Dat was gemeen en precies waarom hij met een wijde boog om vrouwen heen liep die uit waren op een relatie.

'Ik wil dat ze verminkt en gewond raken en ik zou ze het liefst willen overrijden met de Peterbilt-vrachtauto van mijn oom!'

Achter in het hoofd van Vince begon iets te bonzen en hij wilde zelf ook ineens iets. De smaak van kruitdamp in zijn mond.

Hoofdstuk zeven

Het tiktak van Sadies hakken weerklonk in het oude ranch-huis toen ze in de richting van het licht uit de keuken liep. Ze wilde niet eens meer denken aan wat ze net had gedaan in de kamer van de bruid op Tally Lynns bruiloft. Dit was hele-maal niet de bedoeling geweest. Ze had zichzelf niet meer dan ooit tevoren voor schut willen zetten, maar het was allemaal zo snel gegaan. Hij had haar gekust en aangeraakt en *bam*. Het was al voorbij geweest voor het was begonnen.

Het enige lichtpuntje, het enige wat haar een klein beetje opluchtte, was dat behalve zij en Vince niemand wist wat ze had gedaan. Nadat ze was weggerend, had ze snel gedag gezegd tegen tante Bess en oom Jim, en ze wist zeker dat als iemand haar en Vince samen had gezien, dat gerucht zich sneller zou verspreiden dan een lopend Texaans vuurtje. Sneller dan zij ervoor kon vluchten.

Ze was niet gebleven om haar andere familieleden gedag te zeggen. Ze had Vince niet tegen het lijf willen lopen. Ze zou Tally Lynn en de anderen wel een lief briefje sturen zodra ze thuis was, en haar onbeleefde vertrek wijten aan koppijn, een gebroken enkel of een zwak hart. Dat laatste was niet helemaal gelogen. Alleen al de gedachte aan de hete handen van Vince op haar lijf liet het bloed weglopen uit haar hoofd en gaf haar een duizelig gevoel van vernedering. Als ze een man was geweest, zou ze er zich vast minder druk om maken. Dan zou ze het als een buitenkansje hebben gezien en het meteen weer zijn vergeten.

Hoe eerder ze Texas kon verlaten, hoe beter. Texas deed iets raars met haar verstand, en het stond vast dat het een dikke, vette bonus was dat ze Vince Haven nooit meer zou zien.

Ze liep langs de nette eetkamer en naar de felverlichte keuken, met de plavuizen vloer en het gele behang met madeliefjes dat haar moeder in de jaren zestig had uitgezocht. Ze verwachtte haar vader te zien zitten aan de ontbijtbar, met een glas zoete thee. Het was nog niet laat en hij was waarschijnlijk net terug uit Laredo, maar in plaats van haar vader zaten de twee zusjes Parton aan de bar, met versleten mokken op de tafel voor zich.

'Jullie zijn nog laat op.' Sadie deed haar schoenen uit en de slippen van haar jas veegden over de vloer toen ze bukte om ze op te rapen. Met de bandjes van haar schoenen over haar vinger liep ze naar de koelkast. Ze had ze allebei al eerder gedag gezegd. Ze hadden niet op haar hoeven wachten. Het was lief, maar niet nodig.

'O Sadie, ik ben zo blij dat je er eindelijk bent.'

Met haar vrije hand om de handgreep van de koelkast keek ze over haar schouder de twee vrouwen aan. 'Waarom?' Ze keek van het ene verontruste gezicht naar het andere, en de gebeurtenissen van de afgelopen twee uur smolten als sneeuw voor de zon.

Clara Anne, de meest emotionele tweelingzuster, barstte in luidruchtige tranen uit.

'Wat?' Sadie draaide zich naar hen toe. 'Is papa al thuis?'

Carolynn schudde haar hoofd. 'Nee, lieverd. Hij ligt in het ziekenhuis van Laredo.'

'Gaat het goed met hem?'

Ze schudde opnieuw haar hoofd. 'Die hengst heeft hem geschopt en een paar van zijn ribben gebroken en zijn linkerlong doorboord.' Ze perste haar lippen samen. 'Hij is te oud om met die hengsten te werken.'

Sadies schoenen vielen *plofplof* op de grond. Het was vast een vergissing. Haar vader was altijd zo voorzichtig in de buurt van nerveuze hengsten, omdat ze zo onvoorspelbaar waren. Hij was zo taai als een oud zadel, maar hij was ook bijna tachtig. Ze schudde haar jas uit en liep naar het hoekje. 'Hij gaat al zijn hele leven met die paarden om.' Paarden fokken was altijd al meer dan een hobby geweest voor Clive. Hij vond het leuker dan vee fokken, maar veehouderij bracht meer op. Ze hing de jas over de rugleuning van een stoel en ging naast Carolynn zitten. 'Hij is altijd zo voorzichtig.' Hij was geschopt en getrapt en uit het zadel geworpen maar nooit ernstig gewond geraakt. Nooit ernstiger dan een paar uur naar het ziekenhuis voor wat hechtingen. 'Hoe heeft dit kunnen gebeuren?'

'Ik weet het niet. Tyrus belde een paar uur geleden met wat details. Hij zei dat er iets met het touw gebeurde. Je papa was bezig het te maken en zo kwam hij tussen Maribell en Diamond Dan te staan.'

Tyrus Pratt was een van de voormannen, die de leiding had over de paarden van de JH. Daartoe behoorden niet alleen de Paint Horses, maar ook een flink aantal werkpaarden. 'Waarom heeft niemand me gebeld?'

'We weten je nummer niet.' Clara Anne snoot haar neus en ging verder: 'We konden niets anders doen dan hier zitten wachten tot je thuiskwam.'

En terwijl ze zaten te wachten, had zij zich laten betasten door een kerel die ze amper kende. 'Wat is het nummer van Tyrus?'

Clara Anne schoof een papiertje naar Sadie en wees naar de bovenkant. 'Hier staat ook het nummer van het ziekenhuis in

Laredo. Het nummer van Tyrus staat eronder. Hij slaapt in een hotel vannacht.'

Sadie stond op en pakte de vaste telefoon van de muur. Ze belde het ziekenhuis, zei haar naam en werd verbonden met de eerstehulparts die haar vader had verpleegd. De arts gebruikte een hoop moeilijke woorden als 'traumatische pneumothorax' en 'thoraxholte', wat in feite betekende dat Clive een klaplong had door de kneuzing, en dat hij aan een drain lag. Hij had vier gebroken ribben, twee ribben waren verschoven, twee niet, en zijn milt was ook beschadigd. De artsen waren voorzichtig hoopvol dat hij er niet aan geopereerd hoefde te worden. Hij lag nu op de intensive care aan de beademing en ze hielden hem onder verdoving tot hij zelf kon ademen. De doktoren maakten zich het meeste zorgen om Clives leeftijd en de kans op longontsteking.

Sadie kreeg de naam en het telefoonnummer van de longarts die haar vader behandelde, en de geriater die het algemeen toezicht had.

Geriater. Sadie stond in de wacht voor ze werd doorverbonden met de intensive care. Een arts die was gespecialiseerd in de behandeling van ouderen. Haar vader was altijd al oud geweest. Hij was altijd ouder geweest dan de vaders van meisjes van haar leeftijd. Hij was altijd ouderwets geweest. Altijd oud en met een vast ritme. Oud en knorrig, maar ze had hem nooit beschouwd als een *oudere.* 'Oudere' was niet een woord dat van toepassing leek op Clive Hollowell. Ze vond het niet prettig om haar vader als een oudere te moeten zien.

De verpleegkundige die haar vader behandelde beantwoordde vragen en vroeg of Clive nog andere medicijnen gebruikte dan het middel tegen hoge bloeddruk dat ze in zijn tas hadden gevonden.

Sadie wist niet eens dat hij een hoge bloeddruk had. 'Gebruikt papa nog andere medicijnen dan tegen hoge bloeddruk?' vroeg ze de tweeling.

Die haalden hun schouders op en schudden het hoofd. Sadie was niet verrast dat de vrouwen die Clive al meer dan dertig jaar kenden niets over zijn gezondheid wisten. Dat was gewoon niet iets wat haar vader met anderen besprak.

De verpleegkundige verzekerde Sadie dat hij stabiel was en rustte. Ze zou bellen als er sprake was van veranderingen. Sadie liet een boodschap achter op het antwoordapparaat van zijn dokter en boekte een stoel voor de eerste vlucht naar Laredo, via Houston. Toen stuurde ze de zusjes Parton naar huis met de belofte dat ze nog zou bellen voor haar vlucht van negen uur.

Met de adrenaline in haar aderen en vermoeidheid in haar benen liep ze via de achtertrap naar haar slaapkamer aan het eind van de gang. Ze liep langs generaties portretten met streng kijkende Hollowells. Als kind had ze in de serieuze gezichten af-keuring gelezen. Alsof ze het allemaal wisten wanneer ze in huis rende, of haar kleren onder het bed schoof in plaats van ze op te ruimen. Als tiener had ze hun afkeuring gevoeld wanneer zij en haar vriendinnen harde muziek speelden of als ze laat was thuis-gekomen van een feestje, of als ze met een jongen had gezoend.

Nu was ze volwassen en wist ze dat de serieuze gezichten meer een afspiegeling waren van de periode, het resultaat van ontbrekende tanden en slechte mondhygiëne. Toch voelde ze dezelfde afkeuring omdat ze terug kwam kruipen van het feest van haar nicht. Omdat ze was weggegaan uit Texas en was weg-gebleven. Omdat ze niet wist dat haar vader een hoge bloed-druk had en welke medicijnen hij gebruikte. Ze voelde zich heel schuldig over het weggaan en wegblijven, maar ze voelde zich het meest schuldig over het feit dat ze niet hield van de vierdui-zend hectare grote ranch die ze ooit zou bezitten. Niet zoals ze zou moeten althans. Niet zoals alle Hollowells die haar vanaf de gangmuren aanstaarden.

Ze ging haar kamer binnen en knipte het licht aan. De kamer was precies zoals hij was geweest toen ze vijftien jaar geleden was vertrokken. Hetzelfde antieke ijzeren bed dat van haar grootmoeder was geweest. Hetzelfde geel met witte beddengoed en hetzelfde antieke eiken meubilair.

Ze ritste haar jurk open en gooide hem op een leunstoel. In niets meer dan haar beha en onderbroek liep ze door de gang naar de badkamer. Ze knipte het licht aan en draaide de kraan open van het bad op pootjes.

Ze ving een glimp op van haar gezicht toen ze het medicijnkastje opende en erin keek. Er stonden alleen een oud flesje aspirine en een doosje pleisters. Geen geneesmiddelen op recept.

Haar onderbroek en beha vielen op de witte tegelvloer en ze stapte in het bad. Ze sloot het gordijn om zich heen en draaide de douche open.

Het warme water stroomde over haar gezicht en ze sloot haar ogen. Deze hele avond was van slecht tot erger tot afschuwelijk gegaan. Haar papa lag in een ziekenhuis in Laredo, haar haar was zo hard als een helm, en ze had toegestaan dat een man zijn handen onder haar jurk en in haar slipje had gestopt. Van die drie was haar haar het enige waar ze nu iets aan kon doen. Ze wilde niet aan Vince denken, en dat kostte haar weinig moeite want ze werd verteerd door zorgen om haar vader.

Het moest goed met hem gaan, zei ze tegen zichzelf terwijl ze shampoo verdeelde over haar haar. Ze zei tegen zichzelf dat het goed met hem moest gaan terwijl ze een handdoek om haar lichaam wikkelde en het medicijnkastje in zijn badkamer doorzocht. Daar vond ze alleen een halve tube tandpasta en een pakje maagtabletten. Ze zei tegen zichzelf dat het goed met hem moest gaan toen ze ging slapen. Een paar uur later werd ze wakker en pakte de tas die ze had meegenomen uit Arizona. Ze zei tegen zichzelf dat hij sterk was voor zijn leeftijd. Onderweg naar de luchthaven belde ze Renee en bracht haar op de hoogte. Ze schatte dat ze ongeveer een week weg zou zijn en vertelde haar assistente wat ze moest doen zolang ze er niet was.

* * *

Terwijl ze aan boord ging van de vlucht van Amarillo naar Houston dacht ze aan alle keren dat haar vader van een paard was geworpen, of opzij was gesmeten door een stier van zeshonderd kilo. Soms had hij daar wat stijve spieren aan overgehouden, maar hij had het altijd overleefd.

Ze zei tegen zichzelf dat haar papa een overlever was terwijl ze drie uur moest wachten op het vliegveld van Houston op de vlucht van een uur naar Laredo. Ze bleef dat tegen zichzelf zeggen terwijl ze een auto huurde, de coördinaten in de gps invoerde en naar het Doctor's Hospital reed. Toen ze in de lift naar de IC stapte, had ze zichzelf er al half van overtuigd dat de artsen haar vaders toestand te ernstig hadden ingeschat. Ze had zichzelf er half van overtuigd dat ze haar vader die dag mee naar huis zou kunnen nemen, maar toen ze de kamer binnenkwam en haar papa zag liggen, grijs en getekend, met buisjes uit zijn mond, kon ze niet langer tegen zichzelf liegen.

'Papa?' Ze liep naar hem toe, naar de zijkant van zijn bed. Hij had een blauwe plek op zijn wang en er zat opgedroogd bloed in zijn mondhoek. Apparaten piepten en druppelden, en het beademingsapparaat maakte onnatuurlijke zuiggeluiden. Haar hart kromp ineen en ze zoog een rauwe hap lucht in haar longen. De tranen prikten in haar ogen, maar ze hield het droog. Een van de belangrijkste dingen die haar vader haar had geleerd was dat grote meisjes niet huilen.

'Hou het binnen,' zei hij altijd wanneer ze op de grond lag, met een pijnlijk achterwerk door een schop van een van de Paint Horses. En dat had ze gedaan. Ze kon zich niet meer herinneren wanneer ze voor het laatst had gehuild.

Ze stopte alles diep weg en liep naar het bed. Ze nam haar vaders koele hand in de hare. Hij had een saturatiemeter op zijn wijsvinger, waardoor het puntje knalrood was. Had zijn hand er gisteren ook zo oud uitgezien? De botten zo zichtbaar, de knokkels zo groot? Zijn wangen en ogen leken meer ingevallen, zijn neusgaten kleiner. Ze boog voorover. 'Papa?'

De apparaten piepten, het beademingsapparaat bewoog zijn borst op en neer. Zijn ogen gingen niet open.

'Hallo,' zei een verpleegkundige die de kamer in kwam suizen. 'Ik ben Yolanda.' Blije regenbogen en glimlachende zonnetjes sierden haar uniform; het vrolijke stofje stond in schril contrast met de zwaarmoedige sfeer van de kamer. 'Jij bent vast Sadie. De verpleegkundige waar je gisteren mee hebt gesproken zei al dat je vanmiddag zou komen.' Ze keek naar alle cijfertjes, en controleerde toen de infuuslijn.

Sadie legde de hand van haar vader op het laken en stapte opzij. 'Hoe gaat het met hem?'

Yolanda keek op en las de sticker op de infuuszak. 'Heb je met zijn artsen gesproken?'

Sadie schudde haar hoofd en liep naar het voeteneinde. 'Ze hebben teruggebeld toen ik in het vliegtuig zat.'

'Het gaat zo goed als je mag verwachten van een man van zijn leeftijd.' Ze liep naar de andere kant van het bed en controleerde zijn katheterzakje. 'We hebben zijn verdoving vanochtend onderbroken. Hij leek nogal strijdlustig.'

Natuurlijk was hij dat.

'Maar dat is normaal.'

'Als het normaal is, waarom onderbreken jullie dan de verdoving?' vroeg ze. Het leek zo onnodig.

'Als we de verdoving stopzetten, kan hij zich beter oriënteren op de omgeving en zijn situatie, en het helpt bij het proces om zelf te kunnen ademen.'

'Wanneer mag hij van de beademing?'

'Moeilijk te zeggen. Dat hangt ervan af wanneer hij zelf kan ademen, en wanneer hij voldoende saturatie heeft.' Yolanda liet het hoofdeinde van het bed omhoogkomen en controleerde nog wat lijnen en meters. 'Ik zal aan de artsen doorgeven dat je er bent. Als je iets nodig hebt, moet je het zeggen.'

Sadie ging op de stoel naast het bed zitten en wachtte. Ze wachtte tot na vijven, toen de longarts verscheen om haar precies te vertellen wat ze in feite al wist. Clive had gebroken ribben en een doorboorde long en een beschadigde milt, en ze moesten afwachten hoe hij zou reageren op de behandeling. De geriater had meer te vertellen, hoewel hij dingen zei die akelig waren om te horen. Oudere patiënten hadden een heel eigen scala aan problemen, en de arts sprak met Sadie over het verhoogde risico op een acute klaplong en longontsteking en trombose. Mensen boven de zestig hadden een dubbel zo hoge kans om te overlijden aan hun verwondingen als jongere patiënten.

Sadie wreef met haar handen over haar gezicht. Ze wilde niet nadenken over acute klaplongen en longontsteking en trombose. 'Als dat nou allemaal niet gebeurt, hoelang moet hij dan in het ziekenhuis blijven?'

De dokter keek haar aan en ze wist dat ze het antwoord niet leuk ging vinden. 'Tenzij er een wonder gebeurt, heeft uw vader nog een lange weg te gaan naar herstel.'

Haar vader was oud maar wel heel sterk, en als er iemand wonderbaarlijk kon herstellen, was het Clive Hollowell.

Toen ze die avond het ziekenhuis verliet, ging ze op zoek naar een winkelcentrum. Ze kocht ondergoed bij Victoria's Secret en wat comfortabele zomerjurken en yogakleding bij Macy's en Gap. Ze had een kamer gevonden in een Residence Inn vlak bij het ziekenhuis en stuurde haar nieuwe kleren naar de wasserij van het hotel. Ze controleerde haar e-mail en las zorgvuldig een bod door dat was gedaan op een huis van meerdere miljoenen in Fountain Hills. Ze belde haar klant met het bod, deed een tegenbod en formuleerde het bod wat netter. Ze mailde de herziene versie naar de makelaar van de koper. Ze mocht dan in Laredo zitten, ze hield haar zaakjes wel op orde. Ze wachtte tot de andere makelaar terugbelde, belde toen haar klanten, en die namen het bod aan. Renee kon de rest van de formaliteiten wel afhandelen; Sadie ging naar bed en sliep als een blok tot acht uur de volgende ochtend.

Haar nieuwe kleren waren schoon en lagen op haar te wachten voor de deur van haar hotelkamer. Ze douchte, werkte een beetje op haar computer en was in het ziekenhuis tegen de tijd dat de artsen hun eerste ronde liepen. Ze was er toen ze zijn beademingsbuis eruit haalden en toen ze zijn handen en voeten in bedwang hielden en hem korte tijd van de verdoving haalden. Ze zeiden waar hij was en wat er was gebeurd. Ze zeiden dat Sadie er was.

'Ik ben er, papa,' zei ze terwijl hij aan de banden om zijn polsen rukte. Zijn blauwe ogen, wild en verward, rolden naar het geluid van haar stem. Een gekwelde kreun rommelde in zijn keel terwijl de beademingsmachine lucht in zijn longen perste. *Hou het binnen, Sadie.* 'Het is goed. Alles komt goed,' loog ze. Toen ze hem weer verdoofden, boog ze voorover naar zijn oor en zei: 'Morgen ben ik er ook weer.'

Daarna sloeg ze haar armen om zich heen en liep de kamer uit. Ze hield zichzelf stevig vast, net als toen ze nog klein was en er niemand was geweest om zich aan vast te klampen. Toen er niemand was die haar wilde omarmen als het voelde of haar leven fout dreigde te lopen. Ze liep naar een stel ramen aan het eind van de gang en keek uit over een parkeerplaats en naar wat palmbomen, zonder iets te zien. Haar lichaam schudde en ze omarmde zichzelf steviger. *Hou het binnen, Sadie.* Grote meisjes huilden niet, ook al zou het zo makkelijk zijn geweest. Zo makkelijk om zich te laten gaan in plaats van het allemaal weg te stoppen.

Ze haalde diep adem en blies die weer uit, en toen ze haar vaders kamer weer binnenging, lag hij rustig te slapen.

De dag daarop verliep ongeveer hetzelfde. Ze sprak met de artsen over zijn vooruitgang en verzorging, en net als de dag daarvoor dwong ze zichzelf om bij zijn bed te staan terwijl ze hem uit de verdoving haalden. Ze was haar vaders dochter. Ze was een harde, ook al brak ze vanbinnen.

Een week na het ongeluk moest Sadie haar werkschema aanpassen. Ze sprak met haar baas en regelde dat al haar klanten een andere makelaar kregen. Ze moest leren aanvaarden dat haar vader niet wonderbaarlijk zou genezen. Zijn herstel zou lang gaan duren, en ze zou lang niet kunnen deelnemen aan het echte leven.

Elke dag was hij wat langer van de verdoving en ze begonnen hem langzaam van het beademingsapparaat te halen. Toen ze anderhalve week na het ongeluk zijn kamer binnenkwam, was het beademingsapparaat verdwenen en vervangen door een neuscanule. Haar vader lag in bed en sliep. Een vleugje opluchting verlichtte haar hart terwijl ze naar de kant van het bed liep.

'Papa?' Ze boog over hem heen. Hij was nog altijd verbonden met monitoren en zakken zoutoplossing en geneesmiddel. Zijn huid was nog altijd bleek en strak. 'Papa, ik ben er.'

Clives oogleden knipperden open. 'Sadie?' Zijn stem klonk pijnlijk schor.

Ze glimlachte. 'Ja.'

'Waarom...' Hij hoestte, en greep met trillende handen naar zijn zij. 'Godverdomme!' vloekte zijn krakende stem. 'Jezus, Jozef en Maria! Mijn zij staat verdomme in brand!'

Yolanda, met het blije regenboogjesuniform, had weer dienst. 'Meneer Hollowell, wilt u wat water?'

'Ik hoef geen...' hij kreeg weer een hoestbui, en Sadie kromp ineen '... geen water, verdomme.'

Yolanda keek Sadie aan terwijl ze toch water inschonk. 'Sommige patiënten worden humeurig wakker,' waarschuwde ze. 'Dat komt door de stress en verwarring.'

Nee hoor. Dit was gewoon Clive Hollowells normale humeur.

De maandag na dat rotgeintje in die helse bruiloftslocatie belde Vince een bank in Amarillo en maakte een afspraak voor over twee weken met iemand van de afdeling Zakelijke Leningen. Hij had ooit al eens geld geleend om de wasserette te kunnen kopen, dus hij kende het kunstje. Deze keer zou hij echter geen gebruik maken van de leenregeling voor veteranen. Deze keer zou hij meer geld nodig hebben dan het maximum van een half miljoen dollar.

Als voorbereiding op de afspraak met de bank ging hij op zoek naar een commercieel onderzoeker en een taxateur en maakte met allebei een afspraak. Hij schreef een businessplan en zorgde dat zijn financiële gegevens op orde waren: van zijn bankafschriften en pensioenoverzichten tot de aandelenportefeuille. Hij vroeg de financiële overzichten van de Gas and Go van de afgelopen vijf jaar op en vroeg zijn zus om naar zijn opslagruimte in Seattle te gaan en de belastingaangiftes van de afgelopen twee jaar op te sturen. Om de een of andere reden stuurde ze ook een paar dozen privéspullen. Losse foto's en medailles en lintjes en eerbewijzen. Het insigne met de Trident dat Wilsons moeder hem had gegeven op de dag dat zijn vriend begraven werd.

Tegen de tijd dat hij de bank binnenliep met het taxatie- en inspectierapport, was hij op alles voorbereid. Precies zoals hij zijn leven graag leidde. Voorbereid. Niet als een padvinder, maar als een SEAL. Als er al iets was wat problemen kon geven bij de verkoop, dan was het de vrijblijvende manier van boekhouden die tante Luraleen eropna hield. Haar overzichten met activa en passiva waren een rommeltje, maar de Gas and Go was met vlag en wimpel geslaagd voor de inspectie. Luraleen had haar financiële zaakjes dan niet op orde, aan de milieueisen werd perfect voldaan. Het gebouw zelf had wat aandacht nodig, maar de benzinetanks waren prima. Het feit dat Luraleen hem de zaak voor een paar honderdduizend dollar onder de geschatte waarde aanbood gaf hem aanleiding om te denken dat hij de lening wel zou krijgen. Natuurlijk waren er altijd onbekende factoren die het proces konden vertragen.

Vince had nog een grotere hekel aan onbekende factoren dan aan bij mensen in de schuld staan.

Terwijl hij wachtte op een antwoord van de bank probeerde hij zo veel mogelijk te weten te komen over het runnen van een winkel. Hij sprak met de leveranciers en de twee werknemers van Luraleen, Patty Schulz en George 'Bug' Larson. Ze leken allebei redelijk capabel, maar geen van beiden kwam over alsof ze ergens echt warm voor konden lopen. Behalve jalapeñohotdogs met kaas misschien. Als hij de Gas and Go overnam, zouden Patty en Bug meer moeten doen voor hun tien dollar per uur dan op een krukje zitten roken en drinken. Hij wilde ook andere dingen veranderen. Eerst zou hij de tent met een sloophamer te lijf gaan. Bij de SEAL's was hij gespecialiseerd in landingen, maar hij mocht ook graag dingen slopen. Ten tweede zou de Gas and Go na de heropening om middernacht dichtgaan. Niet om tien uur 's avonds of als Luraleen er zin in had.

Tijdens zijn tweede week in Lovett nam hij de late diensten van zijn tante over en nam hij de verantwoordelijkheid op zich om af te sluiten. In de avonden daarop ontdekte hij dat de inwoners van Lovett roddelden alsof het iets heel natuurlijks was. Zoals ademhalen of *y'all* zeggen.

Op een avond vertelde Deeann Gunderson hem bij een Snickers en een bekertje decafé dat Jerome Leon 'scharrelde' met Tamara Perdue zonder dat zijn vrouw dat wist. Deeann was de eigenaresse van Deeann's Duds en een knappe gescheiden vrouw van ergens in de dertig, met twee kinderen. Ze liet hem merken dat ze meer van hem wilde dan een reep chocola en roddels en dat ze om het weekend tijd had. Zolang ze niet op zoek was naar een papa voor haar kinderen, ging hij misschien wel op het aanbod in. Hij had niets tegen kinderen, maar wel iets tegen mama's die een nieuwe echtgenoot zochten.

Hij hoorde dat iemand het hondje van Velma Patterson had overreden, en dat Daisy en Jack Parrish een meisje verwachtten. Hij vernam dat Sadie Hollowell in Laredo was bij haar gewonde vader. Iedereen leek een mening te hebben over de Hollowells in het algemeen en Sadie in het bijzonder. Sommige mensen, zoals tante Luraleen, vonden haar een ondankbare dochter. Anderen vonden dat haar vader haar had verwaarloosd, en meer om zijn vee en paarden gaf dan om zijn dochter. Maar wat ze ook vonden, ze praatten er graag over.

Alsof Vince het iets kon schelen.

Behalve de gewone klanten die alleen langskwamen als ze benzine nodig hadden, had de Gas and Go ook vaste klanten. Mensen die elke dag rond dezelfde tijd langskwamen voor een glas cola of benzine of bier.

Een van die vaste klanten die elke avond langskwam voor een glas cola bleek Becca Ramsey te zijn. En dat kon hem wel schelen.

'Vince!' had ze gegild, alsof ze oude vrienden waren, de eerste keer dat ze hem had gezien in de Gas and Go. 'Blijf je in Lovett?'

Hij vroeg zich af of hij het kon maken om te liegen. 'Eventjes.' Daarna kwam ze terug voor een pakje kauwgom, een reep, en een tijdschrift onderweg naar huis van het Milan Institute in Amarillo. Becca volgde kennelijk een opleiding tot schoonheidsspecialiste en om de een of andere reden dacht ze dat Vince dat een bal kon schelen.

'Als ik nog een oud dametje een permanentje moet geven,' zei ze, de woorden langgerekt uitsprekend, 'dan zweer ik dat ik ga flippen.'

'Uh-huh.' Hij sloeg haar energiedrankje aan.

'Ik zag Slade rondrijden in de pick-up van die slet Lexa Jane. Hij is zo arm dat hij niet eens zijn eigen auto kan betalen.'

Ineens voelde hij een stekende pijn in zijn linkeroog. Alsof er iemand een spijker in zijn iris stak. De volgende dag kwam ze binnen om te vertellen dat ze haar eerste coupe had opgeknipt. Kennelijk was dat een bepaald soort kapsel en voor het eerst in zes jaar kon hij zich de voordelen indenken van zijn gehoorverlies. Misschien dat als hij met zijn slechte oor naar haar toe ging staan, hij haar stem kon negeren. Misschien zou haar voorraad woorden ooit opraken en zou ze zwijgen.

'En het zag er niet eens uit alsof ze hondenoren had toen ik klaar was.' Ze lachte. 'Je wilt niet weten hoeveel meisjes er zijn die niet kunnen opknippen.'

Inderdaad, hij wilde het niet weten. Vince was er door het beste leger ter wereld op getraind om te ontsnappen en te ontwijken. Hij kon wegkomen uit benarde situaties, maar hij kon niet aan Becca ontkomen zonder haar ko te slaan.

'Volgende week vier ik mijn verjaardag.'

'Hoe oud word je dan?' vroeg hij terwijl hij haar chocoladereep aansloeg. Net meerderjarig, schatte Vince. Voor sommige mannen was een jong, aantrekkelijk meisje een mooie prooi. Vince was niet zo'n man. Hij hield van volwassen vrouwen die niet tegen hem stonden te janken.

'Eenentwintig.'

Op zijn eenentwintigste was hij net klaar geweest met de SQT en zou hij worden ingedeeld in een team. Hij was heel vol van zichzelf geweest en had bol gestaan van testosteron en onoverwinnelijkheid. Hij was arrogant geweest en volhardend, met de bijbehorende vaardigheden.

'Kom je wat met me drinken?' Ze zocht in haar portemonnee en gaf hem een briefje van vijf.

'Ik denk het niet.'

'Waarom niet? We zijn toch vrienden?'

Hij gaf haar wisselgeld en keek toen eens goed naar het domme meisje voor hem. Ze dacht werkelijk dat ze vrienden waren. 'Sinds wanneer?'

'Sinds we hebben gepraat op de bruiloft van Tally Lynn. Toen was je er voor me, Vince.'

Jezus, ze dacht dat hij voor haar in die kamer was blijven zitten. Hij was gebleven omdat hij een stijve had gehad dankzij Sadie Hollowell en hij die wilde uitzitten.

'Je hebt me laten inzien dat Slade oppervlakkig is en dat ik beter af ben zonder hem.'

'Heb ik dat gedaan?' Hij kon het zich niet herinneren.

Ze glimlachte. 'Ik wil meer. Ik *verdien* meer, en ik ben er klaar voor.'

Ineens kreeg hij een heel ongemakkelijk gevoel. Alsof iemand een loop op hem gericht had en hij volledig ongewapend was.

Het belletje boven de deur rinkelde en hij keek van de grote bruine ogen voor hem naar de vrouw die de Gas and Go binnen kwam lopen. In het gezicht van de vrouw die zijn leven in meerdere opzichten vrij onprettig had gemaakt. Haar blonde haar zat in een losse, rommelige paardenstaart. Ze droeg een gekreukelde jurk en een capuchonvest. Ze zag er afgrijselijk uit, maar om de een of andere reden reageerde zijn lichaam alsof hij nog op de middelbare school zat en het mooiste meisje van de klas net de biologieles in was komen lopen.

Hoofdstuk acht

Sadie duwde de deur van de Gas and Go open en sjorde haar tas hoger op haar schouder. Ze was meer dan uitgeput. Ze had de afgelopen twee weken doorgebracht in een ziekenhuis in Laredo, en ze was ongeveer een uur geleden uit een vliegtuig in Amarillo gestapt. Ze had een tussenstop van vier uur gehad in Denver, en ze was niet alleen uitgeput, maar ze had ook een pesthumeur. Haar staart viel opzij en haar ogen prikten. Ze zag er afschuwelijk uit en het kon haar niks schelen.

Door haar prikkende ogen keek ze op naar Becca en achter haar naar de man die fronste alsof er een donderwolk boven zijn donkere hoofd en schouders hing. Geweldig. Vince was er nog. Ze had de energie niet om zich druk te maken of zich te generen voor wat er was gebeurd op de bruiloft van Tally Lynn of hoe ze eruitzag. Ze kon zich altijd morgen nog gaan generen, als ze was uitgerust en ze de vernederende herinnering aan zijn warme mond en hete aanraking weer helder had.

'Hoi Sadie.' Becca kwam naar haar toe en omhelsde haar alsof ze oude vrienden waren. 'Ik heb het gehoord van je papa. Hoe gaat het met hem?'

De omhelzing van Becca voelde prettig en dat verraste haar. 'Humeurig.' Ze deed een stap naar achteren en keek in de bruine ogen van de jongere vrouw. 'Lief dat je het vraagt.' Volgens de dokters zou hij over een paar weken kunnen worden overgeplaatst naar een verzorgingstehuis in Amarillo, gevolgd door maanden revalidatie. 'Hij komt binnenkort naar een verzorgingstehuis in Amarillo.' Dat was waarom ze thuiskwam. Om met de directeur te praten en te bepalen welke zorg het meest geschikt was voor een humeurige oude rancher met woedeaanvallen.

'Ik dacht dat je van plan was om naar huis te gaan. Blijf je nu een tijdje in de stad?' vroeg Becca.

'Ja, een paar maanden waarschijnlijk.' Ze zou nog máánden in Lovett vastzitten. Haar vader verzorgen, die niet wilde dat iemand voor hem zorgde, zeker zij niet. Sadie liet haar armen omlaag vallen en liep langs Becca naar de koelkasten. Ze was dan misschien te moe om zich elk detail van die avond in de bruidskamer te herinneren, maar het testosteron dat van Vince af straalde bracht de herinnering terug bij haar lichaam als een beukende golf die voor turbulentie zorgde in haar borstkas.

'Op de avond van de bruiloft vroeg iedereen zich af waarom je er ineens zo snel vandoor ging, voor het gooien van het boeket. Nu weten we waarom je zo'n haast had.'

Haar vermoeide voeten bleven staan en ze keek over haar schouder naar Vince. 'Weten we dat?' Had Vince het aan Becca verteld of had iemand hen in die kamer gezien?

Hij zei geen woord. Hij trok alleen een donkere wenkbrauw op.

'Ja. Als mijn papa gewond zou zijn, zou ik ook zijn weggerend zonder iemand gedag te zeggen.'

De opluchting viel van haar schouders en Vince lachte. Een diepe, geamuseerde lach. Ze was te moe om zich er iets van aan te trekken.

'Hé, ik moet gaan,' verkondigde Becca. 'Tot ziens, Sadie.'

'Dag Becca.' Ze greep een grote zak Cheetos en liep naar de koelkasten. Toen ze terugkwam voor in de winkel, was ze alleen met Vince. Een strak wit T-shirt spande om zijn brede borstkas en schouders. Hij droeg het in een beige cargobroek. Een rek met verschillende merken sigaretten hing achter hem. Had hij er op de avond van de bruiloft ook zo knap uitgezien? Geen wonder dat hij zijn hand onder haar rok had mogen steken.

Ze zette haar cola en Cheetos op de toonbank, naast een pakje worstjes van Slim Jims. Hopelijk zou hij niet beginnen over die ene avond. 'Werk je hier nu?'

'Ja.' Hij bekeek haar van boven tot onderen, waarbij zijn blik een fractie van een seconde bleef hangen op de voorkant van haar jurk. 'Je ziet er vreselijk uit.'

'Wow.' En zij maar denken dat ze er sexy bij liep. 'En bedankt.'

Zijn lange vingers toetsten getallen in op de kassa. 'Misschien moet je even je haar kammen voor je onder de mensen komt.'

Ze trok haar portemonnee tevoorschijn uit haar tas. 'Hebben ze je geen manieren geleerd bij de SEAL's?'

'Ja, op Camp Billy Machen. Na verkennen en voor vernielen.'

'Je bent vast gezakt.' Het ging best aardig zo. Hij was niet over die avond begonnen. Over haar uiterlijk praten was veel minder erg.

'Je kunt niet zakken voor de SQT, anders lig je eruit.' Hij drukte op de totaalknop.

'Wat is de SQT?' Ze keek toe hoe hij haar Cheetos in een tas deed.

'SEAL Qualification Training.'

'En waar trainen SEAL's precies voor?' Niet dat het haar nou zo ontzettend boeide, maar het was een veilig onderwerp.

'Slechteriken najagen. De wereld beter maken.'

'Ze hebben je blijkbaar niet geleerd hoe je kapotte pick-ups moet repareren langs de kant van de weg. Ik dacht dat SEAL's zich uit elke situatie konden macgyveren.'

'Ach ja, ik had die dag net mijn laatste paperclips en kauwgom opgemaakt.'

Ze moest bijna glimlachen. 'Wat krijg je van me?'

Hij keek haar glimlachend aan, maar het was niet de aardige glimlach die ze van hem had gezien op de bruiloft van Tally Lynn. Die aardige vent was weg. 'Op zijn minst een bedankje.'

Ze wees op haar aankopen. 'Wil je dat ik je bedank voor het kopen van cola light en Cheetos?'

'Vijf dollar en zestig cent voor de cola en Cheetos.'

Ze gaf hem zes dollar.

'Maar je bent me nog wat verschuldigd voor die ene avond.'

Kennelijk had ze te vroeg gejuicht. Hij wilde er dus toch over praten. Prima. 'Bedankt.'

'Te laat.' Zijn blik kwam omlaag naar haar mond. Die avond had ze het sexy gevonden dat hij naar haar mond keek. Nu niet zo. 'Hoeveel is een orgasme tegenwoordig waard?'

'Dat van laatst?' Ze was keurig opgevoed. Ze moest een dame blijven, hoe onbeschoft ze ook werd behandeld. Ze moest glimlachen, 'Lieve hemel' zeggen en weglopen, maar ze zat aan haar keurigheidstax. Ze had er genoeg van om te glimlachen naar irritante, onbeschofte mannen. 'Hou het wisselgeld maar en we praten er niet meer over.'

Een van zijn mondhoeken kwam omhoog. 'Schat, vind je dat orgasme veertig cent waard?'

'Ik heb betere gehad.' Dat misschien, maar zeker geen snellere.

'Het was vast meer waard dan veertig cent. Je hebt minstens twee keer "O god" gezegd.'

'Als het een echt goed orgasme was geweest, zou ik het vaker hebben gezegd.'

'Ik hoefde je maar aan te raken en je ging al.' Hij stak zijn hand met het wisselgeld uit en liet het in haar hand vallen. 'Dan is het meer waard dan veertig cent.'

Ze sloot haar vingers om de muntjes en stak ze in de zak van haar capuchonvest. 'We staan dus niet meer quitte, begrijp ik.'

Zijn oogleden sloten over zijn lichtgroene ogen, een glimlach verscheen om zijn lippen en hij schudde zijn hoofd. 'Schulden zijn ellendig.'

De bel rinkelde, net toen ze haar tas pakte. Ze wees naar het plafond en zei: 'Gered door de bel.'

'Nu wel.'

'Sadie Jo?'

Sadie keek over haar schouder naar de vrouw met een peuter op haar heup en twee andere kleintjes in haar kielzog. Haar blonde haar had ongeveer twee centimeter bruine uitgroei en stond boven op haar hoofd in een staart. 'RayNetta Glenn?'

'Ik ben nu RayNetta Colbert. Ik ben getrouwd met Jimmy Colbert. Ken je Jimmy nog?'

Wie zou Jimmy Colbert kunnen vergeten? Hij had lijm gesnoven en potloodslijpsel gerookt in inpakpapier. 'Heb je al drie kinderen?'

'En twee op komst.' Ze verplaatste het meisje in haar armen naar opzij. 'Ik verwacht een tweeling in september.'

'O god!' Sadies mond viel open. 'O mijn god!'

'Dat is twee keer o god,' zei Vince van achter de toonbank. 'Die mevrouw krijgt veertig cent van je.'

Ze negeerde hem.

'Ik heb het gehoord van je vader.' RayNetta verplaatste de peuter op haar heup. 'Hoe gaat het met hem?'

'Beter.' Dat was de waarheid, maar het ging nog niet goed met hem. 'Ik laat hem overplaatsen naar een verzorgingstehuis in Amarillo.'

'Lieve deugd.' De twee jongetjes achter RayNetta renden om haar heen naar het snoepschap. 'Eentje maar,' riep ze hun na. 'Kinderen.' Ze schudde haar hoofd. 'Ben je getrouwd?'

Daar had je het weer. 'Nee.' En voor RayNetta het kon vragen: 'Nooit getrouwd geweest en ook geen kinderen.' Ze verschoof de plastic tas in haar hand. 'Leuk je gezien te hebben.'

'Ja. Laten we een keer afspreken om bij te praten.'

'Ik ben hier nog wel een tijdje.' Ze keek over haar schouder. Vince had zijn handen op zijn heupen gezet en haar blik klom langs de ladder van zijn buikspieren omhoog naar zijn vierkante kaak en zijn groene ogen. 'Tot ziens, Vince.'

'Ik zie je, Sadie.' Dat was geen afscheid, eerder een waarschuwing.

Ze beet op haar lip om niet te glimlachen. Waarschijnlijk moest ze bang worden of in elk geval ongerust. Vince was absoluut groot en overweldigend, maar ze voelde zich helemaal niet bedreigd. Als hij zijn kracht wilde gebruiken om te krijgen wat hij te goed had, zou hij dat op de bruiloft hebben gedaan.

Ze liep naar buiten in de diepe schaduwen van de nacht naar haar Saab. Ze zou maar een paar dagen in de stad zijn en dan weer terugkeren naar Laredo, dus ze zou Vince waarschijnlijk niet meer zien. Zeker niet als ze uit de buurt bleef van de Gas and Go.

Andere vrouwen kon je altijd wakker maken voor chocolade, maar zij kon altijd wel Cheetos eten, en tijdens de rit van een kwartier naar de ranch trok ze de zak open en begon te knagen, waarbij ze erop lette dat er geen kaasvingers op het stuur kwamen. Ze zette haar iPod keihard aan en vulde de auto met My Chemical Romance. Sadie was al een fan sinds hun eerste album en ze zong 'Bulletproof Heart' uit volle borst mee. Ze zong alsof haar leven niet één grote puinhoop was. Alsof er geen vuiltje aan de lucht was.

Steentjes versplinterden onder haar wielen toen ze stilhield voor het donkere ranchhuis. Ze had tegen niemand gezegd dat ze zou thuiskomen. Ze wilde niet dat iemand voor haar opbleef. Ze wilde gewoon vroeg naar bed.

Er brandde geen enkel licht in het huis en Sadie liep voorzichtig de huiskamer in en knipte het licht aan. Een enorme kroonluchter, gemaakt van een paar geweien, verlichtte de meubelen van koeienhuid en de enorme stenen haard. Op verschillende tafeltjes stonden fotolijstjes met foto's van haar met haar vader en moeder. Die foto's waren nooit verplaatst sinds de dood van haar moeder 28 jaar geleden. Boven de haard hing een enorm schilderij van de grootste prestatie en liefde van haar vader: Admiral, een Blue Roan Tovero. Hij was de trots van Clive geweest, maar hij was al na vijf jaar overleden aan koliek. De dag dat het paard stierf was de enige keer geweest dat ze haar vader zichtbaar overstuur had gezien. In het openbaar had hij geen traan gelaten, maar ze vermoedde dat hij privé had gehuild als een klein kind.

Ze liep naar de keuken, schonk een glas ijsthee in en liep door naar boven. Ze kwam langs de portretten van haar voorouders naar haar slaapkamer. Op het nachtkastje stond een lampje, dat ze aandeed. Licht viel op het bed en ze gooide de tas van de Gas and Go op de geel met witte sprei.

Alles aan haar kamer was vertrouwd knus en gezellig. Dezelfde klok stond op het nachtkastje naast dezelfde lamp met hetzelfde lampenkapje. Hetzelfde schilderij van haar als pasgeboren baby met haar moeder stond nog altijd op het dressoir naast een blikje met alle parfumminiatuurtjes die ze in de loop der jaren had verzameld. Dezelfde lintjes van volleybal en de landbouwclub hingen aan het prikbord naast de plank met alle sjerpen en kronen voor de tweede plekken die ze had behaald.

Het was vertrouwd, maar het was niet thuis. Thuis was momenteel een woonhuis in Phoenix. Ze had het huis met Spaanse invloeden gekocht tegen een belachelijk lage prijs, toen de bodem bijna uit de markt lag. Ze had vrijwel geen hypotheek en genoeg geld op de bank om de afbetaling bij te houden.

Ze was een topverdiener bij haar huidige werkgever en kreeg 65 procent commissie. Het bedrijf had haar verzekerd dat ze net zo lang vrij moest nemen als ze nodig had, maar ze wilde niet zo lang wegblijven dat haar compensatiebedrag terugliep tot 50/50. Ze had hard gewerkt voor die stijging van vijftien procent.

Het probleem was alleen dat ze niet wist wanneer ze weer terug zou kunnen naar Arizona. Over vier weken? Zes? Het kon wel twee maanden duren voor ze haar leven weer op orde had. Het enige wat ze echt wist was dat ze ervoor zou zorgen dat ze haar leven gewoon weer zou kunnen oppakken.

Op dezelfde voet. Zoveel mogelijk.

De volgende ochtend had ze een afspraak met de leiding van het Evangelisch Samaritaans Revalidatiecentrum in Amarillo. Zij verzekerden Sadie dat ze de revalidatiezorg konden bieden die haar vader nodig had. Ze verzekerden haar ook dat ze gewend waren aan lastige patiënten. Zelfs patiënten die zo lastig waren als Clive Hollowell.

Een week na het gesprek kwam Clive naar Amarillo, tachtig kilometer ten zuiden van Lovett, en dus negentig kilometer dichter bij huis. Ze dacht dat hij het prettig zou vinden.

'Wat doe je hier?'

Ze keek op van haar tijdschrift terwijl een mannelijke verpleegkundige haar vader zijn kamer binnenreed, met een zuurstoffles achter op zijn rolstoel. Hij was nu 24 uur in het Evangelisch Samaritaans Revalidatiecentrum en zag er slechter uit dan ooit. En duidelijk ook niet gelukkiger, maar hij was geschoren en zijn haar was nat van een bad. 'Waar zou ik anders moeten zijn, papa?' God, waarom moest hij altijd zo vervelend doen? Kon hij niet gewoon een dag blij zijn dat ze er was? Kon hij haar niet gewoon aankijken en zeggen: 'Ik ben blij dat je er bent, Sadie.' Waarom deed hij altijd net alsof hij niet kon wachten tot ze weer wegging?

'Waar je tegenwoordig dan ook woont.'

Hij wist waar ze woonde. 'Phoenix,' zei ze desondanks. 'Ik heb nog wat sokken voor je gekocht.' Ze stak een tas omhoog van een Target een paar kilometer verderop. 'Van die pluizige, met antislipzolen.'

'Geldverspilling. Ik hou niet van pluizige sokken.' De verpleegkundige haalde de voetsteunen weg en hij zette zijn voeten op de grond. Zijn lange, benige voeten in de roodgeruite sokken met de antislipzolen die ze in Laredo had gekocht. De verpleegkundige hielp hem op te staan uit de rolstoel. 'Verdomme!' Hij hield zijn adem in en ging op de rand van het bed zitten. 'Allejezus!'

Toen ze nog jonger was, zou ze zijn weggerend door de toon van zijn stem. Nu kwam ze dichterbij. 'Wat kan ik voor je doen, papa? Wil je iets van thuis hebben? De post? Rekeningen? Rapporten?'

'Dickie Briscoe is onderweg,' antwoordde hij, verwijzend naar zijn ranchmanager. 'Snooks komt mee.'

Ze mocht gaan. 'Is er niet iets wat ík voor je kan doen?'

Zijn blauwe ogen keken de hare strak aan. 'Haal me hier weg. Ik wil naar huis.'

Hij had te veel zorg nodig om dat mogelijk te maken. Te veel ook om haar te laten teruggaan naar Arizona. 'Dat kan niet.'

'Dan is er niets wat je voor me kunt doen.' Hij keek naar iets achter haar en lachte. 'Snooks, dat werd verdomme tijd.'

Sadie draaide zich om en keek de voorman van haar vader aan. Ze kende hem al haar hele leven, en net als haar vader was hij een echte cowboy. Westernshirt met drukknopen van parelmoer. Spijkerbroek en laarzen vol koeienstront en stof. Hij was hard en verweerd door de wind en zon van Texas en een pakje sigaretten per dag.

'Hé Snooks.' Sadie hield haar armen uitgestrekt terwijl ze naar hem toe liep.

'Hé meissie.' Hij had zes zonen, was midden tot eind zestig en net als bij Clive was zijn leeftijd aan hem af te zien. Maar in tegenstelling tot Clive had Snooks een buikje en gevoel voor humor.

'Je ziet er nog net zo knap uit als altijd,' loog ze. Zelfs op een goede dag was Snooks nooit knap geweest, vooral omdat hij allergisch was voor ambrosia, een plant die hier overal groeide, en voor stof. Zijn ogen waren daardoor altijd brandend rood. 'Hoe gaat het met de jongens?'

'Prima. Ik heb acht kleinkinderen.'

'Lieve hemel!' Ze was echt de laatste persoon in Lovett boven de 25 zonder kinderen. Zij en Sarah Louise Baynard-Conseco, maar dat kwam alleen omdat meneer Conseco te gast was in San Quentin.

'En ik heb er niet één,' mopperde Clive achter Sadie.

Was dat waarom haar vader altijd zo humeurig was? Omdat ze niet zes kleinkinderen had geproduceerd? Wat was zijn smoes geweest toen ze nog twaalf was? 'Je hebt het nooit over klein-kinderen gehad.'

'Ik wist niet dat dat moest.'

'Ik laat jullie lekker bijkletsen,' zei ze toen ze wist te ontsnappen.

's Middags was ze druk bezig met allerlei opwindende activi-teiten zoals auto-onderhoud. Ze had het geluk dat ze een kap-perszaak vond die er enigszins goed uitzag en ze maakte een afspraak om later haar uitgroei te laten bijwerken. Ze keerde terug naar het ziekenhuis om te zien hoe het met Clive ging, en reed toen naar huis. Ze at de warme maaltijd met de stalknech-ten en vertelde hoe het met haar vader ging.

Ze keek televisie in bed. Doelloze realityprogramma's over mensen die er slechter aan toe waren dan zij. Dan hoefde ze niet na te denken over de realiteit van haar eigen rottige leven.

Een plafondventilator blies brommend de koele avondlucht over de blote borstkas van Vince. Een langzame, gelijkmatige ademhaling vulde zijn longen. Hij sliep in de logeerkamer van Luraleens ranchhuis in de stijl van de jaren zeventig, in een tweepersoonsbed met sierkrullen, maar achter zijn gesloten ogen was Vince terug in Irak. Terug in het enorme ruim van de C-130 Hercules, waar hij de laatste delen van de bepakking van het team neerzette. Hij was gekleed in licht gevechtstenue, woestijnbroek en kisten, en liet zijn vermoeide lichaam rusten in een hangmat van dik touw. Een paar uur voordat hij het bevel had gekregen om zich bij Team Five te voegen op de luchtmachtbasis van Bahrein, had hij nog deuren ingetrapt en terroristenleiders opgepakt in Bagdad. Hoe meer ze er vonden, hoe meer ervoor in de plaats leken te komen. Al Qaida, taliban, soennieten, sjiieten, of een half dozijn andere groeperingen vol haat en fanatisme en vastberaden om Amerikaanse soldaten te doden, ongeacht hoeveel onschuldige burgers er in de weg stonden.

'Haven, lelijke schoft. Wat doe je daar? Lig je te rukken?'

Vince herkende de stem en deed zijn ogen open. Hij draaide zijn hoofd in de richting van de kale SEAL die zich in de hangstoel tegenover hem probeerde te wurmen. 'Sorry dat ik je moet teleurstellen, vuile hoer, maar ik heb mijn zaakjes al afgehandeld.'

Wilson schudde zijn hoofd. 'Ik heb gehoord over die toestand met die munitiedump van vanochtend.'

Vince kromp ineen. Hij was er met drie andere SEAL's op uitgestuurd om een munitiedumpplaats van opstandelingen te vinden en de boel op te blazen. Er was geen tijd geweest om te wachten op iemand van de explosievenopruimingsdienst en het was een kleine locatie. Althans, dat dachten ze. Ze hadden hun eigen springstof aangebracht en het pand de lucht in geblazen. Beton en stof en puin waren minutenlang neergedwarreld. 'Kennelijk hebben we de springkracht een tikje onderschat.' Ze hadden niet geweten dat er een verborgen ruimte zat onder het gebouw van leem en beton, die was gevuld met granaten en bommen. Daar waren ze pas achter gekomen toen ze de boel hadden opgeblazen en de explosie steeds groter en groter werd en ze dekking hadden moeten zoeken. Niemand wilde het over die misser hebben. Het was gewoon puur geluk dat ze flink afstand hadden gehouden en dat niemand gewond was geraakt.

Wilson lachte en citeerde sergeant James uit *The Hurt Locker*: 'Er is daar genoeg springkracht om ons helemaal naar Jezus te blazen.' Hij was een luitenant, een slimme jongen, en ongeëvenaard als het ging om filmcitaten. Vince had Pete al een tijdje niet gezien, en het was fijn om zijn maatje terug te zien.

'*Hooyah!*' Ze hadden samen BUD/S doorstaan, waren bijna verdronken in de branding, en hadden op hun falie gehad van drilsergeant Dougherty. Hij had naast Wilson gestaan toen ze allebei het insigne met de Trident op hun gelegenheidstenue hadden gekregen en hij had naast Pete gestaan toen Pete was getrouwd met zijn vriendinnetje van school. Het huwelijk had het vijfjarig jubileum niet gehaald en Vince had klaargestaan om samen met zijn maatje diens verdriet te verdrinken. Scheidingen hoorden onlosmakelijk bij de krijgsmacht en actieve SEAL's vormden geen uitzondering op die regel.

De laadklep kwam omhoog en de piloot liet de motoren van het enorme turbopropvrachtvliegtuig op volle toeren draaien, waardoor de laadruimte werd gevuld met het gerammel van staal en paardenkrachten, en alle conversatie stilviel.

Hij viel in slaap ergens boven de Golf van Oman. Het was de laatste ongestoorde slaap die hij zou krijgen. Zodra de Hercules de grond raakte in Bagram zou zijn leven voor altijd veranderen, op verschillende en onvoorspelbare manieren.

Zijn leven was nu ook anders, maar de droom bleef hetzelfde. Hij begon in de bergen van de Hindu Kush; Vince was met zijn mannen op een routineklus. Dan veranderde de droom; hij moest dekking zoeken, beladen met genoeg wapens om zich uit een gevecht met de taliban te vechten. De droom eindigde ermee dat hij geknield zat bij Wilson, zijn hoofd tollend en suizend, misselijkheid die zijn maag deed omkeren en de donkere hoeken van zijn blikveld die dichterbij kwamen terwijl hij op de borstkas van zijn beste vriend beukte en zijn eigen adem in de longen van Pete dwong. Het onmiskenbare, jankende ritme van de Amerikaanse luchtmacht, gierende wieken die het stof denderend opjoegen tot zandstormen. De grond trilde terwijl het leger de hellingen en spelonken van het Hindu Kush-gebergte aan puin blies. Bloed kleurde de handen van Vince terwijl hij beukte en ademde en het licht zag wegtrekken uit de ogen van Pete.

Vince werd wakker, zijn hartslag klopte tegen zijn slapen, net als op die helse dag in de Hindu Kush. Hij stond ergens, gedesoriënteerd, met wijde ogen, longen die lucht opzogen als blaasbalgen. Waar was hij?

In een kamer. Het zachte licht van een lantaarn brandde ergens in de verte en gordijnen met kant zaten om zijn vuist gewikkeld.

'Gaat het, Vince? Ik hoorde gebonk.'

Hij deed zijn mond open maar er kwam alleen een piepende adem uit. Hij slikte. 'Jaha.' Hij opende zijn trillende handen heel doelbewust en het gordijn viel op de grond; de gordijnroe gaf een dun geklingel af.

'Wat was dat?'

'Niets. Het gaat goed.'

'Klimt er iemand uit je raam? Ze kan beter gewoon door de voordeur gaan.'

Dat verklaarde meteen waarom ze niet was komen binnenstormen.

'Er is hier niemand behalve ik. Slaap lekker, tante Luraleen.'

'Welterusten.'

Vince wreef met zijn handen over zijn gezicht en plofte neer op het te smalle, te krullerige bed. Hij had deze droom al een tijdje niet gehad. Al een paar jaar niet zelfs. Een zielknijper van de marine had hem ooit verteld dat posttraumatische stress door sommige dingen kon worden opgewekt. Verandering en onzekerheid waren twee belangrijke oorzaken.

Vince was een SEAL. Hij had geen posttraumatische stress. Hij was niet zenuwachtig of depressief. Hij had gewoon een terugkerende droom.

Eentje maar. Meer niet.

De zielknijper had hem ook verteld dat hij zijn gevoelens wegstopte. En dat hij zou genezen zodra hij zichzelf toestond iets te voelen. 'Voelen om te genezen' was een van de favoriete zinne-tjes van de zielknijper geweest.

Hij kon de pot op. Hij hoefde nergens van te genezen. Hij maakte het prima.

Hoofdstuk negen

Elk jaar op de tweede zaterdag van april begon om negen uur 's ochtends de feestdag ter gelegenheid van de stichting van Lovett met een Founder's Day-parade. Elk jaar reed de Diamondback Queen van dat jaar op een enorme ratelslang van tissues en toiletpapier. De grote kop en ogen van edelstenen keken uit over de menigte en de gevorkte tong likte de ochtendlucht. De koningin zat boven op het kronkelende lichaam, uit alle macht wuivend, alsof ze de Rose Queen was op Colorado Boulevard in Pasadena.

Dit jaar werd de praalwagen over Main Street getrokken door een klassieke Chevy F-10 die werd geleverd door Parrish American Classics, de autorestaurateurs. Een tweede gerestaureerde auto volgde achter de praalwagen. De 23 jaar oude Nathan Parrish reed in de volledig gerestaureerde Camaro uit 1973; de grote V8 383-motor beukte in de ochtendlucht en liet de slang zo trillen dat hij rond Twelfth Street zijn tong verloor. Vlak erachter, met de uitlaatgassen vol op de longen, speelde de Lovett High School-band 'The Yellow Rose of Texas' terwijl de majorettes de shimmy dansten in hun glitterpakjes met franjes.

Na de parade werd Main Street afgesloten voor het verkeer. Aan weerskanten van de straat stonden nu stalletjes waar van alles werd verkocht, van sieraden en haarspelden tot pepergelei en gebreide theemutsen. De biertuin en de eettentjes zaten een straat verder van Main Street langs Wilson en waren afgeladen met mensen uit alle windstreken.

De leden van het historisch genootschap van Lovett droegen historische kostuums. Rond twaalf uur was het 20 graden en tegen vijven een aangename 22, en het genootschap zag er inmiddels wat vochtig uit. Op het parkeerterrein van Albertson waren de hele dag kunstenaars en klompendansers actief. Een lokale band, Tom and the Armadillos, zou die avond optreden aan de ene kant van het terrein terwijl aan de andere kant een poolwedstrijd werd gehouden.

Om zeven uur 's avonds parkeerde Sadie haar Saab voor Deeann's Duds en liep naar de stalletjes langs de straat. Wat moest ze anders? Thuiszitten en naar de muren staren? Meer televisiekijken? Rondhangen op YouTube tot ze scheel zag? Er zat een grens aan het aantal grappige video's over pratende honden of flauwe tienergrappen dat je kon kijken.

Ze wilde een leven buiten het revalidatiecentrum. Haar vader had altijd geweigerd om haar verantwoordelijkheden te geven op de JH. Toegegeven, ze kon geen graasrapporten en gegevens over dierbewegingen analyseren, maar ze had genoeg cursussen gevolgd en ze wist zeker dat ze best grafieken zou kunnen lezen als iemand haar maar uitlegde hoe.

Ze moest iets te doen hebben behalve haar bed opmaken en haar eigen borden afwassen. Iets eenvoudigs. Iets om bezig te blijven en iets wat geen enorme verantwoordelijkheid betekende. De verantwoordelijkheid om 4000 hectare op orde te houden, ruim duizend runderen, en een kudde fokpaarden. Om nog maar te zwijgen over een twintigtal werknemers. Omdat ze een meisje was, had haar vader haar nooit geleerd hoe het bedrijf werkte. Afgezien van wat basale dingen, die ze had opgepikt omdat ze achttien jaar op de ranch had gewoond, wist ze vrij weinig. Ze wist niet wat ze moest doen als haar vader overleed. Daar had ze de laatste tijd vaak over nagedacht, en alleen al van de gedachte aan al die verantwoordelijkheid werd ze onrustig en kreeg ze de aandrang om in de auto te springen en te maken dat ze wegkwam.

Na haar bezoek aan haar vader eerder die dag was ze naar huis gegaan en had een jeans, blauw T-shirt en een Lucky-sweatvest met een boeddha achterop aangetrokken. Ze had haar witte cowboylaarzen opgedoken en de witte Stetson die ze op school had gedragen. De laarzen zaten een beetje strak, alsof haar voeten een halve maat groter waren geworden, maar de hoed paste alsof ze hem gisteren nog had gedragen. Ze vond haar oude, speciaal gemaakte riem met het logo van de JH op het leer en het opschrift 'SADIEJO'. Hij was een beetje stijf, maar goddank paste hij nog.

Ze mocht dan in Arizona wonen, ze bleef een Texaanse en Founder's Day was geen grapje. Het was een gelegenheid om je 'op te doffen'. Toen ze naar de eetkraampjes liep, was ze blij dat ze de moeite had genomen. Gelet op de afmetingen van de hoeden en de riemgespen, het getoupeerde haar en de strakke jeans, nam iedereen dit bloedserieus.

Bij de kraampjes kocht ze een hotdog met mosterd en een flesje Lone Star.

'Hoe gaat het met je vader?' vroeg Tony Franko terwijl hij haar het bier gaf.

Ze kende Tony ergens van. Ze wist alleen niet waarvan. Zoals alle mensen hier had ze iedereen altijd al gekend en zij haar. 'Beter, bedankt, Tony.' Er was een week voorbij sinds ze haar vader had laten overbrengen uit Laredo.

Terwijl ze over Main Street liep, werd ze een paar keer staande gehouden door vriendelijke mensen die naar haar vader vroegen. Bij het stalletje met kralen bleef ze even staan om twee armbanden van koraal te kopen voor de gezusters Parton.

'Hoe gaat het met je papa?' vroeg de vrouw terwijl ze Sadies geld in ontvangst nam.

'Beter. Ik zal zeggen dat je naar hem hebt gevraagd.' Ze liet de armbanden in haar zak glijden en liep langs de stalletjes met aardewerk en kaarsen van bijenwas. Ze keek naar gebeeldhouwde kleine armadillo's en maïskolven en at ondertussen haar hotdog. Ineens voelde ze een hand op haar schouder.

'Dooley en ik vonden het naar om te horen van je papa, Sadie Jo. Hoe gaat het met hem?'

Ze keek over haar schouder naar een vrouw die ze zich herinnerde uit haar kindertijd. Dooley? Dooley? Dooley Hanes, de dierenarts. 'Het gaat al beter, mevrouw Hanes. Hoe gaat het met Dooley?'

'O hemel. Dooley is vijf jaar geleden gestorven. Hij had kanker in zijn testikels. Het was al vergevorderd toen ze het vonden.' Ze schudde haar hoofd en haar grote grijze koepel wuifde heen en weer. 'Hij heeft erg geleden. De arme ziel.'

'Het spijt me om dat te horen.' Ze nam een slok van het bier en luisterde terwijl mevrouw Hanes alle ellende opsomde die zíj had meegemaakt sinds het verscheiden van Dooley. Ineens leek thuiszitten en video's kijken niet zo erg meer. Hondenvideo's en met een hamer op je hoofd slaan leken ineens een geweldig alternatief.

'Sadie Jo Hollowell? Ik had al gehoord dat je in de stad was.' Sadie draaide zich om en keek naar een gezicht met donkerbruine ogen en een enorme glimlach.

'Winnie Bellamy?' Ze had in de eerste klas achter Winnie gezeten en had met haar eindexamen gedaan. Ze waren geen beste vriendinnen geweest, maar ze zaten in hetzelfde groepje. Winnie had altijd lang donker haar gehad, maar ze was kennelijk gezwicht voor de Texaanse mores en had het blond geverfd en getoupeerd.

'Inmiddels Winnie Stokes.' Ze trok Sadie tegen haar borst. 'Ik ben getrouwd met Lloyd Stokes. Hij zat een paar jaar boven ons. Zijn broertje Cain was van onze leeftijd.' Ze liet haar handen vallen. 'Ben jij getrouwd?'

'Nee.'

'Cain is single en een goede vangst.'

'Als hij zo'n goeie vangst is, waarom ben je dan niet met hem getrouwd, in plaats van met zijn broer?'

'Hij is *nu* een goede vangst.' Winnie wuifde de vraag weg. 'Hij en Lloyd spelen in het pooltoernooi. Ik ben op weg ernaartoe. Kom je mee om gedag te zeggen?'

Het aanbod klonk aanlokkelijker dan mevrouw Hanes, hondenvideo's of een hamer. 'Tot ziens, mevrouw Hanes,' zei ze en zij en Winnie kletsten verder over vroeger terwijl ze naar het parkeerterrein van Albertson liepen, een paar straten verderop.

De eindeloze hemel van Texas kleurde oranje en paars terwijl de reusachtige zon verder ten westen van de stad zakte. Aan de ene kant van het parkeerterrein van de supermarkt stonden twee rijen met vijf pooltafels onder snoeren met kerstverlichting. Om elke tafel krioelde het van de cowboyhoeden, met hier en daar een truckerspet. Slechts één man had zich niet speciaal opgedoft.

Onder de witte kerstverlichting leunde Vince Haven met een brede schouder tegen een van de vierkante palen. Hij droeg een niet-militaire, beige cargobroek, een effen zwart T-shirt waar zelfs geen vlag op was geborduurd of gestreken, en hij was blootshoofds. Kennelijk had de man geen benul van de ernst van de gelegenheid, en hij viel op als een zondaar tussen de bekeerden. Hij had een keu in de ene hand en hij had zijn hoofd opzij terwijl hij aandachtig luisterde naar de drie vrouwen om hem heen. Twee van hen droegen strooien cowboyhoeden; de derde had haar lange rode haar getoupeerd tot een enorme bos, als de Kleine Zeemeermin. Ze had een keu in haar ene hand en toen ze vooroverboog over de tafel, viel haar haar over haar rug tot op haar in strakke jeans gehulde kont.

'Sadie Jo Hollowell!' gilde iemand.

Vince wendde zijn blik af van de vrouwen om hem heen en zijn ogen ontmoetten de hare. Hij keek haar een paar lange seconden aan, totdat zij zich omdraaide en terechtkwam in een grote omhelzing, waardoor ze van de grond werd getild.

'Cord?' Cordell Parton was drie jaar jonger dan Sadie en had af en toe klusjes gedaan op de JH voor zijn tantes.

'Goed om je te zien, meid.' Hij tilde haar nog hoger op en zijn hoed viel op de grond.

Hij was enorm groot geworden sinds ze hem voor het laatst had gezien, vijftien jaar geleden. Niet dik, gewoon massief, en hij drukte haar fijn. 'Heremetijd, Cord, ik kan niet ademen.' Had ze nou echt 'heremetijd' gezegd? Als ze niet oppaste, zou ze nog typisch Texaanse dingen gaan zeggen als: 'Huil de hele nacht en geef de theedoeken door.' Misschien kwam het door de hoed. Ze begon Texaans te klinken.

'Sorry.' Hij zette haar weer neer en boog voorover om zijn Stetson op te rapen. 'Hoe gaat het met je papa?'

'Beter.'

'Volgens mijn tantes ben je vaak op bezoek geweest in Laredo.'

'Hij is vorige week overgeplaatst naar Amarillo.' Ze keek over de schouder van Cord en haar blik bleef hangen op de kont van Vince terwijl hij over de tafel naast hen boog en een stoot trok. Heremetijd, wat was hij strak. Afgaand op de drie vrouwen, die allemaal naar zijn kont stonden te kijken, was ze niet de enige die dat dacht. Die cargobroek stond hem geweldig.

'Kom mee om gedag te zeggen tegen Lloyd en Cain,' zei Winnie en ze pakte Sadies elleboog.

'Goed om je weer te zien, Cord. Kom een keer naar de ranch, dan drinken we een biertje en praten we bij.'

'Klinkt goed.' Hij plantte zijn hoed weer op zijn hoofd. Toen ze wegliep, riep hij haar na: 'Je bent nog altijd zo mooi als een preek op zondag. Ik heb altijd een oogje op je gehad, weet je.'

Ja. Dat wist ze. Ze glimlachte en keek vanuit haar ooghoeken naar Vince. Hij wilde weer een stoot trekken, en lachte om iets wat een van de vrouwen tegen hem zei. Ze vroeg zich af wie van de drie zijn vriendin was, want hij was tenslotte al een maand in de stad. In Lovett was dat ruimschoots lang genoeg om iemand te ontmoeten, te trouwen en een gezin te stichten.

'Hé. Daar heb je Sadie Jo Hollowell,' zei Cain Stokes toen zij en Winnie naar de tafel liepen. Hij boog voorover en richtte op de witte bal, zodat Sadie de kans kreeg hem goed te bekijken. Ze wist niet of ze hem een vangst moest noemen, maar hij was er zeker op vooruitgegaan sinds hun schooltijd. Hij was langer. Slanker. En ergens had hij een dodelijke glimlach opgepikt die zijn blauwe ogen iets ondeugends gaf. Hij wist bovendien hoe hij zich moest kleden voor Founder's Day, in een strakke spijkerbroek waarin zijn zaakje goed uitkwam. Niet dat ze dat wilde zien.

'Hé, Cain.' Ze wendde zich tot zijn broer. 'Hoe gaat het, Lloyd?'

'Mag niet klagen.' Lloyd was niet zo knap als zijn broer, maar hij was beter geschikt als echtgenoot. Dat bleek uit de manier waarop hij naar zijn vrouw keek. 'Ik had al gehoord dat je terug was.' Hij omhelsde haar kort. 'Hoe gaat het met je papa?'

'Goed, en het gaat steeds beter.' Ze wees naar de pooltafel. 'Wie is er aan het winnen?'

'Cain.' Lloyd bracht een biertje naar zijn lippen. 'Hij is een doordouwer.'

In meerdere opzichten. Cain liep om de tafel en zijn omhelzing duurde net iets langer dan die van zijn broer. 'Je ziet er goed uit, Sadie Jo.'

'Bedankt.'

Winnie liep achter Lloyd aan terwijl hij om de tafel liep om te kijken wat zijn volgende stoot moest worden. Ze vertelde hem precies waar hij de bal moest raken en hoe hard. 'Het ging prima tot jij je ermee kwam bemoeien,' mopperde Lloyd.

'Waar hang jij tegenwoordig uit?' vroeg Cain.

'Phoenix.'

Hij sloeg zijn arm om haar schouder. 'Wil je hierna met me spelen, zodra ik klaar ben Lloyd in te maken?'

'Ga je me laten winnen?'

'Nee, maar als je me inmaakt, vertel ik tegen iedereen dat ik je heb laten winnen.'

Ze lachte en schudde haar hoofd. Ze was in Texas. Flirten was gewoon een vorm van conversatie. Ze keek even naar Vince, die omhoogkwam bij de tafel. Bij een andere gelegenheid zou ze een beetje terug hebben geflirt tegen Cain. Vanavond had ze daar geen zin in. Niet dat het iets te maken had met de SEAL met de lichtgroene ogen. Ze was gewoon niet in de stemming en wilde Cain niet op verkeerde ideeën brengen. 'De volgende keer misschien,' zei ze en ze dook onder zijn arm uit. Binnen de menigte om de pooltafels stond ze drie meter van Vince af. Dichtbij genoeg om het diepe timbre van zijn stem te horen en het beantwoordend gelach van de drie vrouwen, die ze nu ook kon identificeren.

De twee vrouwen met de identieke strooien hoeden waren de zusjes Young. Geen tweeling, maar leken zo op elkaar dat ze ervoor konden doorgaan. Sadie herkende ook de roodharige die pool speelde. Deeann Gunderson. Ze waren alle drie van Sadies leeftijd, maar waren opgegroeid in Amarillo. Ze had met hen op de etiquetteschool gezeten. De zusjes Young waren geslaagd vanwege hun goede prestaties. Zij was geslaagd dankzij haar achternaam, en de meisjes Young lieten nooit na om haar daaraan te herinneren.

'Ik ren even naar het damestoilet van de supermarkt. Ik haat die mobiele wc's,' kondigde Winnie aan. Ze wees naar een rij blauwe verplaatsbare toiletten op het parkeerterrein. 'Ben je er straks ook nog?'

'Ik denk het wel.'

Ze keek Winnie na, die tussen de tafels door liep, langs een magere puber die geheel volgens de dresscode gekleed was. Hij droeg een grote zwarte Stetson en een shirt met de vlag van Texas erop; het had een enorme ster op de rug.

Ze deed een stap bij Lloyd vandaan en botste tegen iemand

anders op. 'Pardon,' zei ze, en ze keek over haar schouder in de groenbruine ogen van Jane Young.

'Sadie Jo Hollowell,' zei Jane, met langgerekte klinkers. 'Dat is eewah geleden.'

Het was lang geleden, en Sadie vond het niet nodig om mensen te veroordelen omdat ze gemene pubers waren geweest. Ze was zelf tenslotte ook geen doetje geweest. 'Hallo, Jane en Pammy.' Ze omhelsde de zussen en wendde zich tot de derde vrouw die bij hen stond. 'Hoe gaat het ermee, Deeann?'

'Ik mag niet klagen.' Ze lachte en haar lach was oprecht. 'Maar dat weerhoudt me nergens van. Hoe gaat het met je papa?'

'Goed, en hij wordt steeds beter. Lief dat je het vraagt.' Ze richtte zich tot Vince, die een blokje blauwe kalk ronddraaide op de punt van zijn keu. 'Je bent vrienden aan het maken, zie ik.' Het was twee weken geleden dat ze Vince had gezien bij de Gas and Go. Twee weken sinds hij haar gezegd had dat ze er belabberd uitzag en dat hij wat van haar te goed had. Twee weken sinds ze hem had verteld dat haar orgasme maar veertig cent waard was.

'Sadie.'

'Kennen jullie elkaar?'

Ze keek even naar Jane, en toen naar Vince. 'Ja. Hij had pech met zijn auto en ik heb hem een lift gegeven.' Omdat ze het niet wilde hebben over de andere manieren waarop ze Vince kende, veranderde ze van onderwerp. 'Jane, Pammy en Deeann en ik zaten samen op mevrouw Naomi's etiquetteschool,' zei ze tegen Vince. 'Ze waren veel beter in de Texas dip dan ik.'

Vince keek de vier vrouwen aan. 'Wat zit daarin?'

Jane en Pammy lachten. 'Dat is grappig.'

'De Texas dip is de reverence die debutantes moeten maken,' legde Deeann uit terwijl ze haar keu aan Pammy gaf. Ze liep naar een leeg plekje een paar meter verderop, strekte haar armen opzij en boog langzaam als een zwaan tot haar voorhoofd bijna de grond raakte.

Sadie keek van het losse rode haar van Deeann naar Vince,

die met een opgetrokken wenkbrauw toekeek. Hij legde de kalk op de rand van de tafel en liep naar de andere kant. Hij boog zijn grote lichaam over de tafel en maakte zich klaar voor een stoot. De lange keu gleed tussen zijn vingers terwijl de kerstverlichting op zijn donkere haar en T-shirt scheen. Ze kon niet zien of hij onder de indruk was van Deeann of niet.

Deeann kwam bij hen terug en pakte haar keu. 'Ik kan nog steeds dippen.'

'Wow, zo lenig was ik zelfs niet op mijn zeventiende. Heel indrukwekkend.'

'Weet je nog toen je over je sleep struikelde en je rozendiadeem van je hoofd viel?' zei Pammy tegen Sadie, alsof die het ooit zou kunnen vergeten. Daarna had ze geen moeite meer gedaan om haar haren met spray en haarspelden tot een of ander kunstwerkje om te vormen. Ze had haar haren gewoon steil gedragen, wat een groter schandaal had veroorzaakt dan het debacle met het diadeem.

'Dat was tragisch.' Beide zusjes lachten zoals ze jaren geleden ook hadden gedaan, en Sadie begon te vermoeden dat ze de afgelopen tien jaar niet erg veel waren veranderd. Wat de vrouwen echter niet wisten was dat het Sadie niets meer kon schelen. Ze hadden niet langer de macht om haar een slecht gevoel te geven over zichzelf.

'Maar je was altijd zo knap dat het niet uitmaakte,' zei Deeann, die oprecht probeerde om Sadie op te vrolijken.

'Dank je, Deeann,' zei ze en ze maakte een complimentje terug. 'Mijn auto staat voor jouw winkel. Je hebt leuke spullen hangen. Ik kom graag nog een keer langs voor ik weer vertrek.'

'Dat zou ik fijn vinden. Ik maak mijn eigen sieraden, en mocht je besluiten om in Lovett te blijven, en als je geen zin hebt om op de ranch te blijven wonen, moet je het even zeggen. Ik doe ook in onroerend goed.'

Dat wekte haar belangstelling en ze zei: 'Ik ben makelaar in Phoenix. Hoe is de markt hier?'

'Het is geen vetpot, maar het wordt iets beter. Veel korte verkopen.'

Korte verkopen waren iets waar de meeste makelaars liever niet over opschepten. Sadie vond Deeanns eerlijkheid sympathiek. 'Ik ook.'

'Hemel, gaan jullie ons vervelen met werkpraat?' vroeg Pammy.

Sadie keek op haar horloge en deed net alsof ze ergens moest zijn. Dat het haar niet kon schelen wat de zussen dachten, wilde niet zeggen dat ze met ze wilde omgaan. 'Het was leuk om *y'all* te zien.' Hemel, had ze nou echt *y'all* gezegd? Het had jaren gekost om die samentrekking uit haar vocabulaire te wissen. Ze keek naar Vince, die klaarstond voor weer een stoot. 'Avond, Vince.'

Hij stootte de zesbal in het gat aan de zijkant en kwam omhoog. 'Ik zie je, Sadie,' maar hij leek meer geïnteresseerd in het spel dan in haar.

Ze nam afscheid van Lloyd en Cain en liep naar de biertent. Boven haar kleurden donkerblauwe en oranje strepen de lucht. Ze ontmoette een paar werknemers en voormalige werknemers van de JH en tegen de tijd dat ze bij de biertent aankwam, was het donker en beklommen Tom and The Armadillos net het podium aan een kant van het parkeerterrein. Ze was moe maar ze wilde niet naar huis. Ze vond het niet altijd erg om alleen te zijn. Ze was opgevoed op een ranch vol mensen, maar ze was altijd alleen geweest. De laatste tijd was ze echter iets te vaak alleen geweest in een ziekenhuis, of alleen met haar mopperende papa.

Ze was Sadie Jo Hollowell. De meeste mensen kenden haar naam. Wisten dat ze de dochter van Clive Hollowell was, maar ze kenden haar niet. Haar hele leven waren mensen ofwel dol op haar geweest, of ze hadden haar verafschuwd, afhankelijk van hoe ze over haar vader dachten.

Ze nam een slok van haar flesje Lone Star en draaide zich om, waarbij ze min of meer tegen een enorme borstpartij botste. Ze herkende die goed gedefinieerde spieren en grote bicepsen meteen. Hij greep haar bovenarm om te voorkomen dat ze viel.

'Hoeveel heb je daar al van op?' vroeg hij.

'Niet genoeg.' Ze keek omhoog langs Vince' vierkante kin en mond, naar zijn ogen die haar strak aankeken. 'Dit is mijn tweede.' Ze keek om zich heen. 'Waar zijn je vriendinnen?'

'Welke vriendinnen?'

'De zusjes Young en Deeann.'

'Geen idee.' Hij liet zijn hand langs haar arm glijden en pakte het biertje uit haar hand. Hij nam een grote slok en gaf het flesje terug. 'Waar zijn jouw vrienden?'

'Vrienden?' Ze nam een kleiner slokje en gaf het flesje terug. 'Ik heb Winnie niet gezien sinds ze naar de wc ging.'

'Zij niet. De cowboy met de strakke jeans die zijn ballen kapot knepen.'

Wat? 'O, Cain. Geen idee. Ben je bezorgd om zijn ballen?'

'Eerder verontrust.'

Ze grijnsde. 'Waarom speel je geen pool meer?'

'Ik werd uit de wedstrijd geschopt door een magere puber met de vlag van Texas op zijn bloes.'

Ze boog haar hoofd naar achteren en keek naar hem op. Naar het licht dat de helft van zijn gezicht verlichtte en de andere helft in de schaduw hield. 'Je bent toch zo'n grote, sterke SEAL. Moet jij niet de allerbeste zijn?'

Hij grinnikte, laag en mannelijk en totaal zelfverzekerd. 'Ik ben zeker niet op mijn allerbest vandaag dat ik het moest afleggen tegen een knul met acne.'

'Bedoel je die slungelige knaap met die grote hoed?'

'Dat klinkt wel als hem.'

'Serieus? Heb je van hem verloren?'

'Laat je niet misleiden door zijn puistjes. Hij was gehaaid.'

'Dat is gewoon gênant.' Ze nam weer een slok en gaf Vince de fles terug. 'Hij was amper groter dan een biljartkeu.'

'Meestal ben ik beter met mijn handen.' Zijn blik trof de hare en hij zette het flesje aan zijn lippen. 'Maar dat wist je al.'

Ja, dat wist ze. 'Hé, Sadie Jo. Hoe gaat het met je papa?' riep iemand naar haar.

'Goed. Bedankt,' gilde ze terug. Ze stak haar handen in de zakken van haar vest en ging een eindje uit de buurt van de biertent en Tom and the Armadillos' versie van 'Free Bird' staan. Bij haar eerste ontmoeting met Vince had ze de indruk gekregen dat hij niet lang in de stad zou blijven. 'Werk je nog steeds voor je tante?'

'Nee. Ik werk voor mezelf.'

Hij gaf haar het flesje en ze nam een slokje.

'Luraleen heeft me de Gas and Go verkocht.'

Ze stikte zowat in de mondvol bier. Vince sloeg op haar rug met de palm van zijn hand terwijl ze hoestte en proestte en slikte. 'Serieus?'

'Serieus. Ik heb gisteren de papieren getekend.' Hij pakte het bijna lege flesje, dronk het leeg en gooide het in de afvalbak achter haar.

Ze veegde haar neus en mond af met de achterkant van haar mouw. 'Gefeliciteerd.' Of zoiets.

'Gaat het?'

Ze knipperde. 'Er ging gewoon wat bier in mijn verkeerde keelgat.'

Hij legde een hand onder haar kin en bracht haar gezicht naar het licht. 'Ik heb het gehoord van je vader. Hoe gaat het met je?'

Ze keek in de ogen van deze man, die ze amper kende, en besefte dat hij de eerste was die vroeg hoe het met háár ging. Die echt naar háár vroeg. 'Het gaat goed.' Haar blik gleed af naar zijn kin, en haar maag voelde vreemd. Misschien kwam het door het bier.

Hij hield haar gezicht wat verder naar achteren. 'Je ziet er moe uit.'

'De vorige keer dat ik je zag zei je dat ik er belabberd uitzag.'

Hij glimlachte met een mondhoek. 'Misschien ergerde ik me een beetje aan je.'

Ze keek hem strak aan. 'En nu niet?'

'Niet zo erg.' Zijn duim veegde over haar wang. 'Zet die hoed af, Sadie.'

Haar afspraak met de kapper was pas over een paar dagen en de hoed bedekte zo mooi haar donkere uitgroei. 'Mijn wortels deugen niet.'

'Die van mij ook niet. Je kent Luraleen toch?'

Sadie lachte. 'Ik heb het over mijn haar.'

'Dat weet ik. Zet hem af.'

'Waarom?'

'Omdat ik je ogen wil zien.' Hij nam de hoed van haar hoofd en gaf hem aan haar. 'Hij irriteert me al de hele avond. Ik wil niet met je kin hoeven te praten.'

Over het algemeen deed hij alsof hij haar niet echt erg aardig vond, en ze vroeg zich af waarom hij eigenlijk met haar sprak. 'Deeann en de dames Young zijn vast niet zo irritant.'

'Die zijn op zoek naar een vriend.'

'En jij hebt geen belangstelling?'

Hij keek naar de menigte bij het podium. 'Ik ben geen man voor relaties.'

Wat een verrassing. De meeste kerels durfden dat pas toe te geven als ze een paar keer met een vrouw naar bed waren geweest. 'Wat voor soort man ben je dan wel?' En als ze het al toegaven, dan kwamen ze altijd met die kul over dat hun leven zo druk was of dat een of andere heks ze in het verleden had gekwetst en dat ze daarom nog niet toe waren aan een relatie.

Hij haalde zijn brede schouders op. 'Het soort dat verveeld raakt. Het soort dat niet wil doen alsof het me om meer te doen is dan alleen seks.'

'Dat is tenminste eerlijk.' Ze lachte nerveus. 'Durf je je niet te binden?'

'Nee.'

'Hoeveel relaties heb je gehad?'

'Genoeg om te weten dat ik er niet voor deug.'

Nu moest ze eigenlijk vragen waarom niet maar het waren haar zaken niet. Net als haar eerdere relaties zijn zaken niet waren. 'Je wilt gewoon seks. Geen eten? Geen film? Geen gesprek?'

'Ik hou wel van een gesprek... tijdens de seks.'

Ze keek op naar zijn gezicht, de krachtige lijnen van zijn kaak en jukbeenderen. Zijn donkere huid en donkere haar, en die lichtgroene ogen. Als hij niet zo massief mannelijk was, zou je bijna kunnen gaan denken dat hij knap was. Misschien was hij precies wat ze nodig had om de tijd te verdrijven terwijl ze hier was. Ze had waarschijnlijk een maand, misschien twee, die ze moest zien door te komen voor haar vader gezond genoeg was en ze naar huis kon. Bij lange na niet lang genoeg om iets van gevoelens te krijgen. Ze keek op haar horloge. Het was even na tienen en bij de gedachte dat ze zo alleen naar huis zou moeten, voelde ze een loden bal in haar borstkas. 'Wat heb je de komende paar uur gepland?'

Hij keek haar aan. 'Waar denk je aan?'

Ze was volwassen. Ze had al heel erg lang geen goede seks gehad. Ze wist uit ervaring dat hij dat klusje kon klaren. Kat in 't bakkie. 'Slechte beslissingen waar we later spijt van gaan krijgen. Lijkt het je wat?'

'Hangt ervan af.'

Het lood zakte in haar maag. 'Waarvan?' Liet hij haar een blauwtje lopen?

'Twee dingen.' Hij stak een vinger op. 'Of je raad weet met vrijheid, blijheid.' Een tweede vinger kwam bij de eerste. 'En je laat me niet nog eens zitten met een stijve zoals op de bruiloft van je nicht.'

Ze glimlachte van opluchting. Nu ze toch regeltjes aan het opstellen waren, kon ze er wel een paar van zichzelf aan toevoegen, om het allemaal wat eerlijker te verdelen. Daar was hij immers dol op. 'Ik heb geen moeite met vrijheid, blijheid. Zolang jij er maar geen moeite mee hebt.' Ze dacht aan haar laatste vriend. Dat iemand kat in 't bakkie leek, wilde nog niet zeggen dat hij in 't bakkie bleef. 'Als ik me uitkleed, moet je er wel voor zorgen dat het de moeite waard is.'

'Schat, ik geloof dat ik met zekerheid kan zeggen dat ik ervoor kan zorgen dat het de moeite waard is, zelfs mét kleren aan. Zorg jij maar dat je het voor míj de moeite waard maakt.'

Hoofdstuk tien

Net toen Vince zijn hand omhoogbracht om op de grote eiken deuren te kloppen, ging een van de deuren open. Het licht dat van achteren kwam, liet Sadies gouden haar glanzen en hij kon eindelijk haar gezicht zien. De hele avond lang waren haar ogen verborgen geweest door die stomme hoed of de avondschaduwen. En hij vond haar ogen leuk, net als andere delen van haar lichaam.

'Ik was bang dat je verdwaald was.' Ze leek een beetje buiten adem, alsof ze gerend had. Ze had haar jasje en laarzen uitgedaan en droeg een strak T-shirt dat paste bij die blauwe ogen die hij zo mooi vond.

'Ik verdwaal niet.' Hij was even langs de Gas and Go gereden om een pakje condooms te pakken en de boel af te sluiten. Hij stapte de grote hal binnen en keek om zich heen. Hij ving een glimp op van koeienhuiden en geweien en oud geld.

'Is er verder nog iemand?' Hij wist dat haar vader in het ziekenhuis lag, maar dat wilde niet zeggen dat het huis leeg was.

'Ik ben de enige hier.'

'Groot huis voor een vrouw alleen.'

'Ja.' Ze duwde hem tegen de gesloten deur en hij stond het toe. 'Ik geloof dat ik je iets verschuldigd ben.' Haar handen gleden omhoog over zijn borst, en zijn scrotum trok zijn testikels omhoog als een knikkerzakje. 'Toen we in de kamer van de bruid waren, ben ik zomaar weggerend zonder je te bedanken.' Ze drukte zich tegen hem aan en kuste de zijkant van zijn hals. 'Zo ben ik niet opgevoed.' Ze trok aan de zoom van zijn shirt. 'Je ruikt lekker. Bedankt.'

Hij wist niet of ze hem nou bedankte omdat hij niet stonk of voor het orgasme. Ze trok met haar handen aan zijn shirt, dus wat maakte het uit. 'Graag gedaan.'

'Ik heb op de etiquetteschool geleerd dat je mensen het gevoel moet geven dat ze welkom zijn. Dat was zo'n beetje de belangrijkste regel.' Haar vingers raakten zachtjes zijn buik en borst terwijl ze het shirt omhoogduwde; hij hield zijn adem in. 'Voel jij je welkom, Vince?'

Hij hield zijn adem in. Hij was in zijn leven al wel vaker uitgekleed door een vrouw. Het kostte hem over het algemeen weinig moeite vrouwen te vinden die zich wilden uitkleden en hem wilden aanraken, maar haar handen waren opwindender, plageriger. Het was lekker. 'Ja. Al zou ik me nog meer welkom voelen als je die Texaanse buiging deed. Naakt. Boven mijn kruis.'

Ze lachte tegen de rechterkant van zijn nek, en de warmte van haar zachte ademhaling verspreidde zich over zijn borst. 'Dacht je dat toen Deeann haar Texas dip liet zien?' Ze trok zijn shirt over zijn hoofd en gooide het achter zich op de grond.

'Niet over haar. Over jou.'

Ze deed een stap naar achteren en hield haar adem in. Haar blik bleef hangen op zijn borst en buik, en de lust welde op achter in zijn keel. 'Hemel, je ziet er geairbrusht uit.' Ze legde haar warme hand op zijn warme buik en nu was het zijn beurt om zijn adem in te houden. 'Alsof iemand je heeft gefotoshopt en je op een verjaardagskaart heeft gezet.'

Hij legde zijn handen tegen de zijkant van haar hoofd en

bracht haar gezicht naar zich toe. 'Je hebt het betere werk nog niet gezien.'

'Ik wil je betere werk, Vince.'

Hij opende zijn mond boven de hare en kuste haar. 'Ik wil jouw betere werk,' voegde hij eraan toe en hij kuste haar nog meer. Hete kussen met geopende mond die zijn bloeddruk lieten stijgen en zijn huid deden gloeien. Natte, veeleisende kussen die ervoor zorgden dat hij hard werd en vol verlangen. Lange, diepe kussen die hem hongerig maakten naar veel meer. Ze smaakte goed. Naar lange, diepe, hete, natte seks. Ze liet haar vingers over zijn borstspieren glijden en haar palmen over zijn naakte buik. Toen greep ze zijn tailleband en streelde met haar duimen over zijn onderbuik. Hier een aanraking. Daar een streling. Lichte aanrakingen die hem gek maakten en keihard.

Ze ging iets naar achteren en keek naar hem op. Haar ogen waren felblauw en leken gedrogeerd. 'Je bent prachtig, Vince. Ik wil je opeten.' Ze kuste de holte bij zijn hals. 'Hapje voor smakelijk hapje.'

Hij wilde het graag terugdoen. Als haar handen niet in zijn broek hadden gezeten, zou hij het haar hebben gezegd, maar hij had wat moeite met ademhalen. Hij greep naar de onderkant van haar T-shirt, maar zij pakte zijn polsen en drukte zijn handen tegen de deurpost en zei: 'Pak een paal om je aan vast te houden, Vince, en ik bedoel niet die van jou.'

Zijn lach had iets geforceerds. 'Wat ben je van plan?' Hij had het niet zo op vastbindspelletjes.

'Wacht maar. Je merkt het vanzelf.'

En dat deed hij. Hij wachtte terwijl ze zijn broek losmaakte en hem langs zijn dijen liet glijden. Hij droeg een grijze boxershort en ze duwde haar hand tegen hem aan. Tegen het zachte katoen en de harde rand van zijn erectie. Ze liet haar hete mond over hem glijden. Over zijn schouders en borst. Toen knielde ze voor hem en likte zijn buik. Hij kreunde diep in zijn keel en vocht tegen de aandrang om zijn vingers door haar haar te laten kroelen. Om haar omlaag te duwen.

Haar plagende vingers streelden zijn huid terwijl ze zijn onderbroek omlaag trok en hij lossprong. De hete punt van zijn stijve penis streelde haar wang. 'Mooi, Vince.'

'Geen teleurstelling?' vroeg hij, ook al wist hij het antwoord. Hij was geen pornoster, maar hij had meer dan genoeg in huis om de klus te klaren.

'Nog niet.' Ze nam hem in haar hand en keek naar hem op. 'Als ik klaar ben, heb ik wat van jou te goed.'

'Veertig cent?' Ze streelde hem met haar zachte hand en als hij het had gewild, had hij meteen kunnen komen. Maar hij had een hoop zelfbeheersing.

'Minstens een dollar veertig.' Ze kuste de punt van zijn pik, en likte hem als een ijsje. Net toen hij dacht dat hij de kwelling van haar gladde tong niet meer kon weerstaan, deed ze haar hete, natte mond open en slikte hem in. Ze zoog hard aan hem en liet haar hand over de schacht glijden. Hij bracht zijn knieën naar elkaar en zijn hoofd viel naar achteren tegen de deur. Laat haar niet ophouden, dacht hij terwijl hij met zijn vingers de deurgreep omdat hij haar niet bij de haren wilde pakken. Laat haar zelfs niet ophouden om iets te zeggen. Hij had niets tegen geile taal. Meestal vond hij het wel leuk, maar er was niets zo dodelijk voor pijpen als een goed gesprek.

De jarenlange training hielp hem rustig adem te halen. Hij zoog diepe teugen lucht in zijn longen terwijl ze hem dichter naar de rand zoog. Ze bewerkte hem met haar handen en natte, fluwelen mond, en hij probeerde het genot zo veel mogelijk te rekken. Probeerde het te laten duren, maar ze trok een hevig orgasme uit het diepst van zijn binnenste. Uit de kern, het snelde uit zijn lichaam en in haar mond. Hij kreunde lang en diep en zou wel iets hebben kunnen zeggen als ze niet bij hem was gebleven tot het eind. Toen fatsoeneerde ze hem weer een beetje en gleed omhoog langs zijn lichaam.

'Was dat wel een dollar veertig waard?'

'Een dollar vijfenveertig.' Hij gleed met zijn handen op en neer over haar rug en billen. 'Bedankt.'

'Graag gedaan.' Ze kuste zijn hals terwijl haar handen over zijn schouders en borst gingen. Ze zei iets wat hij niet goed kon verstaan.

'Sorry?'

Ze ging iets naar achteren en glimlachte. 'Biertje?'

Jezus. Pijpen en een pijpje. De meeste mannen zouden dat het einde vinden, maar Vince was niet de meeste mannen. Er was iets wat hij lekkerder vond. Hij trok haar shirt over haar hoofd en bracht zijn mond naar de hare. Hij hield van orale seks. Hij had graag zijn gezicht tussen een paar borsten, maar het was allemaal maar voorspel. Leuke spelletjes die naar het echte werk leidden.

Vince hield van penetrerende seks. Alle standjes. Hij hield van het geven en nemen. Het harde stoten en de zachte strelingen. Hij was van de landingen. 'Nee. Ik wil iets wat lekkerder is dan bier.' Hij liet zijn hand naar haar behasluiting glijden.

Sadie keek in de groene ogen van Vince, nog soezerig van de lust maar helemaal alert. 'Heb je geen hersteltijd nodig?' Alle mannen die ze ooit had gekend hadden hersteltijd nodig.

'Nee. Ik ben er klaar voor.' Hij liet haar behabandjes over haar armen glijden en gooide de beha opzij. Ze was naar huis geracet en had schoon ondergoed aangetrokken. Ze had niets bij zich wat sexy was, maar ze wilde wel iets in dezelfde kleur dragen. En dus had ze een witte onderbroek aangetrokken die bij haar witte beha paste. Het viel hem niet eens op en hij liet haar naakte borsten tegen zijn warme borst rusten. 'Heb jij hersteltijd nodig?'

Haar tepels werden harder en hij pakte haar billen met beide handen. Tilde haar op alsof ze niets woog, en zij sloeg haar benen om zijn middel. Hete, vloeibare lust stroomde samen tussen haar dijen. Was er al samengestroomd voor ze die indrukwekkende erectie uit zijn broek had getrokken. 'Ik ben er klaar voor.'

Hij nam haar mee uit de hal naar de donkere woonkamer en zette haar op haar voeten. Hij kuste haar keel en kleedde haar verder uit. Zijn grote, warme handen streelden haar overal terwijl zijn mond aan een zacht stukje van haar hals zoog. Net als die avond in de kamer van de bruid merkte ze dat ze snel zou komen. Deze keer duwde ze hem weg en in de richting van de sofa van haar overgrootmoeder. 'Condoom.' Ze stak haar hand uit.

'Je mag kiezen.' Hij legde er drie op haar palm. 'Rood, groen of blauw.'

'Deze past bij je ogen,' zei ze terwijl ze de groene koos.

'Wil je dat mijn pik bij mijn ogen past?'

Ze gooide de andere op de bank en keek toe terwijl hij zich uitkleedde. 'Ik let erg op details.' Hij trok zijn laarzen en sokken uit en duwde zijn broek en ondergoed omlaag over zijn grote, krachtige dijen. Er zat geen grammetje vet, geen centimeter loshangende huid aan zijn gebruinde lichaam. Toen hij helemaal naakt was, duwde ze tegen zijn borst zodat hij ging zitten. Dit was niet de meest romantische seks die ze ooit had gehad, maar ze had nu geen behoefte aan romantiek.

'Waarom die haast?'

Ze ging schrijlings op zijn schoot zitten en de bovenkant van zijn erectie streelde haar waar ze dat het meest nodig had. Een rilling ging door elke cel van haar lichaam en ze vocht tegen de aandrang om niet meteen verder te gaan en op zijn hete, naakte penis te gaan zitten. 'Je zei dat je er klaar voor was.' Hij leek er zeker klaar voor.

'Ben ik ook.'

'Dan wil ik.' Ze scheurde de verpakking van het condoom open en samen rolden ze het over de lange, dikke schacht.

Hij legde een hand tegen de zijkant van haar gezicht en keek in haar ogen terwijl hij in haar schoof. Het kostte een paar stoten en zijn stem klonk laag en schor toen hij zei: 'Past net.'

'Mmmm.' Haar hoofd viel naar achteren en ze greep zijn

schouders. De hitte omgolfde haar, beginnend bij het intieme plekje waar ze elkaar hadden geraakt.

'Je voelt goed daar.' Vince liet zijn handen van haar borsten over haar middel naar haar heupen glijden. 'Je ziet er ook goed uit.'

'Ja, Vince.' Hij tilde haar op en duwde haar weer omlaag. 'Dat is lekker.'

'Geen verspilde moeite van het uitkleden?'

'Nee.' Hemel, bleef hij praten? Niets kon seks sneller verpesten dan gepraat. Vooral als een vent iets stompzinnigs zei en haar concentratie verbrak. Soms moest ze zich heel hard concentreren om te voorkomen dat de gebeurtenissen van de dag niet in haar hoofd opkwamen.

Ze wiegde met haar heupen en veroorzaakte zo wat vurige wrijving. Hij kreunde diep in zijn keel en gleed in en uit. Hij was groot en krachtig en stootte diep door. Kennelijk was hij niet een van die kerels en hoefde ze zich niet te concentreren op wat hij met haar deed. Ze was gevangen in het moment. Werd erdoor verteerd. Het huis had in brand kunnen staan, maar het zou haar niet zijn opgevallen. Ze bereed hem als een van de prijshengsten van haar vader. Ze racete, lang en hard, telkens weer, eeuwig, tot het moment dat ze met volle overgave in een fel, kolkend orgasme kwam dat haar hersenen aan de kook bracht. Het ging door, onbeheerst, hij beheerste haar doordat hij telkens opnieuw en opnieuw in haar stootte. Net toen het haar losliet, drukte hij haar dijen omlaag en hield haar daar met zijn grote, sterke handen.

'Hooyah,' kreunde hij, diep in zijn keel. Ze leunde voorover en beet zachtjes in zijn schouder. Sommige mensen waren stil als ze klaarkwamen. Sommigen loofden de Heer en andere vloekten. Ze had nog nooit iemand 'Hooyah' horen zeggen.

Sadie sneed een kruimelige croissant door en legde die op de snijplank op het aanrecht. 'Wil je avocado op je sandwich?'

'Klinkt goed.' Vince schudde het water van wat blaadjes sla en legde ze op het aanrecht naast de plank.

Ze droeg haar T-shirt en onderbroek. Hij had zijn cargobroek aan. Ze hadden honger gekregen van al dat harde werken. 'Het eten van de mannen staat in het kookhuis,' zei ze terwijl ze mayonaise op de croissants smeerde. 'Carolynn zou de mannen nooit croissants voorzetten.'

'Wie is Carolynn?' Hij scheurde een stukje keukenpapier af en veegde zijn handen droog.

'Carolynn is de kok van de ranch.' Ze belegde de croissants met kalkoen en sla en avocado. 'Ze bereidt elke dag twee maaltijden voor de knechten. Een enorm ontbijt en een uitgebreide warme maaltijd. Haar zus Clara Anne doet het huishouden hier en bij de knechten.' Ze liep naar de koelkast en trok die open. Koele lucht raakte haar blote dijen en ze boog voorover om augurkjes, een potje Turkse paprika's en plakjes kaas te pakken. Sinds ze terug was, hadden de zussen ervoor gezorgd dat de koelkast en voorraadkast van het huis gevuld waren met broodbeleg dat zij lekker vond. 'De zussen zijn hier al ongeveer dertig jaar.' Ze deed de deur dicht en draaide zich om.

Hij stond midden in de kamer, met zijn hoofd opzij en zijn ogen op haar billen gericht.

'Wat?'

'Niets.' Hij grinnikte alsof hij op iets betrapt was zonder er spijt van te hebben. 'Hoeveel mannen verblijven er daar?'

Ze haalde haar schouders op en gooide hem wat kaas toe. Hij ving het en liep achter haar aan naar het aanrecht. 'Ik weet het niet precies.' Ze zette de potjes op het aanrecht en pakte de porseleinen borden van haar moeder uit het rek. 'Vroeger waren het er zeker vijftien. Volgens mij wonen de meeste werknemers van de JH nu in de stad.' Ze belegde de sandwiches met kaas en paprika's. 'Ben je bang dat een van mijn vaders mannen hier binnen komt stormen en je in elkaar komt slaan omdat je scharrelt met de dochter van de baas?'

Hij grinnikte en ze keek over haar schouder naar hem; lang en sterk en ruig. 'Nee, ik vroeg me af hoe veilig het hier was voor een vrouw alleen.'

'Ben je iets van plan soms?'

'Afgezien van wat ik al gedaan heb?'

Ze lachte. 'Dat vond ik prettig. Moet ik bang worden dat je iets gaat doen wat ik niet prettig vind?'

'Ik weet nog wel een paar standjes die ik met je wil uitproberen, maar die ga je gegarandeerd prettig vinden.'

'Heb ik mijn verdovingspistool nodig?'

Hij trok een wenkbrauw op en zette de kaas terug op het aanrecht. 'Ik geloofde je niet toen je me bedreigde met je zogenaamde verdovingspistool.'

Ze glimlachte maar gaf niets toe terwijl ze naar de voorraadkast wees. 'Pak wat chips, alsjeblieft.' Ze legde de croissants en een augurk op het blauwe Wedgwood. Toen hij terugkwam, schudde ze de Lay's op het bord. 'Water, bier of ijsthee?'

'Water.'

Ze schonk een glas thee en een glas gefilterd water in en daarna droegen ze de borden en glazen samen naar de eetkamer. Ze dekte de tafel met de goede linnen placemats en servetten van haar moeder. 'We eten hier eigenlijk nooit, behalve met Kerstmis en Thanksgiving.'

'Chic hoor.'

Ze keek om zich heen naar de zware meubelen van mahonie en de damasten gordijnen. Bezoek at altijd in de eetkamer van het goede servies. Het was een regel die haar moeder erin had gestampt. Net als kauwen met je mond dicht en geen lelijke trekjes tonen.

Hij pakte een chip. 'Waar eten jullie dan?'

Ze legde haar servet op schoot. 'Als kind at ik altijd in het kookhuis of in het ontbijthoekje van de keuken.' Ze nam een hap van haar sandwich en slikte die door. 'Ik ben enig kind en toen mijn moeder stierf, was er niemand meer behalve ik en papa.' Ze nam een slok thee. 'Het was logischer dat we bij de mannen aten, omdat Carolynn anders steeds heen en weer moest lopen.'

'Hoe oud was je toen je moeder stierf?'

'Vijf.'

'Mmmm.' Hij nam nog een hap en kauwde erop. 'Dit is lekker, Sadie. Meestal ben ik niet zo van de croissants.'

'Bedankt. Broodjes zijn makkelijk. Een maaltijd van zeven gangen, dat is pas lastig.'

Hij greep naar zijn water en hield het glas even stil voor zijn mond. 'Kun je een maaltijd van zeven gangen bereiden?'

'Het is alweer even geleden, maar inderdaad. Naast de lessen in manieren en etiquette, en al die andere lessen die ik heb gevolgd in mijn leven, heb ik ook leren koken.' Ze nam een hap van haar lichte, kruimelige sandwich. De smaken van kalkoen, avocado en paprika complementeerden elkaar perfect. 'Mijn moeder was een uitstekend kok en heel gespitst op goede manieren. Niet dat ik me er veel meer van kan herinneren. Mijn vader heeft geprobeerd mc op te voeden zoals hij dacht dat zij had gewild. Al vergat hij het vaak.'

Hij nam ecn slok en zette het glas op de tafel. 'Lijk je op haar?'

'Ze was Miss Texas en bijna Miss America.' Sadie stak een zoute chip in haar mond en kraakte hem fijn. Dat vond ze zo lekker aan chips: die zoute krakerigheid. Al bleven Cheetos het beste zoutje ooit. 'Mama was heel mooi en ze kon zingen.'

'Kan jij zingen?'

'Alleen als ik mensen boos wil hebben.'

Hij grinnikte. 'Dus je hebt allcen haar uiterlijk geërfd.' Hij nam nog twee happen.

Was dat een compliment? Moest ze nou echt blozen? 'Ik weet het niet. Ze zeggen van wel, maar ik heb de ogen van mijn vader.' Ze nam zelf een hap en kauwde.

'Was jij ook schoonheidskoningin?'

Ze schudde haar hoofd en pakte haar thee. 'Ik heb wat sjerpen en bekers, maar nee. Ik kan niet zo goed lopen en wuiven tegelijk.' Ze nam een slok. 'Schoonheidskoningin zijn is hard werk.'

Hij lachte.

'Echt waar.' Ze glimlachte. 'Probeer jij maar eens tegelijk te zingen, te dansen, te stralen en te glinsteren. Dacht je dat SEAL zijn moeilijk was? Vind je terroristen zware jongens? Het stelt niks voor vergeleken met de wereld van de schoonheidskoningin. Sommigen van die moeders zijn keihard.' Ergens in haar etiquetteboekje stond iets over te veel over jezelf praten. Bovendien wilde ze meer over hem weten. 'Waarom ben je bij de Navy SEAL's gegaan?'

'Het leek me leuk om dingen op te blazen en met geweren te schieten voor Uncle Sam.'

'En was het leuk?'

'Jawel.' Hij propte wat chips in zijn mond en pakte zijn water. Hij was niet zo'n prater. Niet over zichzelf althans. Dat was niet erg. Een van de redenen dat ze zo'n succes was als makelaar was dat ze zoveel vertrouwen wist te wekken dat mensen over alles met haar durfden te praten. Soms over dingen die ze niet wilde weten, zoals lichaamsfuncties en vreemd gedrag. 'Moeten SEAL's niet goed kunnen zwemmen?'

'Ja.' Hij nam een slok en zei toen: 'We trainen in de branding, maar bij het huidige conflict zitten de teams meer op het land.'

'Ik ben niet zo'n zwemmer. Ik kijk liever naar de branding vanaf het strand.'

'Ik ben dol op het water. Als kind zat ik vrijwel elke zomer ergens in een meer.' Hij pakte het laatste stukje croissant. 'Maar ik haat zand.'

'Er is een hoop zand rond meren en oceanen, Vince.'

Hij glimlachte met zijn mondhoek. 'En in het Midden-Oosten. Zand en zandstormen.' Hij stopte het laatste stukje sandwich in zijn mond.

'Moest je Arabisch leren?'

Hij schudde zijn hoofd en slikte. 'Maar ik heb wel wat woordjes opgepikt.'

'Was dat niet lastig communiceren?'

'Ik was er niet om te praten.'

Hij was ook niet hier om te praten, en hij liet weinig los over zichzelf. Dat was prima. Hij was leuk om naar te kijken, met zijn grote spieren en die opvallende groene ogen die haar aankeken uit een knap gezicht. Ze had wel eerder iets gehad met mannen die er goed uitzagen. Niet zulke knappe als Vince, maar al die knapheid bracht ook een zekere reserve met zich mee. De weigering om iets anders aan een vrouw te geven dan zijn lichaam. Dat vond Sadie niet echt erg want dat hadden ze zo afgesproken. En meer wilde ze ook niet.

'Waarom woon je in Phoenix als je ook hier kunt wonen?' vroeg hij.

Kennelijk waren ze klaar met het gesprek over hem. 'Ik weet dat een ranch heel romantisch lijkt, als een plek waar je het Wilde Westen nog kunt temmen, maar het is een héle hoop werk en erg geïsoleerd. Ik heb geen hekel aan hard werk, maar als je dichtstbijzijnde buren dertig kilometer verderop wonen, wordt het soms wat eenzaam. Zeker als je enig kind bent. Ik kon niet bepaald op mijn fiets springen en naar een vriendinnetje rijden.' Ze nam een hap en kauwde. Ze had nooit echt een beste vriendin gehad. Had nooit gespeeld met de kinderen uit de buurt. Ze had met de volwassenen gepraat en rondgehangen bij de koeien en schapen die ze fokte voor de jeugdbond. 'Als je het leuk vindt om koeien te drijven en in de stront te staan, dan is de eenzaamheid wel de moeite waard.' Had ze nou *eenzaamheid* gezegd? Ze vond zichzelf niet eenzaam, maar als kind was ze vermoedelijk wel eenzaam geweest.

Hij lede zijn servet op zijn lege bord. 'Wordt dit allemaal niet ooit van jou?'

Ineens had ze geen honger meer en landde het bekende onheilspellende gevoel in haar maag. 'Waarom denk je dat?'

'De mensen praten en werken in een pompstation is zoiets als een barkeeper zijn.' Hij haalde een schouder op. 'Maar zonder de dronkaards en de fooien.'

Mensen kletsten graag, zeker in Lovett. 'Ja, maar ik ben een meisje.'

Hij leunde achterover in zijn stoel en sloeg zijn grote armen over zijn blote borst. Zijn blik gleed van haar ogen, over haar kin en nek naar de voorkant van haar shirt. Hij glimlachte en keek haar weer aan. 'Dat is wel duidelijk.'

'Mijn papa wilde een jongen.' Ze nam een slok thee. 'Hij wil de JH net zomin aan mij nalaten als ik behoefte heb aan een ranch van vierduizend hectare, maar ik ben het enige kind van een enig kind. Er is niemand anders.'

'Dus je gaat een ranch erven die je niet wilt.'

Ze haalde haar schouders op. Haar gevoelens over de JH waren verwarrend. Ze hield ervan maar haatte het ook. Het was een deel van haar, net als haar blauwe ogen. 'Ik weet niet wat mijn papa van plan is. Hij heeft het me niet verteld en ik heb er niet naar gevraagd.'

'En dat vind je niet vreemd?'

'Je kent mijn vader niet,' zei ze. Het klonk haast als gefluister.

Hij draaide zijn hoofd een beetje naar links, zoals ze hem al vaker had zien doen, en keek naar haar mond. 'Hoe oud is je vader?'

'Achtenzeventig.' Waarom al die vragen? Zo geïnteresseerd kon hij niet zijn in haar leven. Ze was een avontuurtje voor één nacht, niets meer en niets minder. Ze duwde haar bord opzij.

'Ben je klaar met eten?'

'Ja.'

Hij glimlachte. 'Ben je er weer klaar voor?'

Ah. Hij had gewoon de tijd gedood met vragen tot ze klaar was met eten. Ze keek op de klok. Het was even na een uur 's nachts. De zusjes Parton zouden pas over vijf uur komen. Nee, het was niet de meest romantische seks, maar het was wel onvoorstelbaar. Hij was geen romantische man, maar ze was ook niet op zoek naar romantiek. Hij was een avontuurtje voor één nacht en hij had haar iets gegeven wat ze een tijd niet had gehad.

Een fijne avond. 'Hooyah.'

Hoofdstuk elf

'Wie heeft het kersje op jouw taart gezet?'

Sadie draaide zich om en keek naar haar vader, een zuurstofcanule in zijn neus, bril boven op zijn hoofd en een nieuw paar paarse antislipsokken aan zijn voeten. Wist hij het van Vince? Had iemand zijn pick-up zien wegrijden rond drie uur 's nachts en haar verraden?

'Wat?'

'Je neuriet.'

Ze draaide zich weer om naar de gootsteen met gele margrieten. 'Mag een mens niet neuriën?'

'Niet tenzij er iets is om over te neuriën.'

Ze beet op de binnenkant van haar wang om niet te glimlachen. Ze voelde zich meer ontspannen dan ze had gedaan sinds ze het stuur van haar Saab in de richting van Texas had gedraaid. Voor de eerste keer sinds ze weer terug was op de JH had ze een nacht lang alleen gedacht aan... tja, eigenlijk aan niets. Alleen maar aan genot. Aan iets anders doen dan tv kijken, zich zorgen maken over haar vader en haar werk en haar toekomst. En dat was wel iets om over te neuriën.

Ze sneed een stukje van de steel van de bloemen en schikte ze in een vaas. 'Kan ik iets voor je doen, papa?'

'Niets.'

'Ik zou wat werk kunnen overnemen op de ranch.' Voor even. Tot hij weer naar huis mocht. 'Je zou me de boekhoudsoftware kunnen uitleggen, dan kan ik de salarissen doen.' Als iemand maar vertelde hoe het werkte, kon het niet zo moeilijk zijn.

'Dat doet Wanda al. Als je Wanda's werk gaat doen, hebben haar kinderen geen eten meer.'

O. Ze wist niet wie Wanda was. 'Je moet binnenkort de nieuwe kalven vaccineren en merken. Daar kan ik bij helpen.' Het was een van haar minst favoriete klusjes, maar dan had ze tenminste iets te doen naast rondhangen in een verpleegtehuis bij haar humeurige vader.

'Je loopt toch maar in de weg.'

Dat was waar, maar hij had kunnen liegen om haar gevoelens te sparen. O, wacht. Hij was Clive Hollowell, dus dat kon hij niet. 'Ik dacht dat deze bloemen je zouden opvrolijken,' zei ze en ze gaf het op. Margrieten waren de favoriete bloemen van haar moeder geweest.

'Van naar huis mogen word ik vrolijk.' Hij hoestte en greep naar zijn zij. 'Verdomme!'

Ze keek kort over haar schouder naar hem maar wist dat ze niets kon doen. Haar vaders ribben waren aan het genezen, maar het ging langzaam. Hij had nog altijd pijn maar weigerde pijnstillers in te nemen.

'Waarom neem je niet iets tegen de pijn?' vroeg ze terwijl ze de vaas met water vulde.

Zijn pijnaanval duurde nog een paar minuten. 'Ik wil niet zo'n halve junkie worden,' kraste hij tussen de hoestbuien door.

Hij was 78 en hij zou echt niet verslaafd raken, en zelfs als dat wel zo was, wat dan nog? Dan kon hij de rest van zijn leven pijnvrij en gelukkig zijn. Het zou een hele verandering betekenen.

'Maar papa, je hoeft toch geen pijn te hebben,' bracht ze ertegen in terwijl ze de kraan dichtdraaide. Ze liep door de kamer en zette de vaas op het tafeltje naast zijn bed. 'De lievelingsbloemen van mama. Ik dacht dat ze de kamer een beetje zouden opfleuren.'

'Je moeder hield van witte margrieten.'

Ze keek naar de gele bloemen. 'O.'

'Witte margrieten en een blauwe hemel. Ik heb haar nooit anders gezien dan dat ze schitterde als een zilveren dollar. Zelfs niet 's ochtends.'

Sadie dacht aan de donkere uitgroei die ze morgen ging laten bijwerken. Ze had haar haar in een staartje gedaan en had een paar keer met wat mascara over haar wimpers geveegd. Dat was het dan.

'Ze was een lief en goed mens. Aardig voor iedereen.'

'Ik lijk niet erg op haar, hè?'

'Nee. Je lijkt niet op haar.' Haar vader keek Sadie aan. 'Je hebt nooit op haar geleken. Dat wist ze al toen je nog een baby was en koppig over alles.'

Nee, haar vader zou nooit haar gevoelens proberen te sparen. 'Ik heb het geprobeerd, papa.'

'Ik weet het, maar het zit niet in je.' Hij pakte de krant van zijn bed en duwde zijn bril van boven op zijn hoofd naar zijn neus.

Goed, ze deed geen vrijwilligerswerk in ziekenhuizen of bij de dierenopvang. Ze maakte geen soep voor zieke oude dametjes, maar ze werkte hard en verdiende haar eigen geld. 'Weet je, papa, het enige moment dat ik het gevoel krijg dat ik niet goed genoeg ben, is als ik hier ben. Het zal je misschien verrassen, maar er zijn mensen die me een slimme, bekwame vrouw vinden.'

'Niemand heeft ooit beweerd dat je niet slim of bekwaam bent.' Hij sloeg zijn krant open. 'Nooit een grote lasso gooien met een kort touw. Als je je ergens anders prettiger voelt, moet je daar je leven leiden, Sadie Jo.'

Het was verleidelijk. Verleidelijk om het inderdaad te doen. Gewoon in de auto springen en Lovett en Texas en haar vader achterlaten en de herinneringen en teleurstellingen.

Natuurlijk deed ze het niet. Ze bleef nog een uur voor ze wegging uit het ziekenhuis en naar huis ging. Naar het lege huis.

De avond ervoor was leuk geweest. Er zat een zekere vrijheid aan zo'n kortstondig avontuurtje. De vrijheid om hebberig te zijn en je niet druk te maken om gevoelens en of hij wel terug zou bellen of al die andere dingen die hoorden bij het bouwen aan een relatie. De vrijheid om ontspannen te ontwaken, met een glimlach op haar gezicht.

Sadie reed onderweg naar huis door Lovett en had even de neiging om langs de Gas and Go te rijden. Ze kon altijd wel een cola light en een zak Cheetos gebruiken. Ze had die avond niets te doen. Misschien hij ook niet, maar ze keek liever domme video's op tv of YouTube tot haar ogen begonnen te bloeden dan dat ze langs de Gas and Go ging onder het voorwendsel snacks te willen kopen.

Toen Vince haar gedag had gekust en haar voor de laatste keer had bedankt, wist ze dat hij niet terug zou komen voor meer. O, ze wist dat hij het fijn had gevonden, maar hij had niet gevraagd of hij nog een keer langs kon komen of zelfs maar haar nummer gevraagd. Daar was ze niet boos om. Ze vond het zelfs niet jammer. Oké, misschien een beetje jammer, omdat ze liever de avond horizontaal doorbracht dan doodverveeld, maar het kon haar niet echt schelen. Hij mocht gerust andere dingen doen, net als zij, alleen had ze niks anders te doen. Thuis zijn maakte het akelig duidelijk dat ze nooit echt vriendschappen had gesloten in de stad waar ze geboren en getogen was. Er was niemand die ze zomaar kon opbellen om te gaan lunchen, als ze al hun telefoonnummers kende. De enige met wie ze regelmatig had gesproken sinds haar terugkeer was Vince, en het was niet zijn taak om haar te vermaken. Hoewel het wel leuk zou zijn. Ze moest gewoon iets leuks bedenken om de tijd te verdrijven voor ze gek werd.

De volgende dag, na haar ochtendbezoek aan het ziekenhuis in Amarillo, reed ze drie straten verder naar de Lily Belle Salon en Spa. Ze zat in de stoel van de eigenaresse van de salon en spa zelf, Lily Darlington, en ontspande. Het was al even geleden sinds ze voor het laatst naar de kapper was geweest, met een zwarte nylon cape die haar van nek tot knieën bedekte. De geur van shampoo en geurkaarsen, afgewisseld met permanentvloeistof, maakte dat ze even haar leven vergat.

Sadie had Lily gekozen omdat die zelf mooi haar had. Het was dik en gezond, en met meerdere tinten natuurlijk ogende blonde highlights. Net als Sadie had Lily blond haar en blauwe ogen, en toen ze de folie begon aan te brengen in Sadies haar, ontdekten ze dat ze nog iets gemeen hadden behalve honingkleurig haar en hemelsblauwe ogen. Lily was opgegroeid in Lovett. Ze had vijf jaar boven Sadie gezeten op Lovett High en ze hadden een aantal gemeenschappelijke kennissen. En natuurlijk kende Lily de JH en de Hollowells.

'Mijn moeder werkte tot aan haar pensioen vorig jaar bij de Wild Coyote Diner,' zei Lily terwijl ze dunne strengen van Sadies haar verfde. 'En mijn zwager is de eigenaar van Parrish American Classics.'

Sadie wist natuurlijk wie de gebroeders Parrish waren en kende hun zaak. 'Ik at vroeger altijd bij de Wild Coyote. Open sandwiches en pecantaart.' Via de kapspiegel voor haar zag ze Lily een stukje folie om een pluk haar wikkelen. 'Hoe heet je moeder?'

'Louella Brooks.'

'Natuurlijk ken ik haar nog.' Louella was net zo'n instituut als de Wild Coyote. 'Ze zat altijd boordevol verhalen over iedereen.' Net als de rest van de inwoners van Lovett, maar wat Louella bijzonder maakte was dat ze midden in een verhaal kon ophouden met praten, een bestelling kon opnemen van een ander tafeltje, en dan verder kon gaan zonder een lettergreep te missen.

'Ja, dat is mijn mama.' De bel boven de deur rinkelde en Lily keek via de spiegel op van Sadies haar. 'O, nee.' Een enorm boeket rode rozen kwam de zaak binnen, dat de persoon die ze vasthield, verborg. 'Niet weer.' De koerier legde de bloemen op de toonbank en liet een van de meisjes van de receptie ervoor tekenen.

'Zijn die voor jou?'

'Ik ben bang van wel.'

Iemand had diep in de buidel getast voor die rozen. 'Wat lief.'

'Nee, het is niet lief. Hij is te jong voor me,' zei ze, met een blos tot in haar nek.

Het was onbeleefd, en niet zoals ze was opgevoed, maar Sadie moest wel doorvragen. 'Hoe oud is hij dan?'

Ze nam een plukje haar. 'Hij is dertig.'

'Dat is maar acht jaar verschil, toch?'

'Ja, maar ik wil geen cougar lijken.'

'Je ziet er niet uit als een cougar.'

'Bedankt.' Ze schoof een stukje folie onder het plukje haar dat ze had gepakt en ging verder: 'Hij ziet eruit als vijfentwintig.'

'Volgens mij moet hij jong genoeg zijn om je zoon te kunnen zijn voor er echt sprake is van cougar en welp.'

'Ik heb geen zin om iets te beginnen met een man die acht jaar jonger is.' Ze veegde wat verf uit een van de bakjes. 'Maar o hemel, wat is hij knap.'

Sadie glimlachte. 'Gebruik hem dan gewoon voor zijn lichaam.'

'Dat heb ik geprobeerd. Maar hij wil meer.' Lily zuchtte. 'Ik heb een zoon van tien en ik heb mijn eigen bedrijf. Ik wil gewoon een rustig leven leiden, en Tucker maakt het ingewikkeld.'

'Hoe dat zo?'

'Hij heeft in het leger gezeten en een hoop meegemaakt. Hij zegt dat hij vroeger heel gesloten was, maar nu niet meer.' Ze verfde plukjes van Sadies haar. 'Maar voor een man die zegt dat hij niet meer gesloten is, is hij weinig mededeelzaam.'

Ze dacht aan Vince. 'En dat vind je angstaanjagend?'

Lily haalde haar schouders op. 'Dat, en zijn leeftijd en het drama rond mijn ex. Ik geloof niet dat ik het er allemaal bij kan hebben.'

'Is je ex een zak?'

Lily keek Sadie kort aan via de spiegel. 'Mijn ex is een gigantische hufter.'

En dat was aanzienlijk erger dan een zak.

Nadat ze nog een uurtje lang verf had aangebracht, zette Lily een doorzichtige muts op Sadies haar en schoof haar onder de droogkap. Sadie keek op haar mobiel of ze berichtjes en e-mails had, maar het was alleen maar spam. Vroeger kreeg ze op een dag wel vijftig zakelijke berichten, afgewisseld met berichtjes van vrienden. Het leek wel alsof ze uit beeld was verdwenen. Van de planeet was gevallen.

Toen ze klaar was, zag haar haar er goed uit. Even goed als bij elke willekeurige kapper in Denver of Phoenix of L.A. Maar Sadie was nu in Texas, en hoewel Lily maar een klein stukje van Sadies rechte, schouderlange haar had geknipt, had ze zich niet kunnen inhouden tijdens het föhnen en was Sadies haar nu toch een tikje opgebold.

Ze vond het zo'n deprimerend idee om naar huis te gaan met haar fantastische haar dat ze even langsging bij Deeann's Duds om naar een paar zomerjurken te kijken die ze in de etalage had zien hangen. Een belletje boven de deur klingelde toen ze binnenstapte in een winkel vol roze en goud en koeienvellen.

'Kijk jou nou!' Deeann kwam achter de toonbank vandaan en omhelsde Sadie. 'Zo mooi als een poes.'

Sadie had die uitdrukking nooit goed begrepen. Poezen waren wel mooi, maar om er nou mee vergeleken te worden? 'Bedankt. Ik heb net mijn uitgroei laten doen bij Lily Belle Salon en Spa.'

'Heeft Gekke Lily Darlington het gedaan?'

Ze deed een stap naar achteren en keek in Deeanns bruine ogen. 'Is Lily gek?' Zo was ze niet op Sadie overgekomen.

'O,' Deeann wuifde met haar hand, 'nee. Zo noemde iedereen

haar vroeger. Zeker toen ze in een scheiding lag met die rok-
kenjager Ronnie Darlington. Ze is een paar jaar ouder dan ik,
maar ik vond haar altijd heel erg lief.'

'En jij was altijd het aardigste meisje van de etiquetteschool.
En het knapste.'

'Wat ben je toch een lieverd.'

Haar papa dacht daar anders over. 'Laat me eens wat leuks
zien. Vrijwel al mijn kleren hangen nog in mijn kast in Phoenix
en ik raak een beetje uitgekeken op die paar zomerjurken en
joggingpakken.'

Deeann klapte in haar handen. 'Heb je maatje 36?'

Daar ging ze niet tegenin. 'Jawel.' De winkel was een pijpen-
la, met rekken en planken vol met van alles, van rokken en
shorts en T-shirts tot zomer- en galajurken. Er zaten wat leuke
dingen tussen, maar het meeste van Deeanns kleding was niet
echt haar stijl. Te veel 'versiering'. Oftewel kraaltjes en zilveren
schelpjes en kant.

'Wat een prachtige sieraden.' Dat was ongelogen.

'Daar betaal ik de rekeningen van.' Deeann keek op haar horloge, dat was gemaakt van een lepel. 'Er komen binnenkort een
paar meisjes uit de stad naar galajurken kijken. Ik hoop dat
ze hier kunnen slagen en dat ze niet naar Amarillo gaan.' Ze
schudde haar hoofd en haar lange rode haar veegde over haar
rug. 'Mijn ex heeft al een jaar geen alimentatie betaald en ik heb
het geld nodig.'

Sadie legde drie T-shirts, twee shorts en vijf paar oorbellen
op de toonbank. 'Mijn *prom*-jurk was van Jessica McClintock.
Blauw met strassteentjes op het lijfje.' Ze zuchtte. 'Ik zag er
schitterend in uit. Helaas kreeg mijn date, Rowdy Dell, een
rondslingerende fles tequila tegen zijn hoofd en bloedde als
een rund.'

'Hemel. Moest hij gehecht worden?' Deeann sloeg de kleren
aan.

'Ja. Hij kreeg een paar hechtingen.' Ze grinnikte. 'Eigenlijk was het heel akelig van me dat ik me meer zorgen maakte over mijn jurk dan zijn hoofd.'

Deeann beet op haar lip om niet te glimlachen. 'Helemaal niet, schat. Een gat in je hoofd geneest wel. Aan een bebloede jurk met strassteentjes van Jessica McClintock doe je niks meer. Heeft Rowdy nog zijn excuses aangeboden voor de jurk?'

'Hij was duidelijk niet goed opgevoed.' Sadie grinnikte. 'Het was een nachtmerrie van een prom.'

'Vast niet zo erg als mijn eindexamenbal.' Deeann gaf haar de tas met kleren. 'Ik raakte zwanger op de avond van het bal en maakte het alleen maar erger door drie maanden later te trouwen. Nu heb ik deze winkel en verkoop ik sieraden en onroerend goed om mijn zoons en mezelf te onderhouden. En dat allemaal omdat ik achter in de auto van Ricky Gunderson ben gekropen.'

Deeann was beslist een harde werker. Sadie vond dat een prettige eigenschap. 'Kan ik iets doen?' Ze mocht geen onroerend goed verkopen in Texas, maar ze kon wel mensen rondleiden met Deeann. Haar een paar tips geven om een deal te sluiten. Ze was vaak de best verkopende makelaar van haar kantoor in Phoenix.

'Je mag galajurken voor me verkopen.'

'Wat?' Zij had aan onroerend goed gedacht. Huizen laten zien en het interieur prijzen.

'Het is makkelijk zat. Die meiden willen elke jurk in de winkel passen. Dan kan ik wel wat extra hulp gebruiken.'

Het was al even geleden sinds ze een galajurk had gekocht of was omgegaan met tieners. De vroege twintigers op de bruiloft van haar nicht waren al irritant genoeg geweest. 'Ik weet niet...'

'Het hoeft je maar een paar uur te kosten.'

'Uur?'

Vince tilde de sloophamer boven zijn hoofd en liet hem neerkomen op de toonbank. Het geluid van splinterend hout en het gepiep van spijkers die verbogen werden weerklonk. Het voelde goed om iets met alle macht te lijf te gaan. Zijn motto was altijd geweest dat het soms helemaal niet erg was om met een kanon op een mug te schieten. De man die dat motto had bedacht was een marinier, Majoor Holdridge. Vince was gek op het marinierskorps. Gek op het wilde lef en de moed van het corps.

SEAL's kregen natuurlijk een iets andere training. Ze leerden dat het makkelijk was om een vijand te doden, maar dat het lastig was om informatie los te peuteren uit een lijk. Vince begreep en praktiseerde het subtiele onderscheid tussen weten dat het soms vitaal was voor een missie om vijandelijke troepen levend gevangen te nemen en dol zijn op grote explosies. En soms was er niets beters dan een kanon om dingen goed duidelijk te maken.

Een zweetdruppel gleed van zijn voorhoofd en hij veegde hem weg met de schouder van zijn T-shirt. Hij raakte een bovenkastje en sloeg het van de muur. Afgelopen nacht had hij weer over Wilson gedroomd. Deze keer was de droom begonnen voor het vuurgevecht waarbij zijn maatje was gesneuveld. Hij had gedroomd dat hij terug was in de woeste bergen en grotten van kalksteen. Over hem en Wilson terwijl ze naast een lading RPG-granaatwerpers, AK-47-magazijnen, Russische granaten en stingerraketten stonden, en wat volgens iemand Osama bin Ladens hoogsteigen exemplaar van de Koran was. Vince had dat laatste altijd enigszins betwijfeld, maar het was een goed verhaal.

Het bevel was geweest om vier SEAL's te droppen, die vervolgens twaalf kilometer moesten lopen naar de grotten. De mariniers zouden hun rechter- en linkerflank dekken, en uitkijken naar vijandelijke scherpschutters die verscholen zaten in de kieren en spelonken. De aanval had langer geduurd dan verwacht door het ruige terrein en de warmte. Halverwege hadden ze gepauzeerd om de jassen uit te doen die ze hadden gedragen bij de landing, maar ze moesten nog altijd water, rantsoenen, *H-gear*, wapens, een kogelvrij vest en een helm dragen.

Het eerste wat opviel toen ze dichter bij het doel kwamen, was dat de bommen die de luchtmacht eerder had gedropt als voorbereiding ongeveer tachtig procent van de doelen hadden gemist. De groep had tot aan de ingang gepatrouilleerd en was de grotten binnengegaan alsof het een huis of schip was. De lichten op hun wapens vielen weg in de diepe spelonken.

'Kleine verrassingen om elke hoek,' zei Wilson toen ze een van de grotten in gingen. Voor iemand iets kon vragen, voegde hij eraan toe: 'Willy Wonka. De originele film. Niet die klote-remake met Johnny Depp.'

'Hel in een hoedje. Dat is een lading toverballen.' Vince liet het licht van zijn wapen op dozen met stingers schijnen. 'Iemand wilde een spelletje met ons spelen.'

Wilson lachte. Dat diepe staccato *ha ha ha* waar Vince altijd om moest glimlachen. De lach die hij miste als hij aan zijn vriend dacht.

Vince zette de sloophamer op het oude bureau van Luraleen, dat hij uit nostalgische overwegingen wilde bewaren, en pakte de stukken gebroken hout en toonbank. Van de herinnering aan Wilson moest hij meestal glimlachen. Van de dromen over Wilson ging hij trillen als een espenblad en liep hij tegen de muren op.

Hij ging het kantoor uit en liep door de achterdeur, waar hij eerder een baksteen tegen had gezet. Hij liep een paar meter naar een afvalcontainer en smeet het puin erin. Hij schatte dat hij nog zo'n een à twee weken nodig zou hebben voor de sloop en nog eens drie à vier voor de renovatie.

De ondergaande avondzon scheen tegen een wolkeloze Texaanse lucht toen een rode Volkswagen achter stilhield. Een straaltje zweet droop van zijn slaap en hij stak zijn arm op om het weg te vegen. Becca zette de motor van de Kever stil en wuifde door de voorruit naar Vince.

'Lieve baby Jezus, help me.' Om een of andere onverklaarbare reden bleef ze nog altijd een paar dagen per week langskomen onderweg naar huis. Hij had nooit iets gedaan om die 'vriendschap' aan te moedigen.

'Hoi Vince,' riep ze terwijl ze op hem af liep.

'Hé Becca.' Hij liep naar het gebouw, stopte toen en keek om. 'Je hebt je haar geknipt.'

'Een van de meisjes op school heeft het gedaan.'

Hij wees naar de linkerkant. 'Het lijkt daar wel langer.'

'Dat hoort zo.' Ze liet haar vingers erdoor glijden. 'Vind je het mooi?'

Natuurlijk kon hij liegen, maar dat zou haar misschien maar aanmoedigen om te blijven. 'Nee.'

In plaats van overstuur te raken en weg te rennen, glimlachte ze. 'Dat vind ik zo leuk aan je, Vince. Je maakt de dingen niet mooier dan ze zijn.'

Dat had een reden. Dingen mooier maken leidde tot relaties die hij niet wilde. 'Je bent toch niet boos over het haar?' De vrouwen die hij had gekend zouden zijn geflipt.

'Nee. Ik laat het morgen wel in orde maken. Zal ik jouw haar knippen? Ik ben best handig met de tondeuse.'

Best handig? 'Het is wel goed zo. Ik wil geen scheef hoofd.'

En weer lachte ze. 'Ik zou jou met een twee bewerken, want je ziet eruit alsof je het kort en strak wilt.'

Hij dacht aan Sadie, niet voor de eerste keer sinds hij uit haar huis was vertrokken. Sindsdien had hij meerdere keren per dag aan haar gedacht. Als hij niet iets anders aan zijn hoofd had gehad dan doelloos slopen, zou hij zich zorgen hebben gemaakt over hoe vaak hij aan haar dacht.

'Ik wil je advies over iets.'

'Ik? Waarom?' Hij had zijn zus advies gegeven, maar die had nooit geluisterd. Becca was niet eens familie, dus waarom moest ze hem hebben?

Ze legde haar hand op zijn onderarm. 'Omdat ik om je geef en omdat ik denk dat jij om mij geeft. Ik vertrouw je.'

O nee. Hij kreeg een akelig gevoel achter in zijn nek. Dit was zo'n moment dat finesse en nauwkeurige extractie vereiste. 'Becca, ik ben zesendertig.' Veel te oud voor haar.

'O. Ik dacht dat je ouder was.'

Ouder. Wat? Zo oud zag hij er niet uit.

'En als mijn vader nog zou leven, zou hij naar me luisteren zoals jij doet. Dan zou hij me advies geven zoals jij doet.'

'Je beschouwt me dus zo ongeveer als je... *vader*?' Krijg nou wat.

Ze keek hem aan en haar ogen werden rond en groot. 'Nee. Nee, Vince. Meer als een soort oudere broer. Ja. Een oudere broer.'

Natuurlijk. Normaal voelde hij zich alleen oud als de kou op zijn botten sloeg en zijn handen verkrampte. Vroeger had hij geen last gehad van de kou, maar zo *oud* was hij nou ook weer niet.

Achter de Kever van Becca kwam Sadies Saab tot stilstand en hij vergat dat hij Becca's vader was. Haar lichten gingen uit en de deur zwaaide open. De oranje zon schoot gouden fonkelingen van haar zonnebril en haar. Ze was helemaal goudkleurig en glanzend en prachtig.

'Ik wil graag wat super ongelood. Is er iets?' vroeg ze.

'Ik ben een tijdje gesloten.'

Ze deed de autodeur dicht en liep naar hem toe, het soepele loopje dat ze op de etiquetteschool had geleerd, waardoor haar tred en borsten deinden. Een glimlach trok aan haar mondhoeken. De mond die ze een paar avonden geleden op hem had gebruikt. Een hete, vochtige mond die hij graag weer om zijn penis wilde voelen. Ze droeg een witte jurk die hij haar eerder had zien dragen. Een jurk die hij graag uit zou willen trekken.

'Hoi Becca.'

'Hé Sadie Jo.'

Ze omhelsden elkaar zoals echte Texanen dat doen. 'Je haar ziet er goed uit,' zei Becca toen ze zich losmaakte.

'Bedankt. Ik heb net mijn uitgroei laten doen.' Sadie liet haar blik over Becca's haar glijden. 'Je haar zit... beeldig.' Ze keek naar Vince. 'Kort en lang tegelijk. Heel apart.'

'Bedankt. Ik doe een beautyopleiding en we oefenen op elkaar. Als ik meer ervaring heb, wil ik je haar wel een keer kleuren.'

Aangezien Sadie er toch niet zou zijn als het zover was, zei ze: 'Fantastisch.'

Becca viste haar sleutels uit haar zak en keek Vince aan. 'Ik kom morgen wel even langs.'

'Fantastisch.'

Sadie draaide zich om en keek Becca na, die in haar Volkswagen stapte en wegreed. 'Hoe vaak komt ze even langs?'

'Een paar dagen per week onderweg naar huis van school.'

'Dat kapsel is gewoon tragisch.' Ze keek omhoog naar Vince door haar zonnebril. 'Volgens mij heeft Becca een oogje op je.'

'Nee. Heeft ze niet.'

'Ja. Heeft ze wel.'

'Nee, echt. Neem het van mij aan.'

'Ze valt op je.'

Hij schudde zijn hoofd. 'Ze beschouwt me als haar...' Hij zweeg, alsof hij zichzelf er niet toe kon brengen de zin af te maken.

'Broer?'

'Vader.'

'Serieus?' Een paar verbijsterde seconden lang staarde ze hem alleen maar aan, toen begon haar lach als een laag gegrinnik. 'Dat is hysterisch.' En om dat kracht bij te zetten, veranderde haar gegrinnik in een volle lach.

'Zo grappig is het niet.' Hij stak zijn handen in de zakken van zijn cargobroek. 'Ik ben pas zesendertig. Niet bepaald oud genoeg om een dochter van eenentwintig te hebben.'

Ze sloeg met haar hand tegen haar borst en haalde diep adem. 'Technisch is het mogelijk, ouwe jongen,' wist ze uit te brengen voor ze weer in lachen uitbarstte.

'Ben je klaar?'

Ze schudde haar hoofd.

Hij fronste diep om niet te glimlachen en gaf haar zijn dodelijke blik. De blik waarmee hij geharde jihadisten de stuipen op het lijf joeg. Dat werkte niet en dus kuste hij haar om haar te laten ophouden. Zijn glimlachende lippen tegen de hare om haar lach te laten verstommen.

'Kom binnen voor een biertje,' zei hij tegen haar mond.

'Verveel je je?'

'Niet meer.'

Hoofdstuk twaalf

Sadie schoof haar zonnebril boven op haar hoofd en bleef een meter achter Vince terwijl hij door de gang liep langs een verlicht kantoor, en naar de voorkant van de Gas and Go. Haar blik gleed van zijn brede schouders in het bruine T-shirt omlaag langs zijn rug naar de tailleband van zijn beige cargobroek, die laag op zijn heupen hing. Hij zag er bezweet uit. Heet en bezweet en uiterst bespringbaar.

'Zijn dat bruine T-shirt en die cargobroek een soort uniform?'

'Nee. Gewoon makkelijker schoon te houden in een zandstorm.'

Dat klonk logisch. Als je tenminste ergens in een woestijn woonde waar er veel zandstormen waren. 'Hoe lang blijf je gesloten?' vroeg ze terwijl ze de winkel binnengingen. Het licht was uit en de ruimte was gevuld met schaduwen en het gestage gezoem van de koelkasten. De planken met bederfelijke waar waren vrijwel helemaal leeg maar de koelkasten zaten nog vol.

'Tenzij er iets onvoorziens gebeurt, twee maanden. Hier wil ik het verven, de vloer opnieuw betegelen en nieuwe toonbanken neerzetten.' Hij opende de deur van de grootste koelkast. 'Veel van de apparatuur is redelijk nieuw.' Hij pakte een paar Corona's.

'Behalve de hotdogcarrousel. Die moet weg. Luraleen noemt hem "gerijpt".' Hij deed de deur dicht en draaide de kroonkurken eraf. 'Ik noem hem een rechtszaak in wording.'

Er moest zeker iets aan de winkel gebeuren. Hij zag er al ongeveer twintig jaar hetzelfde uit. 'Wie doet de renovatie?' Ze pakte het flesje aan dat hij naar haar uitstak. 'Ik kan je niet vertellen wie je moet aannemen, maar ik weet wel wie er voor een paar kratjes bier wil helpen.'

'Je kijkt naar de man die de renovatie doet.'

'Jij?'

'Ja, ik. Samen met een paar maten die ik heb ingehuurd om tegels te komen leggen.'

Ze stond dichtbij genoeg om zijn geur te kunnen inademen. Hij rook naar man en schoon zweet. In het grijzige licht in de winkel leek zijn stoppelbaard veel donkerder.

Ooit had ze een cursus mozaïek maken gedaan. 'Ben je goed in tegels leggen?'

Hij grijnsde. Zijn witte tanden waren een lichtpuntje in het half gedempte licht en hij zette het flesje aan zijn lippen. 'Onder andere.'

Misschien moesten ze het maar niet hebben over de andere dingen waar hij goed in was. 'Wat doet Luraleen tegenwoordig?'

Hij nam een slok en slikte. 'Die zit op dit moment in Vegas het geld uit te geven dat ik haar heb betaald voor deze tent.' Hij liet het flesje zakken. 'Aan fruitmachines en glazen goedkope whisky.'

'Ze is niet van het grote geld?'

'De fluwelen bank in het huis stamt uit de jaren zeventig en al haar muziek staat op cassettebandjes.'

Sadie lachte. 'Klassieke country-and-western?'

'Ja.' Hij nam haar hand in de zijne, warm en hard en ruw. 'Ik pas op haar huis, maar als ze terugkomt, moet ik een eigen onderkomen hebben. Als ik nog één nummer over overspel moet aanhoren terwijl zij en Alvin tekeergaan in haar slaapkamer, steek ik mijn ogen uit.' Hij trok haar achter zich aan door de gang en naar het kantoor. Overal op de vloer lagen spijkers en splinters, en de verf op de muur had een andere kleur waar er ooit kastjes hadden gehangen. Een olijfkleurig aanrecht, een oude gootsteen waar stukjes email af waren, en een kastje stonden nog in de kamer. Op een oud houten bureau lag een veiligheidsbril; tegen de poot stond een sloophamer.

'Alvin Bandy?' Ze bleef stilstaan in het midden van de kamer en haar hand viel uit de zijne. 'Die ken ik. Klein mannetje met grote snor en oren?'

'Dat is 'm.'

'O hemel. Toen ik nog klein was, heeft hij een tijdje op de JH gewerkt.' Ze nam een slok bier en slikte het door. 'Zo oud is hij niet. Ergens in de veertig. Hoe oud is Luraleen?'

'Volgens mij achtenzestig.'

En dan te bedenken dat Lily Darlington zichzelf een cougar vond. 'Goeie help. Sommige vrouwen zijn echt wanhopig.' Ze schudde haar hoofd en dacht aan Sarah Louise Baynard-Conseco. 'Maar ik wist niet dat mannen ook wanhopig konden zijn. Jee, dat is gewoon smerig.' Ineens zweeg ze. 'O. Het spijt me. Luraleen is je tante.'

Hij trok een donkere wenkbrauw op. 'Hij is niet haar enige vriend.'

Sadie hapte naar adem.

'Hij is wel de jongste. Ze heeft er meerdere.'

Jezus. 'Meer dan een?' Ze ging op de rand van het bureau zitten. 'Ik heb al ongeveer een jaar geen vriend gehad, en Luraleen heeft er méérdere. Hoe is het mogelijk?'

Hij haalde een grote schouder op. 'Misschien ligt bij jou de lat hoger.'

Ze grinnikte. 'Dat zou je niet zeggen als je mijn laatste vriend had gekend.'

'Loser?'

'Saai.' Ze trok haar schouders op. 'Lijk jij op Luraleen? Meerdere vrouwen tegelijkertijd?'

'Nee. Ik hou niemand aan het lijntje.'

Ze geloofde hem meteen. De avond van Founder's Day had hij haar verteld dat hij niet goed was in relaties. 'Heb je ooit een serieuze relatie gehad? Ooit verloofd geweest?'

'Nee.' Hij nam een slok.

Onderwerp afgesloten. Natuurlijk zou ze kunnen vragen waarom niet, maar hij zag er niet uit alsof hij in de stemming was om te antwoorden. 'Is Luraleen een zus van je moeder of van je vader?' vroeg ze daarom.

'Moeder, maar ze leken totaal niet op elkaar.' Hij leunde met zijn heup tegen de overgebleven toonbank. 'Mijn moeder was erg gelovig. Vooral nadat mijn vader wegging.'

Haar vader had haar in elk geval niet verlaten. 'Wanneer ging je vader weg?'

'Ik was tien.' Hij nam een slok en liet de fles langs opzij zakken. 'Mijn zus was vijf.'

'Spreek je je vader nog wel eens?'

Hij sloeg het flesje tegen zijn zij alsof hij niet ging antwoorden. Zijn blik kruiste de hare voor hij zei: 'Ik heb hem een paar maanden geleden gesproken. Hij nam uit het niets contact met me op en wilde na zesentwintig jaar ineens met me praten.'

'En? Heb je dat gedaan?'

Hij knikte. 'Hij woont in het noorden van California. Zijn laatste vrouw had hem kennelijk verlaten, met zijn nieuwste stel kinderen, en dus bedacht hij ineens dat hij nog een zoon had.' Hij wees met het biertje naar zichzelf. 'Ik.'

Vergeleken met een paar dagen terug was hij plotseling een spraakwaterval.

'Ik ben naar hem toe gegaan en heb naar hem geluisterd en zijn problemen aangehoord. Ik was heel vergevingsgezind en meer van die kul, maar na een uurtje had ik genoeg gehoord en ben ik vertrokken.'

'Al na een uurtje?' Dat leek niet zo lang na zoveel jaar.

'Als hij nog naar mijn zus of mijn neef had gevraagd, had

ik hem misschien wat meer tijd gegund.' Zijn kaak werd strak en zijn groene ogen werden streepjes. Sadie ving een glimp op van de krijger in Vince Haven. De Navy SEAL met een machinegeweer over zijn borst en een raketwerper over zijn schouder. 'Welke schoft vraagt er verdomme nou niet naar zijn eigen dochter en kleinzoon?' Hij hief het flesje. 'Hij kan doodvallen.'

En ze dacht dat zij problemen had.

Hij liet het bier zakken en het schuim borrelde omhoog in de hals. 'Een oude maat van me zei ooit dat een mens soms vergeving nodig heeft om verder te kunnen en zichzelf te vergeven. Als de ouweheer naar Conner had gevraagd, had ik hem misschien een kans gegeven. Ik ben tegenwoordig een stuk aardiger dan ik vroeger was.'

Ze beet op de binnenkant van haar wang om niet te glimlachen.

'Wat?'

'Niets. Is Conner je neef?'

'Ja. Hij is net zes. Hij is heel grappig en slim en hij heeft me een tekening gestuurd van mij en mijn pick-up. Hij houdt erg van tekenen.'

En Vince miste hem. Dat hoefde hij niet te zeggen. Het bleek uit de droefheid in zijn stem en ogen. 'Weet je zus dat jullie vader contact heeft gezocht met je?'

Hij schudde zijn hoofd. 'En dat ga ik haar ook nooit vertellen.' Hij lachte zonder humor. 'Het wrange is dat als mijn vader zou weten met wie ze ging trouwen, hij vast ineens weer zou weten dat hij een dochter had.'

'Met wie trouwt ze dan?' Prins William was bezet, maar Harry was nog vrij.

'Ze gaat hertrouwen met die zak van een ex van haar, Sam Leclaire.'

De naam klonk vaag bekend.

'Hij speelt ijshockey voor Seattle.'

Sadie tikte met de bovenkant van het flesje tegen haar kin.

'Hmm.' Ze bezocht regelmatig wedstrijden van de Coyotes en was fan van de ijshockeyer Ed Jovanovski. 'Grote vent? Zelfs voor een ijshockeyer? Hitst de boel graag op? Zit veel op het strafbankje? Blond? Lekker ding?'

'Klopt, ja. Behalve dat lekkere ding.'

'Ik heb hem een paar maanden geleden tegen de Coyotes zien spelen in Phoenix.' Ze zette het flesje naast zich op het bureau en omdat de groene ogen van Vince weer spleetjes werden, en ze hem nog knapper vond als hij geïrriteerd was, voegde ze eraan toe: 'Hij is ontzéttend lekker. Of zoals we in Texas zeggen: "lekkerder dan een taartje boven op een bloederige biefstuk".'

'Jezus.'

'Dus dat is dubbel lekker.' Ze liet haar mondhoeken gemaakt omlaag zakken. 'Je hoeft er niet bitter over te zijn.'

Hij fronste terwijl hij het flesje omhoog bracht, maar ze betwijfelde of hij echt boos was. Ze wist vrij zeker dat zijn ego dit wel aankon.

'Geen zorgen.' Ze schudde haar hoofd en grinnikte. 'Jij bent ook een lekker ding… voor een vent die oud genoeg is om Becca's vader te zijn.'

Hij liet het flesje zakken zonder te hebben gedronken. 'Ga je jezelf daar weer slap om lachen?'

'Misschien. Het blijft leuk.' Ze stond op en pakte de steel van de sloophamer.

'Wat ben je daarmee van plan?'

'Ben je soms bang?' Ze probeerde hem op te tillen met een hand. Hij kwam nauwelijks van zijn plaats.

'Doodsbenauwd.'

'Hoeveel weegt dit ding?'

'Tien kilo.' Hij liep naar haar toe en zette zijn biertje naast dat van haar.

Met beide handen kon ze de hamer ongeveer dertig centimeter optillen. 'Ik zou een hoop frustraties kunnen kwijtraken en veel schade kunnen aanrichten met dit ding.'

Hij pakte de hamer met één hand zonder veel moeite van haar af en gooide hem achter zich. De hamer viel neer met een harde bons. 'Ik weet een betere manier om je frustraties kwijt te raken.' Zijn handen gleden over haar middel en hij trok haar heupen tegen de zijne.

Ze keek omhoog naar zijn gezicht, naar zijn ogen die omlaag keken naar haar. 'Wat heb je in gedachten?' vroeg ze, ook al voelde ze tegen haar bekken precies wat hij in gedachten had.

'Schade aanrichten.' Hij bracht zijn gezicht omlaag en duwde zijn voorhoofd tegen haar voorhoofd. 'Heel veel schade.'

Een warm gevoel kwam opzetten in haar maag en spreidde zich uit naar haar dijen. Ze wilde haar lichaam tegen hem aan duwen. Huid tegen huid. Dit was de reden dat ze naar de Gas and Go was gekomen. Ze had ook kunnen tanken in Amarillo of bij de Chevron aan de andere kant van de stad. Ze trok aan zijn T-shirt en haalde de onderkant uit de tailleband van zijn broek. 'Ik heb een paar zware dagen gehad.' Ze liet haar handen onder zijn shirt glijden en voelde de warme, vochtige huid van zijn harde buik. 'Ik wil je geen pijn doen, Vince.'

'Probeer het maar eens,' zei hij tegen haar lippen, een fluisterende adem, en ze ademde hem in. Ademde zijn verlangen in, dat even heet en vurig was als het hare. De kus was verrassend zacht en bijna zoet, terwijl hij ondertussen zijn keiharde erectie tegen het hoogste punt van haar kruis duwde. De lust welde op en verzengde haar, en ze haalde haar lippen van elkaar tegen de zijne. Ze kuste hem, hongerig met volle mond. Hongerig naar meer van wat hij haar een paar avonden geleden had gegeven. Ze verlangde ernaar dat hij haar nam.

Ze wilde hem aanraken en dat hij haar aanraakte. Ze wilde dat hij de lege plekken vulde, maar zelfs toen hij haar aanraakte zoals ze dat wilde, wist ze dat ze hem niet te veel moest willen. Hij had duidelijk gemaakt dat hij alleen seks wilde. Geen etentjes. Geen films. Geen gesprekken. En op dit moment wilde zij ook niets anders.

Hij kleedde haar uit tot haar onderbroek en zette haar neer op zijn bureau. Hij stapte tussen haar dijen en zijn handen en mond gingen naar haar borsten. Ze boog haar rug en plantte haar handen op het bureau achter haar. Zijn warme, gladde tong maakte haar gek, en toen hij eindelijk haar tepel in zijn hete, natte mond zoog, kreunde ze en haar hoofd viel achterover.

Ze hield niet van hem, maar ze hield wel van wat hij met haar deed. Ze hield van zijn aanraking en zijn kussen, en toen hij bij haar binnenging, hield ze daar het meest van. Ze zette haar voeten op het bureau en hij keek op haar neer, de lust maakte zijn ogen smaller en hij hield zijn lippen van elkaar. Zijn handen grepen haar knieën en zijn vingers groeven in haar huid. Hij bewoog in haar, stootte diep en streelde alle goede plekjes. Zijn brede borst werd nog breder omdat hij lucht in zijn krachtige longen zoog.

Een warm, tintelend orgasme begon bij haar tenen en kroop omhoog door haar lichaam. Omhoog en omlaag en van binnen naar buiten, en toen het klaar was, bleef ze glimlachend achter.

'Hooyah.'

Door de open ramen blies een koel avondbriesje tegen de kanten gordijnen van Sadies slaapkamer. Een lamp op het nachtkastje gaf een zachte, warme gloed af op het bed en de zachte schouder van Sadie, en de zijkant van haar gladde gezicht. Vince liet zijn hand over Sadies naakte buik glijden en trok haar naar achteren tegen zijn borst.

'Slaap je?' vroeg hij terwijl zijn duim haar buik streelde.

'Nee.' Ze schudde haar hoofd en geeuwde. 'Uitgevloerd.' Jee, nu zei ze het al weer!

Hij glimlachte en kuste haar nek. Hij was totaal niet moe. Nadat ze waren weggegaan bij de Gas and Go, had hij een pizza gehaald bij Lovett Pizza and Pasta en was naar de ranch gekomen. Ze hadden gegeten, en daarna hadden ze het gedaan in het bad, wat niet eenvoudig was geweest, maar het was gelukt.

Daarna had hij toegekeken hoe zij haar haar droogde en lotion smeerde op haar ellebogen en voeten. Het rook naar citroenen.

'Ik heb me rot gewerkt om die jurken te verkopen,' vertelde ze terwijl ze in de badkamer op een witte stoel zat en lotion op haar hielen smeerde. Ze had een roze onderbroek gedragen en hij had op de rand van het bad gezeten in zijn cargobroek. Hij wist zeker dat hij nog nooit had toegekeken terwijl een vrouw zich insmeerde met lotion. Het was een fijne aanblik. 'Ik geloof niet dat ik me ooit zo belachelijk heb gedragen over een jurk. Ik weet dat het eindexamenbal belangrijk is, maar jeetje.'

Hij begreep nog altijd niet helemaal goed waarom ze nu ineens voor Deeann Gunderson werkte. Misschien dat hij zich beter zou kunnen concentreren op wat ze vertelde als ze niet halfnaakt was, in haar roze broekje dat nauwelijks het roze eronder bedekte.

'Die meiden gedroegen zich alsof ze bij Vera Wang waren.' Ze keek op en kneep lotion op haar handpalm. 'Het is allemaal de schuld van Rachel Zoe.'

'Wie?' Hij keek op en probeerde op te letten.

'Stylist van de sterren Rachel Zoe? Met haar eigen show op televisie? Laat altijd de prachtigste jurken en schoenen zien? Zij en haar man Rodge hebben net een zoontje gekregen? Heb je daar nog nooit van gehoord?'

Hij schudde zijn hoofd en krabde over zijn blote borst. Dat kreeg je ervan als je oplette.

'Ze is de Martha Stewart van kleren en accessoires. Ze heeft geweldig veel stijl en smaak, en geeft iedere vrouw het gevoel dat ze een ontzettende slons is.' Ze had hem aangekeken en gezucht. 'Vertel me nou niet dat je niet weet wie Martha Stewart is.'

'Die dame die een tijdje achter de tralies heeft gezeten vanwege belastingfraude? Die ken ik wel.'

Ze staarde hem aan vanaf de andere kant van de badkamer. 'Ze is bekender vanwege haar fantastische taarten.'

Zijn blik gleed naar haar fantastische borsten. Naar de kleine, roze tepels die zo perfect in zijn mond pasten. Sadie had een prachtig lichaam. Een vrouwenlichaam, en ze schaamde zich er niet voor om naakt rond te lopen. Dat vond hij leuk aan haar. Hij vond het leuk dat ze zelfvertrouwen had en openstond voor seks op een bureau in een verwoest kantoor. Hij vond het leuk dat ze geen spelletjes speelde. En hoe hypocriet het ook was voor een man die de nodige willekeurige vrouwen had opgepikt in zijn leven, hij vond het leuk dat ze niet rondhing in bars en willekeurige mannen oppikte. Althans, niet voor zover hij wist.

Hij vond een hoop dingen aan haar leuk. Hoewel ze een lastige relatie had met haar vader, was ze toch gebleven en bezocht ze hem elke dag. Hij vond het leuk dat ze makkelijk lachte. Soms om hem. En verrassend genoeg vond hij het leuk dat ze praatte om de stiltes te vullen, zelfs als hij niet heel erg oplette. Zoals nu terwijl ze lotion op haar handen verdeelde en over de zachte huid van haar dijen wreef. Hemeltjelief. Ze rook naar citroen. Hij hield van citroen. Hij hield ook van dijen.

'Vince?'

'Ja?' Hij keek haar weer aan.

'Ik vroeg je iets.'

Hij was getraind door het beste leger van de wereld. Als hij dat wilde, kon hij zich op meerdere dingen tegelijk concentreren. 'Wat?'

Ze rolde met haar ogen. 'Roep je altijd "Hooyah" als je klaarkomt?'

Hoe was het gesprek van taart ineens bij orgasmen beland? 'Roep ik "Hooyah"?'

'Eigenlijk kreun je het meer.'

Dat wist hij niet. 'Wat gênant.'

'Heeft niemand je dat ooit verteld?'

Hij schudde zijn hoofd en stond op. 'Misschien "hooyah" ik alleen voor jou.' Hij liep over de tegelvloer naar haar toe. 'Jodel jij altijd als een Arabische vrouw als je klaarkomt?'

Ze lachte en keek naar hem op. 'Dat is gênant. Dat heeft niemand voor jou ooit gezegd.'

Hij knielde tussen haar knieën en liet zijn handen omhoog glijden over haar blote, gladde dijen. Zijn vingertoppen raakten het elastiek rond de pijpen van haar broekje. 'Misschien hebben die anderen het niet in hun vingers.'

Ze zoog haar adem in en hield hem in. 'Kennelijk ga ik van jou jodelen.'

'Hooyah.' Zijn duimen streelden haar door het dunne katoen heen en hij nam haar borsten in zijn mond. Hij likte en zoog tot haar tepels hard waren, en bracht toen zijn mond omlaag en begroef zijn gezicht tussen haar benen. Hij duwde het kruis van haar broekje opzij, en likte en zoog daar ook.

'Vince.' Ze had niet gejodeld. Niet gegild of gejammerd. Alleen zacht zijn naam gekreund in de stille kamer. Het geluid van haar genot was even zoet als haar smaak in zijn mond. Toen hij haar strakke lichaam binnendrong, had hij haar gezicht in zijn handen gehouden en had toegekeken hoe haar lippen uiteengingen van genot. Hij had gevoeld hoe dat genot zijn pik greep, samentrok en pulseerde en zijn eigen genot masseerde.

Hij beet zachtjes in haar blote schouder. 'Ik ga en laat je slapen.'

Haar geeuw fluisterde in de duisternis: 'Je mag wel blijven als je wilt.'

Hij bleef nooit. 's Ochtends weggaan was altijd ongemakkelijker dan 's nachts weggaan.

'Je kunt weggaan voor de zusjes Parton er zijn of blijven en ze ontbijt laten maken.'

'Is dat niet wat ongemakkelijk?'

Ze haalde haar schouders op. 'Je pick-up staat hier nu al twee nachten. Iedereen op de ranch weet van je bestaan. Waarschijnlijk weet iedereen in Potter County het. Bovendien ben ik drieëndertig, Vince. Ik ben volwassen.'

Zelfs als blijven niet ongemakkelijk zou zijn, was gillend als een meid wakker worden en tegen muren lopen dat wel. Toen ze eenmaal zacht, gelijkmatig ademhaalde, stond hij op uit haar bed en kleedde zich aan. Hij stond op en sloot het venster, en keek nog een keer naar haar voor hij de kamer uit liep en de trap af ging. Hij draaide het slot om op de voordeurknop en sloot het achter zich, zodat ze veilig binnen lag. Hij zou een veiliger gevoel hebben gehad als ze een alarmsysteem had gehad en een .357 op haar nachtkastje.

Miljarden sterren schenen in de Texaanse nacht toen hij naar zijn pick-up liep en de motor startte, en terwijl hij over de onverharde weg naar de snelweg reed, dacht hij aan de Gas and Go en aan alles wat hij moest doen voor hij aan het echte renovatiewerk kon beginnen. Zonder Sadie zou hij vanavond klaar zijn geweest met het sloopwerk in het kantoor en de helft van de toonbank voor. Maar zodra ze uit haar auto was gestapt en het zonlicht op haar haar had geschenen, had hij geweten dat hij niets anders zou doen die avond dan horizontaal gaan.

Billy Idols 'White Wedding' klonk uit zijn mobiel in de bekerhouder en hij glimlachte. Het was middernacht in Texas, maar tien uur in Seattle. Hij drukte op het antwoordknopje op zijn stuur. 'Hallo daar.'

'Hi, Vinny.' De stem van zijn zus vulde zijn pick-up. Ze was de enige op de planeet die hem Vinny noemde. 'Ik bel toch niet te laat?'

Kennelijk niet. 'Hoe gaat het?'

'Z'n gangetje. Hoe staan de zaken bij de Gas and Go?'

'Tot nu toe redelijk.' Ze praatten over zijn businessplan en wanneer de zaak weer open zou gaan. 'Luraleen is nog steeds in Vegas,' zei hij. 'Straks laat ze zich trouwen door een Elvis-imitator.'

'Grappig. Haha.'

Ja. Nu was het grappig. Zes jaar geleden, toen Autumn met haar ex was getrouwd in Vegas, was het iets minder grappig. 'Hoe gaat het met Conner?'

'Goed. Over iets minder dan een maand begint de schoolvakantie.' Vince draaide de snelweg op en ze ging verder: 'Hij mist je.'

Het voelde alsof zijn hart instortte. Hij had geholpen bij de opvoeding van zijn neefje. Had hem bijna elke dag van zijn leven gezien, tot een paar maanden geleden, maar hij was niet Conners vader. En hoezeer hij Sam Leclaire ook haatte, hij hield meer van Conner. Hij was vertrokken zodat Sam makkelijker zijn plaats kon innemen en de vader kon zijn die zijn neef nodig had. Als hij was gebleven, waren er klappen gevallen.

'Conner vraagt wanneer je thuiskomt.'

Thuis? Hij wist niet meer waar dat was. 'Ik weet het niet. Ik heb een hoop te doen.'

'Met de winkel?'

Ze zat te vissen. 'Ja.'

'Vriendin?'

Hij lachte. Zijn zus vond hem geweldig en kon niet begrijpen waarom hij niet goed was in relaties. O, ze wist dat hij geen langdurige relaties had. Ze begreep alleen niet waarom niet. 'Je weet dat ik altijd vriendinnen heb.' Op dit moment had hij er maar één, en dat vond hij prima zo. Er was niets saais aan Sadie Hollowell. 'Staan er nog belangrijke zaken te gebeuren?'

'Mijn bruiloft.'

O ja.

'Die is over een paar maanden, Vin.'

Hij wist het. Hij koos er alleen voor het te vergeten. 'Trouw je nog steeds in Maui?'

'En jij bent erbij.'

Shit. Hij kreeg nog liever een schop tegen zijn kloten. 'Moet ik een smoking huren?'

'Nee. Ik zorg voor alles. Zorg jij er maar voor dat je er bent. En Vin?'

'Ja.'

'Ik wil dat jij me weggeeft.'

Hij keek uit het raam. Zijn zuster weggeven? Aan die kloot-

zak die haar niet waard was? God, wat haatte hij die vent. Misschien wel ongezond heftig.

'Pap speelt al meer dan twintig jaar geen rol meer in mijn
leven. Ik wil mijn grote broer.' Hij wilde niet. Hij verafschuwde
het idee. 'Alsjeblieft, Vin.'

Hij sloot zijn ogen en zijn kaak spande aan. 'Natuurlijk.' Hij
keek naar de weg voor zijn koplampen. 'Alles wat je wilt,
Autumn.' Dat betekende dat hij voor de bruiloft vrede moest
gaan sluiten met die schoft.

Shit.

Hoofdstuk dertien

Sadie vond een paar antislipsokken met hoefijzers erop bij de Target in Amarillo. Haar papa gromde en mopperde nog altijd dat hij niets nodig had, maar het was haar opgevallen dat hij altijd de sokken droeg die ze voor hem meebracht.

Ze was ook even langs Victoria's Secret in het winkelcentrum gegaan en had een zwart kanten beha en bijpassend broekje gekocht. Vince had niet verveeld geleken gisteravond – nog niet. En zij… zij bewandelde een dunne scheidslijn tussen hem leuk vinden en hem te leuk vinden. Tussen genieten van de seks en het verwarren met iets anders, iets meer. Meer dan warme huid die op alle juiste plekken tegen elkaar kwam. Meer dan dat hij wist waar hij haar moest aanraken zonder het te vragen. Meer dan alleen verlangen en hunkeren naar zijn aanraking tot ze geen van beiden meer wilden.

De vorige avond toen ze naar hem had gekeken vanaf de andere kant van de badkamer, waar hij haar op de rand van het bad zat te bekijken, had ze bijna aan meer gedacht. Zijn ogen, wellustig en vol belangstelling in haar handen die lotion op haar lichaam smeerden. Ze hadden het al twee keer gedaan en hij had meer gewild. Ze had niet willen zeggen dat hij 'Hooyah' kreunde. Ze had het over iets heel anders gehad. Ze wist zelfs niet meer waar ze over had gesproken, maar van de manier waarop hij naar haar keek waren haar hersenen helemaal week geworden en had zij ook meer gewild. Zij was er ondergoed van gaan kopen. Niet dat ze dat nieuwe ondergoed de eerstkomende vier dagen zou kunnen dragen. Ze was die ochtend ongesteld geworden, iets wat ze altijd met irritatie of opluchting begroette, afhankelijk van haar seksleven, hoe condoombewust ze ook was.

Ze wist niet zeker of Vince haar nieuwe ondergoed te zien zou krijgen. Ze hoopte van wel. Ze vond hem leuk, maar het leven bood geen garanties. Zeker nu haar leven zo overhooplag. Een leven lang in Lovett lag niet in haar toekomst, niet op korte termijn althans. Voor zover ze wist, lag het ook niet in het zijne. Ze waren gewoon twee mensen die van elkaar genoten voor zolang het duurde.

Toen ze later die ochtend het revalidatieoord binnenliep, lag haar vader te slapen. Het was pas elf uur 's ochtends en ze liep terug naar de zusterskamer. Daar kreeg ze te horen dat hij lichte verhoging had. Ze hielden hem in de gaten maar leken niet ongerust. Sinds het ongeluk had hij wat vocht onder zijn longen, wat verontrustend was. Ze vroeg ernaar en kreeg te horen dat zijn longen nog steeds hetzelfde klonken.

Ze ging in de stoel bij zijn bed zitten en leunde achterover om wat televisie te kijken. Tot het ongeluk van haar vader had ze amper weet gehad van de programmering overdag, maar alle shows over rechtszaken fascineerden haar, en ze keek naar de beroerde levens van anderen. Levens die nog beroerder waren dan het hare.

Het mobieltje in haar tas rinkelde en omdat het al zo lang geleden was dat het had gerinkeld, trok ze het tevoorschijn en staarde er een paar seconden naar. Ze herkende het nummer niet en drukte met haar duim op het berichtenvak. Er stond een sms van vier woorden: *verveel je je al?*

Haar wenkbrauwen kwamen naar elkaar. Vince. Dat moest wel. Wie kon er anders vragen of ze zich verveelde, maar hoe kwam hij aan haar nummer? Ze had het niet aan hem gegeven en hij had het zeker nooit gevraagd. *Wie is dit?* sms'te ze terug, en ze legde de telefoon op het nachtkastje naast de gele margrieten. Ze keek naar haar vader. Hij leek niet anders, maar meestal was hij nu wel wakker en mopperig. Ze overwoog om zijn voorhoofd aan te raken maar ze wilde hem niet wakker maken zodat hij tegen haar zou schreeuwen.

Ze richtte haar aandacht weer op *Divorce Court* en schudde haar hoofd om de stompzinnigheid van sommige vrouwen. Als bij de eerste ontmoeting met een man zijn 'wagen' op blokken in de voortuin stond, was hij waarschijnlijk niet erg geschikt als echtgenoot. Een man moest nou eenmaal aan bepaalde randvoorwaarden voldoen. Banden onder zijn wagen was niet zomaar een randvoorwaarde, het was een fundament.

Haar mobieltje rinkelde weer en ze bekeek de sms: *Hoeveel mannen zijn er in je leven die zorgen dat je je niet verveelt 's nachts?*

Ze lachte en keek snel of haar vader niet wakker werd. Ze negeerde het knagende gevoel in haar buik bij de gedachte aan Vince die naar haar keek met zijn groene ogen. *Op dit moment... één.* Ze drukte op versturen en hij sms'te haar terug. *Als de man de juiste capaciteiten heeft, heb je er maar één nodig.*

Ze glimlachte. Ze vond hem echt leuk, en schreef: *Hooyah.* Haar vader bewoog in zijn slaap en ze keek naar hem. Hij krabde aan de fijne grijze haren op zijn wangen terwijl haar telefoon piepte.

Verveel je je nu? las ze.

Sorry. Buiten dienst de komende paar dagen. Ze hoopte dat hij het begreep en dat ze het niet helemaal uit hoefde te leggen.

Een paar minuten later sms'te hij terug: *Zijn je kaken ook buiten dienst?*

Ze hapte naar adem en haar duimen vlogen woedend over het

toetsenbordje. *Dat meen je niet,* schreef ze. Wat een eikel. *Ik ga je niet pijpen alleen omdat ik ongesteld ben geworden.* Wat een paardenlul. En ze vond hem nog wel leuk. Hij had zo volwassen geleken.

Na weer een paar minuten schreef hij terug. *Ik wilde vragen of je zin had om te lunchen. Met wat voor mannen ben jij de laatste jaren omgegaan?*

O. Nu voelde ze zich schuldig en ze sms'te terug: *Sorry, heb last van mijn humeur en mijn buik.* Dat was een leugen, want ze had gelukkig altijd een heel lichte menstruatie, met weinig klachten. Haar vader bewoog weer en ze sms'te nog een laatste keer voor ze de telefoon opborg. *Lunch kan niet. Ik sms later nog.*

Ze greep haar vaders hand aan de zijkant van het bed. Hij voelde warm en droog aan. Droger in elk geval dan normaal was voor een man die zijn hele leven in het noorden van Texas had gewoond. Zijn ogen gingen open. 'Hé, papa. Hoe voel je je?'

'Uitstekend,' antwoordde hij zoals altijd. De man zou nog zeggen dat het uitstekend ging als hij een slagaderlijke bloeding in zijn hoofd had. 'Je bent er,' zei hij.

'Zoals altijd.' En zoals elke dag vroeg ze: 'Waar zou ik anders moeten zijn?'

'Je leven leiden,' antwoordde hij zoals altijd. Maar in tegenstelling tot anders, voegde hij eraan toe: 'Ik heb dit leven nooit voor je gewild, Sadie Jo. Je bent er niet geschikt voor.'

Hij had het eindelijk gezegd. Hij dacht dat ze het niet aankon. Haar hart kromp ineen en ze keek omlaag naar de kronkelige patronen op de vloer.

'Je wilde altijd iets anders doen. Alles behalve koeien verzorgen.'

Dat was waar. Nog altijd misschien. Ze was al anderhalve maand terug en ze had niet eens geprobeerd om in haar vaders voetsporen te treden en enige verantwoordelijkheid te nemen voor de JH.

'Je lijkt op mij.'

Ze keek op. 'Je bent dol op de JH.'

'Ik ben een Hollowell.' Hij hoestte en het klonk een beetje ro-chelend. Hij greep naar zijn zij en ze vroeg zich af of ze een ver-pleegkundige moest bellen. 'Maar ik haat die verdomde koeien.'

Ze vergat het geluid van zijn hoestje en dat ze iemand moest bellen. De schok had niet groter kunnen zijn dan wanneer hij haar had verteld dat de aarde plat was en dat je ergens in de buurt van China in het niets viel. Dat hij Texas haatte. Dat hij zijn verstand kwijt was. Ze hapte naar adem en greep naar haar borst. 'Wat?'

'Stomme, stinkende beesten. Niet zoals paarden. Koeien deu-gen alleen voor biefstuk.' Hij schraapte zijn keel en zuchtte. 'Ik hou wel van biefstuk.'

'En schoenen,' wist ze uit te brengen. Hij zag eruit als haar papa. Hetzelfde grijze haar, de lange neus en blauwe ogen. Maar hij kletste onzin. 'En echt mooie handtassen.'

'En laarzen.'

Ze hield de sokken omhoog. 'Ik heb wat voor je.'

'Ik heb niets nodig.'

'Ik weet het.' Ze gaf hem de sokken.

Hij fronste en voelde aan de antislipzolen. 'Deze zien er wel bruikbaar uit.'

'Papa?' Ze keek hem aan en ineens leek het alsof de wereld inderdaad plat was en ze eraf viel. 'Als je zo'n hekel hebt aan koeien, waarom ben je dan een rancher?'

'Ik ben een Hollowell. Net als mijn vader en grootvader en overgrootvader. De mannen van Hollowell houden koeien, al sinds John Hays Hollowell zijn eerste Hereford kocht.'

Dat wist ze allemaal, en waarschijnlijk wist ze ook het ant-woord op de volgende vraag. Toch stelde ze hem: 'Heb je ooit overwogen om iets anders te doen?'

Zijn frons werd een stuurse blik en ze zou niet verrast zijn ge-weest als hij niet had geantwoord of van onderwerp zou zijn veranderd, zoals hij altijd deed als ze iets probeerde te bespreken wat hem een ongemakkelijk gevoel kon geven. Maar in plaats daarvan vroeg hij: 'Wat dan, meisje?'

Ze haalde haar schouders op en stak haar haar achter haar oren. 'Weet ik niet. Als je geen Hollowell zou zijn geweest, wat had je dan willen doen?'

Zijn barse, krassende stem werd een beetje weemoedig. 'Ik heb er altijd van gedroomd om vrachtwagenchauffeur te zijn.'

Haar handen vielen in haar schoot. Ze wist niet wat ze had verwacht dat hij zou antwoorden, maar zeker niet dit. 'Een vrachtwagenchauffeur?'

'*King of the road,*' zei hij ter correctie, alsof hij zijn droom in zijn gedachten beleefde. 'Ik zou het hele land door zijn gereisd. Allerlei dingen gezien. Verschillende levens geleid.' Hij draaide zijn hoofd om en keek haar aan. Voor het eerst van haar leven had ze het gevoel dat ze een band had met de man die haar het leven had geschonken en had opgevoed. Het was een korte glimp en toen was hij weer weg.

'Ik zou wel weer hier zijn teruggekomen.' Zijn stem klonk weer bars. 'Ik ben een Texaan. Hier liggen mijn wortels. En als ik had gereisd, zou ik niet zoveel mooie paarden hebben gefokt.'

En de Lieve-Heer wist dat hij dol was op zijn paarden.

'Ooit zul je het begrijpen.'

Ze dacht dat ze wist wat hij bedoelde, maar hij zat vandaag vol verrassingen. 'Wat?'

'Dat het makkelijker is om te zwerven als je een anker hebt.'

Soms was dat anker een zware last, die iemand liet verzuipen.

Hij drukte op een knopje op zijn bed en liet het hoofdeinde wat omhoogkomen. 'Het is het fokseizoen voor paarden en koeien en ik zit hier vast.'

'Hebben de artsen gezegd wanneer je naar huis komt?' Als dat gebeurde, zou ze iemand inhuren om voor hem te zorgen.

'Dat willen ze niet zeggen. Mijn oude botten genezen niet zo snel meer als toen ik jong was.'

Ja. Dat wist ze. 'Wat heeft je dokter gezegd over je verhoging? Behalve dan dat je moe bent.'

Hij haalde zijn schouders op. 'Ik ben oud, Sadie Jo.'

'Maar je bent zo taai als een ouwe laars.'

Een van zijn mondhoeken kwam een beetje omhoog. 'Ja, maar ik ben niet meer wat ik geweest ben. Zelfs voor het ongeluk deden mijn botten al pijn.'

'Doe het dan rustiger aan. Zodra je hier weg bent, kunnen we op vakantie gaan.' Ze kon zich niet herinneren dat ze ooit samen op vakantie waren geweest. Als kind had hij haar altijd naar de familie van haar moeder gestuurd of op een kamp. Hij verliet de JH niet, behalve voor zaken. 'Je zegt dat je het land wil bekijken. We zouden naar Hawaï kunnen gaan.' Al kon ze zich haar vader niet voorstellen in een gebloemde blouse die op het strand aan een drankje met een parapluutje nipte met zijn laarzen aan. 'Of je zou bij mij in Phoenix kunnen komen wonen. Er zijn hele pensionadodorpen in Arizona.' Oude mensen waren *gek* op Arizona. 'De JH redt het wel een paar weken zonder je.'

'De ranch redt het ook als ik er niet meer ben.' Hij keek haar aan. Het wit van zijn ogen was dofbeige. 'Zo heb ik het geregeld, Sadie Jo. We hebben het nooit besproken omdat ik dacht dat ik meer tijd had en dat je uit jezelf thuis zou komen. Ik...'

'Papa, je...' probeerde ze hem te onderbreken.

'... heb goed personeel dat alles regelt.' Hij liet haar niet aan het woord. 'Je hoeft niets anders te doen dan je leven leiden, en ooit, als je er klaar voor bent, ligt het op je te wachten.'

Zijn woorden raakten haar als een mokerslag. Zo had hij nooit gepraat. Hij sprak niet over zaken of de ranch of de dag dat hij er niet meer zou zijn.

'Papa.'

'Maar je mag het land nooit verkopen.'

'Dat zou ik nooit doen. Nooit. Ik heb er zelfs nooit over gedacht,' zei ze, maar tegen zichzelf kon ze niet liegen. Ze had er wel over gedacht. Meer dan eens, maar zodra de woorden uit haar mond kwamen, wist ze dat ze de waarheid sprak. Ze zou het land van haar papa nooit verkopen. 'Ik ben een Hollowell. Net als mijn vader en grootvader en overgrootvader.' Ze was een Texaanse en dat betekende diepe wortels. Waar je ook woonde. 'Al mijn ankers.'

Clive klopte op haar hand. Twee keer. Een zeldzame drie keer. Meer hartelijkheid kon hij niet tonen. Het was hetzelfde als een stevige omhelzing van andere vaders.

Sadie glimlachte. 'Jammer dat ik opa niet heb gekend.' Toen zij eindelijk was geboren, waren haar grootouders al overleden.

'Hij was een akelig stuk vreten. Ik ben blij dat je hem nooit hebt gekend.' Hij trok zijn hand weg onder de hare. 'Hij gaf me een pak slaag omdat ik verkeerd keek.'

Ze had ooit wel geruchten gehoord dat Clive senior lichtgeraakt was, maar daar had ze eigenlijk nooit aandacht aan besteed. Ze kon zich vaag herinneren wat haar moeder van haar grootvader had gevonden, maar haar vader had nooit iets verteld. Natuurlijk niet. En dat ging hij ook niet doen. Ze bekeek het gezicht van haar vader, gesloten en hard, en het voelde alsof een sluier even kort opzij werd getrokken, en de verwarrende liefde en verlangen en teleurstelling uit haar leven iets duidelijker werd. Ze had altijd geweten dat hij niet wist hoe hij een vader moest zijn, maar ze had gedacht dat het kwam omdat ze een meisje was. Ze had niet beseft dat het kwam omdat hij een waardeloos voorbeeld had gehad. 'Ik ben blij dat je mijn anker bent, papa.'

'Ja.' Hij schraapte zijn keel en blafte toen. 'Waar is die verdomde Snooks? Hij had hier een uur geleden al moeten zijn.'

Typisch. Als het een beetje klef werd, raakte Clive geïrriteerd. Sadie glimlachte. Hun relatie zou altijd lastig blijven, maar ze begreep haar vader nu net iets beter dan eerst. Hij was een harde man. Opgevoed door een nog hardere man.

Toen ze die middag het ziekenhuis verliet, dacht ze na over haar vader en hun relatie. Hij zou nooit vader van het jaar zijn, maar misschien was dat wel goed zo.

Ze dacht er ook over om Vince te sms'en. Ze wilde het, maar ze deed het niet. Ze wilde zijn groene ogen zien terwijl hij zijn hoofd scheef hield en naar haar luisterde. Ze wilde zijn glimlach zien en het diepe timbre van zijn lach horen, maar ze wilde het niet te veel willen.

In plaats daarvan ging ze naar huis en at mee met de knechten, en ze ging vroeg naar bed. Zij en Vince Haven waren niets anders dan vrienden met voordelen. Dat wilden ze allebei. Ze had nog nooit een VMV-relatie gehad. Ze had vriendjes gehad, en een paar eendagsvliegen. En ze wist eigenlijk ook niet of ze Vince wel een vriend kon noemen. Ze vond hem aardig, maar op het moment was hij meer voordeel dan vriend, en ze wilde absoluut niet vallen voor haar voordelenman.

Vince parkeerde zijn pick-up voor het grote huis en liep eromheen. Overdag was de JH een en al activiteit. Als een basiskamp, maar dan met meer beesten en wat minder stof. En net als een militair kamp op het eerste gezicht chaotisch, maar in feite een goed georganiseerde en geleide chaos.

Links in de verte werden kalveren een voor een naar een metalen fuik geleid. Het geluid van zwaar metaal klonk vanuit de verte. Hij kon niet zien wat de mannen aan het doen waren en of de kalveren ertegen protesteerden.

Het was halfvijf en hij was de hele dag bezig geweest de tegels uit de Gas and Go te slopen. Ongeveer een uur geleden had Sadie hem eindelijk ge-sms't. Hij had vier dagen lang niets van haar gezien of gehoord. Niet sinds de ochtend dat ze hem ervan had beschuldigd dat hij een potje pijpen van haar verwachtte. Hij ging niet doen alsof dat hem niet had geïrriteerd. Zo'n schoft was hij niet, maar hij was ook niet het type man dat ging zitten wachten op een vrouw die had gezegd dat ze zou bellen en het vervolgens niet deed.

Hij had de afgelopen dagen hard gewerkt, de winkel gesloopt en de afvalcontainer gevuld. 's Avonds had hij een paar lokale bars bezocht. Hij had een Lone Star gedronken bij Slim Clem en tequila bij Road Kill, en beide avonden was hij voor middernacht thuisgekomen. Alleen. Hij had iemand mee naar huis kunnen nemen als hij lang genoeg was gebleven, maar ook al gaf hij het niet graag toe, hij was moe van al die fysieke inspanning. Ooit had hij het dagen uitgehouden op weinig of geen slaap. Toen had hij kilometers lang tegen de stroom in kunnen zwemmen, of lopen of joggen in ondraaglijke hitte of ijzige vrieskou, vaak met een bepakking van dertig tot vijftig kilo, maar die conditie had hij niet meer en hoewel hij het niet wilde toegeven, hadden de jaren waarin hij het uiterste van zijn lichaam had gevergd hun tol geëist. Zijn favoriete pijnstiller was niet langer tequila, maar Advil.

Nadat hij vier dagen niets van Sadie had gehoord, had ze hem ge-sms't en hem uitgenodigd op de JH. Het was duidelijk dat ze gewoon seks wilde. Meer niet. Hij had nooit een vrouw gekend die alleen maar seks wilde en meer niet. Niet nadat hij een paar keer bij haar was geweest. Hij vond zichzelf niet verwaand in dat opzicht. Hij presteerde graag goed. Hij wilde de beste zijn. Hij hield niet op tot de klus erop zat. Vrouwen hielden daarvan en wilden altijd meer. Maar Sadie niet. Ze wilde niet meer, en hij wist niet goed wat hij daarvan moest denken. Hij zou het geweldig moeten vinden. Het was volmaakt. Ze was mooi. Interessant. Goed in bed, en wilde hem alleen voor de seks. Perfect.

Dus waarom was hij dan lichtelijk pissig? En als ze alleen maar wilde neuken, waarom was hij dan hier op klaarlichte dag? Met alle knechten erbij? Waarom had ze niet gevraagd of hij 's avonds na zonsondergang wilde komen?

Hij had een hoop dingen die hij zou kunnen doen. Een hoop voordat zijn maat Blake Junger klaar was met zijn eigen klus en naar Lovett kwam. Blake was een man van veel ambachten. Zoals dodelijke sluipschutter en gediplomeerd timmerman.

'Vince!'

Hij draaide naar rechts en zag Sadie staan naast een veekraal die aan een grote schuur vastzat. Ze droeg een spijkerbroek en een zwart T-shirt met iets op de voorkant en een paar laarzen. Achter in haar nek had ze een blonde paardenstaart en ze droeg dezelfde witte cowboyhoed als op de avond van Lovett Founder's Day. Hij had haar vier dagen niet gezien. Verdomme, wat was ze knap. Ze stond daar als een schoonheidskoningin en om de een of andere reden irriteerde hem dat nog een klein beetje extra.

Maar niet genoeg om zich om te draaien en weg te lopen. Er was iets aan Mercedes Jo Hollowell. Iets meer dan haar uiterlijk. Iets waardoor hij zijn breekijzer liet vallen als ze hem sms'te. Hij wist niet goed wat het aan haar was. Misschien niets anders dan dat hij nog niet klaar was.

Nog niet.

'Hé, Vince.' Naast Sadie stond een lange, magere man met een blauw-wit gestreept overhemd aan en een breedgerande Stetson op. Het was een cowboy. Een echte cowboy. Gelooid door de zon en geruwd door het leven. Hij leek een jaar of vijftig en hij heette Tyrus Pratt.

'Tyrus is onze paardenvoorman.' Sadie stelde de twee mannen aan elkaar voor.

'Aangenaam.' Vince schudde de man de hand. Zijn greep en de blik in zijn bruine ogen waren zo hard als zijn huid. Vince had drilsergeants gekend en wist wanneer hij werd beoordeeld.

'Vince is de neef van Luraleen Jinks.'

De harde lijn rond de ogen van Tyrus werd zachter. 'De nieuwe eigenaar van de Gas and Go?'

'*Yes, sir.*' Hij was niet verrast dat de voorman het wist. Hij was nu al lang genoeg in Lovett om te weten dat nieuws hier zich als een razend vuurtje verspreidde.

'Je bent een Navy SEAL geweest.'

Dat verraste hem wel. 'Dat klopt. Chief Petty Officer van Team One, Alfapeloton.'

'Dank je voor je inzet.'

Hij had altijd wat moeite met die opmerkingen. Er waren een hoop mannen zoals hij die in het leger zaten omdat ze van hun land hielden, niet omdat ze op roem uit waren. Mannen die van geen opgeven wisten omdat ze een doel voor ogen hadden, niet omdat ze bedankt wilden worden. 'Graag gedaan.'

Tyrus liet zijn hand vallen. 'Was je bij de aanval op Bin Laden?'

Vince glimlachte. 'Nee. Maar ik had het graag meegemaakt.'

'Tyrus heeft net Maribell teruggebracht,' zei Sadie en ze wees naar een zwart paard dat bij het hek stond. 'Ze was in Laredo om gedekt te worden door Diamond Dan. Het paard dat mijn vader een schop verkocht.'

'Hoe gaat het met hem?' vroeg Vince.

Ze schudde haar hoofd en de schaduw van de rand van haar hoed gleed over haar mond. 'Hij heeft koorts, wat erop wijst dat er nog ergens een infectie zit, maar zijn longen zijn nog hetzelfde. Als voorzorg hebben ze hem agressievere antibiotica gegeven, en vandaag leek hij meer zichzelf. Weer gewoon humeurig en kribbig. Maar ik maak me nog steeds zorgen.'

'Hij is een taaie,' verzekerde Tyrus haar. 'Hij wordt wel weer de oude.' Hij richtte zich weer tot Vince. 'Prettig kennis te maken. Geluk met de Gas and Go en doe de groeten aan Luraleen als ze terugkomt uit Vegas.'

'Dat zal ik doen en bedankt.' Hij draaide zich half om en keek Tyrus na, die de schuur in liep. 'De geheime dienst is niets vergeleken met deze stad. Hebben jullie een eigen centrale commandopost in de kelder van de bibliotheek of zo?'

Sadie lachte, en hij kende haar inmiddels goed genoeg om te weten dat het de neplach was die ze gebruikte als ze iets niet echt grappig vond. 'Volgens mij zit er iets in het water, maar wij hebben onze eigen bron hier, dus papa en ik lopen een hoop roddels mis. Niet dat we ervan houden overigens.' Ze keek uit over de vlakten van Texas en Vince liet zijn blik zakken naar het 'Cowboy Butts Drive Me Nuts'-opschrift op de voorkant van haar T-shirt. 'Het is raar om terug te zijn. In sommige opzichten voelt het alsof ik nooit ben weg geweest, maar tegelijkertijd voel ik me alsof ik al eeuwen weg ben. Ik weet maar weinig van wat er hier allemaal gebeurt.'

Hij wees naar de kudde kalveren. 'Wat gebeurt daar?'

'Gewoon een van de honderden dingen die telkens weer moeten gebeuren.' Ze verschoof de rand van haar hoed. 'De knechten jagen elk kalf in de fuik, doen een merkteken in hun oor en wegen elk kalf. Dan voeren ze de gegevens in op hun computers zodat ze ze kunnen bijhouden en hun gezondheid in de gaten kunnen houden.'

'Je zei net dat je niet wist wat er hier allemaal gebeurt.'

Ze haalde haar schouders op. 'Ik heb achttien jaar op de JH gewoond. Ik heb wel wat opgepikt.' Haar wenkbrauwen fronsten terwijl ze rondkeek over het landgoed. 'Nu ben ik terug en ik weet niet of mijn papa ooit weer zo gezond wordt dat ik kan vertrekken. Ik had mezelf wijsgemaakt dat het maar een paar weken zou duren. Dat ik misschien na een maandje weer naar mijn echte leven zou kunnen terugkeren. Huizen verkopen, uitgaan met vrienden, mijn planten en bloemen water geven. Nu heb ik geen baan. Al mijn planten zijn dood en ik zit hier nog vast tot eind juni. Op zijn minst. Juni is de castratiemaand.' Haar mondhoeken hingen omlaag en ze rilde. 'God, ik haat castreren.'

'Goed om te weten.'

Ze lachte terwijl het paard haar hoofd over het hek hing. Een echte lach dit keer. Het soort lach dat zijn huid deed tintelen en waardoor hij haar wilde kussen. Gewoon daar en nu, onder de ogen van een half dozijn cowboys. Bij klaarlichte dag. Terwijl hij nog altijd zonder reden humeurig was.

'Maak je geen zorgen, makker. Ik vind jouw ballen toevallig leuk.'

Hij keek haar aan. Naar haar opgetrokken roze mondhoeken en roze blosjes. Hij kon zich niet herinneren of de roze blosjes van een vrouw hem ooit eerder echt waren opgevallen. De roze blosjes op haar billen misschien. Hij kon zich ook niet meer herinneren waarom ze hem lichtelijk geïrriteerd had. 'Er zijn ook wel een paar dingen aan jou die ik leuk vind.'

Een blonde wenkbrauw kwam omhoog en ze draaide zich om richting de veekraal. 'Welk paar?'

Het paar dat zijn handen vulde en mooi op en neer deinde als ze hem bereed. Hij glimlachte. 'Je blauwe ogen.'

'Ja ja.' Sadie keek op en kroelde over de zijkant van Maribells hoofd onder het blauwe halster. 'Volgens Tyrus word je weer moeder. Gaat het goed, Maribell?'

Het paard knikte, alsof het antwoordde.

'Diamond Dan is een onbeschofte eikel. We vinden hem vreselijk, nietwaar?' Het paard knikte niet en Sadie klopte op haar neus.

Vince leunde met zijn heupen tegen het hek en sloeg zijn armen over het T-shirt dat zijn borst bedekte. 'Ik weet niets over paarden fokken, maar had er niet iets van beveiliging moeten zijn? Waarom was je vader er zo dichtbij dat hij een trap kon krijgen?'

'Omdat hij vastgeroest is in de manier waarop hij dingen doet.' Sadie deed haar zonnebril af en zette hem boven op de rand van haar hoed. 'Heb je ooit gezien hoe paarden worden gedekt? Op de ouderwetse manier?'

'Niet persoonlijk. Misschien als kind op televisie.'

'Het gaat er ruw aan toe. De merrie wordt vastgebonden en de hengst zit aan touwen. Hij beklimt haar van achteren en dan volgt er een hoop gekrijs en geworstel.'

Dat klonk als een aantal vrouwen die hij had gekend. Hij keek in de grote zwarte ogen van het paard, in haar glanzend zwarte hoofd. Ze leek niet te hebben geleden. 'Misschien heeft ze het graag een beetje ruw.' In het wild werden merries ook besprongen. Het kon niet zo erg zijn voor de merries, anders zouden ze wel wegrennen. En geen enkele hengst kon een bewegend doelwit bespringen.

Sadie schudde haar hoofd en haar paardenstaart zwiepte over haar schouders en rug. 'Ze vond het vreselijk.'

'Ik zou je ook kunnen laten gillen als ik je vastbond.' Hij trok een wenkbrauw op. 'Jij zou het ook niet erg vinden.'

Ze keek naar hem op van onder de schaduw van haar hoed. 'Wat een slechte tekst.'

Hij haalde nonchalant zijn schouders op.

Ze draaide haar hoofd opzij en beet op haar lip om niet te glimlachen. 'Je bent militair, dus ik neem aan dat je recht kunt schieten?'

'Heb je het over wapens?' Hij had ervaring met verschillende soorten, afhankelijk van de situatie, maar zijn voorkeur ging uit naar de automatische colt. Die was tot op drie centimeter nauwkeurig op 25 meter en bevatte acht dodelijke kogels.

'Geweren. Het leek me leuk om kleiduiven te schieten.'

Hij hield zijn hoofd schuin om zeker te weten dat hij haar goed had verstaan en liet zijn blik naar haar mond zakken. 'Kun je schieten?' Het laatste geweer dat hij had vastgehouden was een korte versie geweest, met een pistoolhandgreep.

'Is de kont van een kikker waterproof?' Ze rolde met haar ogen. 'Ik kom uit Texas en ben opgegroeid op een ranch.' Ze duwde haar bril terug op haar neus. 'Kleiduivenschieten was een van de dingen die ik met mijn papa deed.'

Een mooie vrouw die goed was in bed en die niets anders van hem wilde dan seks? Een vrouw die een geweer kon laden en schieten, en die ook nog eens een prachtig lijf had? Was hij soms in de hemel beland?

'Ik dacht omdat het voordelendeel van onze vrienden-met-voordelensituatie wel snor zat...' Ze legde haar hand op de letters van haar T-shirt. 'Dat vind ik tenminste. Daarom leek het me leuk om aan het vriendendeel te werken.'

Waren ze dat? Vrienden met voordelen?

'Wil je vrienden zijn?'

'Natuurlijk. Waarom niet?'

'Heb je ooit mannelijke vrienden gehad?'

'Ja.' Ze sloeg haar ogen op alsof ze aan het tellen was. 'Eh, nee. Niet echt.' Ze keek hem weer aan. 'En jij? Ben jij wel eens vrienden geweest met een vrouw?'

'Nee.' Hij liet zijn hand over haar middel glijden en trok haar naar zich toe. Hij dacht niet dat het kon, maar hij vond haar beter gezelschap dan wie dan ook in de stad. Dus waarom niet? 'Misschien kan ik het met jou proberen.'

Hoofdstuk veertien

Sadie kroop uit bed en stapte over haar zwarte kanten broekje, dat op de grond lag. Een glimlach speelde om haar lippen terwijl ze haar ochtendjas pakte en terugdacht aan hoe Vince de avond ervoor haar onderbroek omlaag had getrokken. 'Je hebt niets gezien van mijn setje,' had ze geklaagd terwijl ze naar zijn gesp greep.

'Ik heb het wel gezien,' had hij geantwoord, met een stem ruig van lust terwijl hij haar op het bed duwde. 'Ik ben gewoon meer geïnteresseerd in wat eronder zit.'

Het mocht een wonder heten dat ze het hadden volgehouden tot na het kleiduivenschieten voordat ze elkaar de kleren van het lijf scheurden. Een frustrerend, seksueel geladen wonder.

Ze stak haar armen in de mouwen van paarse satijn en strikte de band om haar middel. Ze was competitief, maar Vince was supercompetitief. Dat had ze eigenlijk ook wel kunnen weten. Hij had de eerste twee kleiduiven gemist, maar zodra hij gewend was aan de lange loop en zijn schoten had aangepast, was hij dodelijk nauwkeurig. Hij had eenenveertig van de vijftig duiven geraakt.

Sadie schoot al kleiduiven zo lang als ze zich kon herinneren. Ze was een beetje roestig, en dat verklaarde haar score van 33.

Ze liep naar de badkamer en keek naar zichzelf in de spiegel boven de wastafel. Haar haar was een warboel door de handen van Vince en ze zag er vreselijk uit. Ze was weer in slaap gevallen voor hij vertrok, en ze was blij dat hij er niet was nu ze er zo angstaanjagend uitzag.

Met nog wat kleine oogjes liep ze via de overloop en de achtertrap naar de keuken. De zoom van haar ochtendjas flapperde tegen haar kuiten en bij de laatste tree bleef ze stokstijf staan.

'Nog wat koffie, Vince?'

'Nee dank u, mevrouw.'

'O, ik heb toch al gezegd dat je me Clara Anne moet noemen.'

Sadie zette haar blote voeten op de houten vloer en keek met half dichtgeknepen ogen naar de vrolijke ontbijthoek. In het gouden ochtendlicht zat daar Vince aan de tafel, met de restanten van een uitgebreid ontbijt voor zich.

Dat was wat ongemakkelijk en gênant.

'Goedemorgen,' zei ze, en ze trok haar jas wat steviger dicht.

Vince keek op. Hij leek er totaal niet mee te zitten. 'Hallo.'

'Kijk eens wie ik heb betrapt,' zei Clara Anne terwijl ze in een kastje greep en een koffiemok tevoorschijn haalde.

Dat was vast een retorische vraag want hij zat aan tafel. Ze pakte de mok aan van Clara Anne en schonk koffie in. Ze was wel vaker in het gezelschap van mannen ontwaakt, maar de aanblik van Vince bracht haar van haar stuk. Misschien kwam het omdat hij een voordelenman was. Misschien was het omdat nu iedereen op de JH wist dat hij was blijven slapen. Of misschien omdat hij er zo verdomd goed uitzag en zij zo vreselijk. Als ze het had geweten, had ze op zijn minst haar haar gekamd.

'Heb je ontbijt gemaakt voor Vince?' vroeg ze terwijl ze een flinke hoeveelheid melkpoeder met hazelnootsmaak in de mok schepte. Clara Anne maakte nooit ontbijt.

'Hemel nee. Carolynn is hem een bord komen brengen.'

Fantastisch. Ze waren vast al haar bruiloft aan het plannen. Ze zette de mok aan haar lippen en blies erin. Haar blik ontmoette die van Vince terwijl ze een grote slok nam. Ze herkende de blik in zijn ogen en ineens wist ze weer dat ze niets aanhad onder haar ochtendjas.

'Ik moet gaan,' zei hij terwijl hij zijn servet op de tafel gooide en opstond. 'Prettig om te hebben kennisgemaakt, Clara Anne. Zeg Carolynn dat ik haar ontbijt erg lekker vond.'

'Dat zal ik doen, en je bent altijd welkom hier.' Clara Anne omhelsde hem en hij klopte haar twee keer op de rug. 'Je bent bijna zo groot als Texas.'

Hij keek naar Sadie, die haar schouders ophaalde en een slok koffie nam. Tja, dit was Texas. Bij de inboorlingen. En de inboorlingen omhelsden graag.

Clara Anne liet hem los en hij liep naar Sadie en nam haar vrije hand. Zonder haar koffie te morsen liep ze met hem naar de voordeur. 'Ik ben in slaap gevallen. Sorry. Ik weet niet waarom dat gebeurde. Het gebeurt nooit,' zei hij in de deuropening. 'En toen werd ik betrapt, als een dief in de nacht.'

'En Clara Anne dwong je om een ontbijt te eten?'

'Ze bood het aan en ik had honger.' Hij glimlachte. 'Ik had trek gekregen na gisteravond.'

'En je was doodop?'

'Ja. Sorry.'

'Geeft niet. Het is wel goed. Behalve dan dat jij er goed uitziet en ik als een verlopen kat.'

Hij kuste het warrige deel van haar haar. 'Dat is het lastige aan jou, Sadie. Je ziet eruit als een verlopen kat en toch wil ik je uitkleden.' Hij hief zijn hoofd en greep naar de deurknop achter zich. 'Ik zie je.'

Ze knikte en deed een stap naar achteren. 'Misschien kom ik straks nog even langs bij de Gas and Go.'

'Doe dat. Misschien mag je dan met de sloophamer spelen.'

Hij deed de deur open en stapte naar buiten. 'Of ik zet je aan het werk om oude vinyltegels uit de jaren vijftig van de vloer te peuteren.'

'Jasses. Ik sms wel eerst om te vragen of je daar al mee klaar bent.' Ze zei hem gedag en deed de deur achter hem dicht. Daarna leunde ze ertegen en zuchtte. Ze nam een slok en bedacht dat ze twee keuzes had. Naar boven gaan en douchen of terugkeren naar de keuken en Clara Anne ervan proberen te overtuigen dat er geen bruiloft in de planning zat. Ze koos voor de makkelijke weg en liep de trap op. Ze sprong onder de douche en waste haar haar. Ze scrubde zichzelf en poetste haar tanden boven de wastafel. De afgelopen dagen had haar vader steeds meer over de ranch verteld en over de dag dat hij er niet meer zou zijn. Ze wilde dat hij niet zo praatte. Het gaf haar een beklemmend gevoel op haar borst. Niet alleen omdat ze niet klaar was voor de verantwoordelijkheid van de JH, maar omdat ze er niet aan wilde denken dat haar vader er niet meer zou zijn. Op de ranch. Druk met zijn paarden. Humeurig, chagrijnig.

Haar anker.

Ze föhnde haar haar en trok een blauwe zomerjurk aan over haar witte beha en onderbroek. Ze kon wel even langs de winkel rijden en wat bloemen kopen om de boel op te vrolijken. Niet dat het ooit iets leek uit te maken.

Terwijl ze mascara aanbracht op haar wimpers, boven en onder tot ze dik en vol waren, ging de telefoon. Ze was dan wel geen schoonheidskoningin zoals haar moeder, maar ze besteedde wel extra veel aandacht aan haar wimpers en haar.

'Sadie Jo,' riep Clara Anne van onder aan de trap. 'Het is voor jou. Het is het ziekenhuis in Amarillo.'

Ze legde de mascara neer en liep door de gang naar haar slaapkamer. Het kwam wel vaker voor dat een van de artsen haar 's ochtends belde na zijn ronde. 'Hallo.' Ze ging op haar onopgemaakte bed zitten. 'Sadie hier.'

'Dit is dokter Morgan,' zei de geriater.

'Hallo dokter. Hoe gaat het vanochtend met mijn vader?'

'Toen de verpleegkundige van de ochtenddienst vanochtend bij hem ging kijken, reageerde hij niet.'

Reageerde hij niet? 'Is hij weer heel erg moe?'

'Het spijt me. Hij is er niet meer.'

'Is hij weg? Waar is hij heen?'

'Hij is overleden.'

Overleden? 'Wat!'

'Hij is in zijn slaap gestorven tussen drie uur 's nachts, toen de nachtzuster hem nog heeft gecontroleerd, en zes uur vanochtend.'

'Wat?' Ze knipperde en slikte. 'Hij voelde zich gisteren nog beter.'

'Het spijt me. Is er iemand bij je? Is er iemand die je vandaag naar het ziekenhuis kan rijden?'

'Mijn vader is overleden? Alleen?'

'Het spijt me. We kunnen de doodsoorzaak pas achterhalen als er een autopsie is gedaan. Maar hij is vredig gegaan.'

'Vredig.' Haar gezicht tintelde. Haar handen voelden verdoofd en haar hart voelde verkrampt en alsof het in brand stond. 'Ik… ik weet niet wat ik nu moet.' Wat moest ze zonder haar vader?

'Heb je iets geregeld?'

'Waarvoor?'

'Kom maar hierheen, dan kun je met iemand van de leiding praten.'

'Oké.' Ze stond op. 'Dag.' Ze legde de telefoon neer op het nachtkastje en staarde ernaar. *Bonk-bonk-bonk*, bonsde haar hart in haar borst en hoofd en oren. Ze pakte haar slippers en tas en liep de trap af. Langs de muur met Hollowells. De dokter had het verkeerd. Haar vader was gisteren nog zichzelf geweest. Humeurig en ruzie zoekend. In orde.

Ze ging de voordeur uit naar haar auto. Misschien moest ze het Clara Anne vertellen. Clara Anne zou gaan huilen. Carolynn zou gaan huilen. Iedereen zou huilen en het nieuws zou zich hebben verspreid voor ze in Amarillo was. Ze wilde het voor zich houden. Nog even voor zichzelf houden. Tot ze met de art-sen had gesproken. Tot ze wist... Ze wist niet goed wat.

Countrymuziek schalde uit de speakers toen ze de motor in-schakelde. Ze zette het geluid zachter en reed richting Amarillo. Haar vader kon niet dood zijn. Had ze dat niet moeten weten? Had ze dat niet op de een of andere manier moeten voelen? Moest de wereld niet anders zijn? Er anders uitzien?

Haar mond voelde droog en ze nam een slok van een beker oude cola light die nog in de bekerhouder stond. Er was een vreemd, hoog piepend geluid in haar oren. Alsof er krekels in haar hoofd zaten. Haar vingers tintelden en ze vroeg zich af hoe het kwam dat de bloemen langs de kant van de weg niet ver-lepten en stierven, net zoals zij vanbinnen deed.

Ze reed door Lovett, langs de Gas and Go. De pick-up van Vince stond achter naast de afvalcontainer. Had ze hem een uur geleden nog gezien? In haar keuken? Aan het ontbijt? Het leek alsof het veel langer geleden was. Eerder een week. Een leven lang. Toen haar leven nog heel was.

Voor haar wereld was ingestort.

Vince stak de stekker van het koffiezetapparaat in het stopcon-tact in het kantoor en drukte op het aan-knopje. Het meeste sloopwerk zat erop en hij kon aan de renovatie beginnen.

Een zacht geritsel trok zijn aandacht naar de deur. Daar stond Sadie. Sleutels in een hand en een paar slippers in de ander.

'Ben je van gedachten veranderd over de tegels?' vroeg hij.

Ze keek hem aan en likte aan haar lippen. 'Ik wil een cola.'

Hij keek haar aan, van de kruin van haar blonde haar tot de tenen van haar blote voeten. Er was iets mis met haar. 'Ik heb de colatap weggedaan en een nieuwe besteld.'

'Dan neem ik wel een blikje.'

Er klopte iets niet. 'Ik heb de koelkasten leeggehaald en ze ontkoppeld. Alles staat in een hoek van de opslagruimte.'

'Dat is niet erg. Ik haal er wel een.'

'Wil je warme cola?'

Ze knikte en likte opnieuw aan haar lippen. 'Mijn vader is vannacht gestorven.' Ze schudde haar hoofd. 'Vanochtend, bedoel ik.' De sleutels rammelden in haar hand en haar wenkbrauwen kwamen omlaag. 'Het ziekenhuis belde. Ik moet dingen gaan regelen.' Haar wenkbrauwen kwamen lager te staan, alsof ze niets meer begreep. 'Geloof ik.'

Hij liet zijn hoofd zakken en keek haar aan. 'Ben je komen rijden, Sadie?'

Ze knikte. 'Ik heb een droge mond.' Haar ogen stonden wijd, met de wezenloze blik van iemand die diep in shock is. Hij kende die blik. Hij had hem gezien bij geharde soldaten. 'Heb je water?'

Hij pakte zijn koffiebeker en vulde die met water uit de kraan. Hij nam de sleutels en slippers van haar aan en gaf haar het water. 'Het spijt me van je papa.' Hij legde haar spullen op het oude bureau en liep naar haar terug. 'Ik heb hem niet gekend, maar iedereen die over hem spreekt, heeft goede dingen te zeggen.'

Ze knikte en dronk de beker leeg. 'Ik moet gaan.'

'Wacht even.' Hij pakte haar hand en legde zijn vingers op haar pols. 'Nog niet.' Hij keek op zijn horloge en voelde haar hartslag. 'Heb je een licht gevoel in je hoofd?'

'Wat?'

'Is er iemand uit je familie die je naar Amarillo kan rijden?' Haar hartslag was snel, maar nog niet gevaarlijk hoog. 'Een van je tantes of nichten of ooms?'

'Mijn vader was enig kind. Mijn ooms en tantes zijn van mijn moeders kant.'

'Kan een van hen je rijden?'

'Waarom?'

'Omdat je niet moet rijden als je in shock bent.' Hij liet haar hand los en pakte haar slippers en sleutels van het bureau. 'Ik rijd je wel.'

'Dat hoeft niet.'

Hij ging op een knie zitten en schoof haar slippers aan haar voeten. 'Ik weet dat het niet hoeft.' Hij stond op en legde zijn hand op haar taille.

Ze schudde haar hoofd. 'Het gaat wel.'

Ze was niet hysterisch, maar verder ging het zeker niet. Ze liepen door de gang, haar schoenen klapten zachtjes tegen haar voetzolen. 'Brengt Clara Anne iedereen op de hoogte?'

'Ik weet het niet.' Ze stopten en hij haalde een stel sleutels uit zijn broekzak. 'Misschien moet ik het haar maar zeggen.'

Vince keek over zijn schouder naar Sadie terwijl hij de achterdeur van de Gas and Go op slot deed. 'Heb je niets gezegd voor je vertrok?'

Sadie schudde haar hoofd. 'Ze zou maar vragen hebben gesteld en ik weet nog niets.' Samen liepen ze naar zijn pick-up en hij hielp haar in de passagiersstoel. 'Ik bel haar wel uit het ziekenhuis als ik iets meer weet.'

Vince pakte een fles water uit de koelbox achterin, liep naar de andere kant en klom naar binnen. Hij startte de auto en gaf haar het water, waarbij hij Sadies gezicht bestudeerde. Ze zag er wat bleek uit, die typische tint shockwit. Haar blauwe ogen waren droog, en daar was hij dankbaar om. Hij kon niet tegen huilende vrouwen en kinderen. Het was een cliché, dat wist hij, maar hij stond liever tegenover een meute opstandelingen van de taliban. Tegen terroristen kon hij iets beginnen, maar huilende vrouwen en kinderen gaven hem een hulpeloos gevoel.

Hij reed de parkeerplaats af en vroeg het adres van het ziekenhuis. Ze gaf het en hij toetste het in op zijn navigatiesysteem. Stilte vulde de auto terwijl ze de fles opendraaide. Hij wist niet wat hij moest zeggen dus hij wachtte tot zij zou praten, zodat hij kon antwoorden. Hij reed een eindje door de stad en draaide de snelweg op. Toen ze eindelijk iets zei, was het niet wat hij verwachtte.

'Ben ik de enige vrouw met wie je op dit moment naar bed gaat?'

Hij keek haar aan en keek toen weer naar de weg. 'Wat?'

'Het is niet erg als ik het niet ben.' Ze nam een slok. 'Ik vraag het me gewoon af.'

Niet erg? Zijn reet. Wat een vrouw ook zei, zoiets was nooit 'niet erg'. 'Wil je dáárover praten?'

Ze knikte. 'Het is een uur rijden naar Amarillo, Vince, en ik wil het nu niet over mijn papa hebben.' Ze legde een hand op haar borst alsof ze alles binnen probeerde te houden. Ze haalde diep adem en blies die langzaam uit. 'Ik kan het niet. Nog niet. Niet zolang ik nog niet alles weet.' Haar stem klonk aarzelend en leek te breken. 'Praat met me zodat ik er niet aan hoef te denken dat mijn papa helemaal alleen is gestorven, zonder mij erbij. Praat. Het maakt niet uit waarover.'

Shit. 'Nou,' zei hij terwijl hij achteromkeek naar de snelweg. 'Je bent de enige vrouw in een heel lange tijd bij wie ik heb geslapen.' Hij kon nog altijd niet geloven dat hij in haar bed in slaap was gevallen. Dat had hij niet laten gebeuren sinds hij weg was bij de SEAL's. En alsof dat nog niet erg genoeg was, was hij betrapt als een stout kind. 'En op dit moment ben je ook de enige vrouw waar ik het mee doe.'

'O.' Ze keek uit het raam en draaide de dop weer op de fles. 'Op dit moment ben jij ook de enige man waar ik het mee doe.' Ze was even stil, voegde eraan toe: 'Voor het geval je het je afvraagt.'

'Dat deed ik niet. Ik wil je niet beledigen, schat, maar ik heb een aantal van de vrijgezelle mannen die Lovett te bieden heeft ontmoet.'

Ze keek omlaag en glimlachte bijna. 'Er zitten een paar goeie jongens tussen. Niet dat ik daar iets mee wil. Vooral omdat ik ze bijna allemaal al ken sinds de lagere school en nog weet dat ze vroeger in hun neus peuterden.' Haar mondhoek trilde alsof ze even was vergeten waar ze heen gingen en waarom, en het ineens weer wist. 'Goddank heb ik het nooit met een van hen gedaan.'

Dat verraste hem enigszins. Misschien omdat hij tijdens zijn jeugd in verschillende stadjes had gewoond en er niet veel anders te doen was geweest dan rollebollen in het hooi. 'Geen één?'

Ze schudde haar hoofd. 'Mijn eerste keer was toen ik al studeerde.'

'Hoe heette hij?'

'Frosty Bassinger.' Haar stem trilde.

'*Frosty?*' Hij grinnikte. 'Je hebt het voor het eerst gedaan met een vent die Frosty heet?'

'Eigenlijk heette hij Frank.' Ze draaide de dop open en nam een slok van de fles. 'Hoe oud was jij?'

'Zestien. Zij was achttien en ze heette Heather.'

Sadie verslikte zich. 'Zestien? En je vriendin was achttien? Dat is illegaal.'

'Ik nam het initiatief en ze was niet mijn vriendin.'

'Je was op je zestiende al geen man voor relaties?'

Hij keek haar glimlachend aan. 'Ik heb een paar vriendinnetjes gehad op high school.'

'En daarna?'

Hij keek naar haar. Naar de platte vlakten van Texas achter haar, het groene en bruine gras in het raam achter haar hoofd. Naar de wanhoop in haar ogen, die hem smeekten om te praten. Om te blijven praten zodat ze niet aan haar papa hoefde te denken en aan de werkelijkheid van wat haar te wachten stond in Amarillo. 'Niet echt sinds ik bij de SEAL's ging.' Hij was nooit goed geweest in kletsen of praten om het praten. Maar hij wilde het wel proberen als het haar afleiding bezorgde. 'Ik ken niemand die nog in zijn eerste huwelijk zit, maar wel een hoop kerels die aan hun derde bezig zijn. Goeie jongens. Solide.' Hij voegde uit naar de linkerrijstrook en passeerde een Nissan. 'Het scheidingspercentage onder SEAL's ligt rond de negentig procent.'

'Maar je zit nu niet meer in het leger. Al vijf jaar niet meer.'

'Bijna zes.'

'En je bent nooit verliefd geweest?'

'Natuurlijk.' Hij liet zijn pols over het stuur hangen. 'Een paar uur.'

'Dat is geen liefde.'

'Nee?' Hij keek haar aan en begon haar te ondervragen. 'Heb jij ooit een echt serieuze relatie gehad? Ben je ooit verloofd geweest?'

Ze schudde haar hoofd en zette de fles in de bekerhouder. 'Ik heb relaties gehad, maar niemand heeft er ooit een ring aan verbonden.' De angst droop uit haar vingers en ze trommelde op het dashboard. 'Ik ga uit met emotioneel onbeschikbare mannen, net als mijn vader, en probeer ze van me te laten houden.'

'Heeft een psychiater je dat verteld?'

'Televisieprogramma's.'

Hij had dat soort programma's nooit gezien, maar er was wel een psychiater geweest die hem had verteld waarom hij wegliep voor relaties. 'Ik sta schijnbaar niet goed in contact met mijn diepste gevoelens.' Hij keek haar kort aan, en toen weer naar de weg.

'Heeft een vrouw dat gezegd?'

'Ja. Een psychiater van de marine.' Hij voelde dat ze hem aankeek. 'Een verdomd slimme vrouw.'

'Waarom sta je niet in contact met je emoties?'

Hij was bereid haar af te leiden... tot op zekere hoogte. Die hoogte omvatte niet in zijn hoofd of zijn verleden graven. 'Dat is makkelijker.'

'Dan wat?'

Dan leven met het schuldgevoel. 'Gaven die televisieprogramma's ook tips over hoe je emotioneel onbeschikbare mannen moest vermijden?'

'Ze vertelden me wat de waarschuwingssignalen waren.'

'Heb je geluisterd?'

Sadie bestudeerde het profiel van Vince vanuit de passagiersstoel van zijn grote pick-up. Zijn krachtige kaak en wangen waren bedekt met donkere stoppels. Hij had zich niet geschoren sinds vanochtend, maar hij zag eruit alsof hij had gedoucht en hij had andere kleren aan. 'Het feit dat ik met jou omga zou het overduidelijk moeten maken dat ik niet heb geluisterd.' Vlak onder haar huid kon ze haar pijn en verdriet voelen. Het was zo dichtbij. Ze kon het zo naar buiten laten als ze het toeliet.

'Overduidelijk.'

Ze keek uit het raam naar de stoffige vlakten van Texas. Haar papa was dood. Dood. Het kon niet. Hij was te humeurig om dood te gaan.

Het halfuur daarna probeerde Vince te voldoen aan haar verzoek om te praten. Hij kletste niet aan één stuk door, maar maakte een paar opmerkingen over Texas en Lovett. Telkens als de stilte haar op de rand van de afgrond bracht, trok zijn stem haar terug. Ze wist niet goed waarom ze naar de Gas and Go was gegaan. Ze had naar Amarillo kunnen rijden, maar ze was dankbaar voor zijn sterke, solide aanwezigheid.

Bij het ziekenhuis legde hij zijn hand op haar onderrug en liepen ze samen door de schuifdeuren. Hij wachtte met de verpleegkundige buiten op de gang bij haar vaders kamer terwijl zij naar binnen ging. De margrieten die ze de vorige dag had gebracht stonden nog op het kastje naast het bed, naast de antislipsokken die ze had meegenomen. Iemand had het laken tot aan het borstzakje van zijn pyjama getrokken. Zijn oude handen lagen naast zijn lichaam en zijn ogen waren dicht.

'Papa,' fluisterde ze. Haar hart klopte in haar borst en keel. 'Papa,' zei ze luider, alsof ze hem wakker kon maken. Maar terwijl ze het zei, wist ze dat hij niet sliep. Ze deed een stap dichter naar het bed toe. Hij zag er niet uit alsof hij sliep. Hij leek weggezonken... weg. Ze legde haar vingers in zijn koele hand.

Hij was weg, net nu ze hem begon te begrijpen.

Een traan gleed over haar wang. En nog een. Ze sloot haar ogen en stopte het weg tot haar borst pijn deed. 'Sorry papa. Er zijn er twee ontsnapt,' zei ze. Hij was haar anker geweest, en ze had niet eens geweten dat ze dat nodig had.

Ze liet haar hand uit die van haar vader glijden en depte haar wangen droog met een tissue van het nachtkastje. Zelfs nu ze in diepe rouw was, kon ze niet tegen zichzelf liegen. Hij was geen perfecte vader geweest, maar zij was ook geen ideale dochter. Hun relatie was vaak moeilijk geweest, maar ze hield van hem. Hield van hem met een diepe, zielverwoestende liefde. Ze hapte naar adem, voorbij de pijn in haar borst, en blies uit. 'Je hebt je best gedaan.' Dat begreep ze nu. Ze begreep het, door zijn eigen moeilijke verleden. 'Het spijt me dat je alleen was. Ik heb spijt van een hoop dingen.'

Ze kuste zijn koele wang. Er was geen reden om langer bij zijn bed te blijven. Hij was er niet meer. 'Ik hou van je, papa.' De emoties kropen op in haar keel en ze wist er nog een zwak 'Dag' uit te krijgen.

Ze liep de gang in en pleegde het moeilijke telefoontje naar de JH. Vince stond naast haar, met zijn hand op haar rug terwijl hij zachtjes met de verpleegkundigen praatte. Zoals verwacht, stortten de zussen Parton in, terwijl Snooks en Tyrus diepbedroefd waren maar niet verrast. Ze waren taaie, ouwe cowboys zoals Clive en zouden ervoor zorgen dat de JH soepel bleef lopen als altijd.

Ze wist niet hoe ze verder moest leven zonder haar anker, en in de vijf dagen erna leefde ze op de automatische piloot. Ze at weinig en sliep nog minder. Haar leven was een waas. Een dof, vaag waas van mensen die langskwamen op de JH en die herinneringen wilden ophalen aan haar vader. Een voortdurende stroom van stoofschotels en verhalen over Clive. Een mist van het kiezen van een kist en begraafkleren. Van het tekenen van documenten en het schrijven van een overlijdensbericht. Van het ontdekken dat haar vader was overleden aan hartfalen door trombose. Een ontmoeting met de notaris van het landgoed, de heer Koonz, de executeur van Clives testament.

Ze zat in het kantoor van de notaris en de geur van leer en houtwas vulde haar warrige hoofd. Ze zat er met vijf werknemers van haar vader en luisterde terwijl die elk vijftigduizend dollar kregen en een gegarandeerde baan zo lang als ze wilden. De notaris had het over een fonds voor een begunstigde zonder naam, waarvan Sadie vermoedde dat het bedoeld was voor haar eventuele kinderen.

De rest van het bezit ging naar Sadie. Alles van zijn oude Ford en verzekeringspolissen tot de JH zelf.

Er was een tijd geweest, nog maar een paar korte weken geleden, dat het gewicht van de verantwoordelijkheid haar verpletterd zou hebben. Het verpletterde haar nu ook, maar minder. De JH voelde nu meer als een anker dan als een strop.

Hij liet een brief achter voor Sadie. Kort en bondig:

Ik vond het nooit makkelijk om te praten. Ik hield van je mama en ik hield van jou. Ik was niet de beste papa en daar heb ik spijt van. Laat de mensen van de begrafenisonderneming geen make-up op me doen en hou het deksel van de kist dicht. Je weet dat ik er een hekel aan heb als mensen staren en roddelen.

En al die tijd was Vince er. Zijn sterke, solide aanwezigheid als ze hem het meest nodig leek te hebben. Hij had haar geholpen met het uitzoeken van haar vaders spullen, en had haar de volgende dag naar de begrafenisondernemer gereden. Maar meestal was hij 's nachts bij haar geweest. Als iedereen weg was. Als het huis te rustig was. Als ze alleen was met haar eigen gedachten en het verdovende verdriet haar dreigde te overspoelen. Hij kwam en drukte zijn lichaam tegen dat van haar. Zijn solide warmte verjoeg de kilte uit haar botten. Het ging niet om de seks. Het leek eerder of hij kwam kijken hoe het met haar ging en dan een paar uur bleef.

Hij beging nooit meer de fout dat hij in haar bed in slaap viel en als ze na een rusteloze nacht in de duisternis wakker werd, was hij altijd verdwenen.

Hoofdstuk vijftien

Het leek wel alsof alle inwoners van het noordwesten van Texas waren komen opdagen voor de begrafenis van Clive Hollowell. Rouwgasten uit Denver en Tulsa en Laredo zaten dicht opeen op de banken van de grootste baptistenkerk van Lovett. Net als veel baptisten uit het Zuiden was Clive op zijn vierde jaar gedoopt nadat hij een geloofsverklaring had afgelegd. Maar afgezien van de begrafenis van zijn vrouw kon niemand zich herinneren ooit het lange lijf van Clive te hebben gezien in de First Baptist Church op de hoek van Third en Houston. Maar in de loop der jaren was de kerkkas wel gespekt met Hollowell-geld. Geld dat was bedoeld voor uitbreidingen en renovaties, en de nieuwe vijftien meter hoge spits en een carillon.

Predikant Grover Tinsdale hield de preek, waarbij hij zoals gebruikelijk de nadruk legde op zonde en zielen en dat God Zijn zoon Clive nu opnieuw verwelkomde. Nadat de predikant was gaan zitten, liep Sadie naar de preekstoel voor de grafrede. Natuurlijk zou ze die geven, daar kon geen twijfel over zijn. Ze was een Hollowell. De laatste Hollowell. Ze stond op de verhoging in haar zwarte, mouwloze kokerjurk, haar haar naar achteren en met droge ogen.

De kist van haar vader, gemaakt van eenvoudig dennenhout en met het brandmerk van de JH erop, zoals dat hoort voor een oude cowboy, stond iets lager. Net als alle oude cowboys was haar papa begraven met zijn laarzen aan. Zoals hij had gewild, had Sadie geëist dat de kist werd gesloten, en het deksel was versierd met een bloemstuk van zonnebloemen en asters, margrieten en gentiaan, die allemaal in het wild groeiden op de JH.

In schril contrast met de eenvoudige kist stond de voorste helft van de kerk bomvol met overdadige bloemstukken. Kruisen en kransen en boeketten verdrongen zich rond grote foto's van Clive en zijn paarden. Sadie stond boven al die pracht en sprak met heldere stem over haar vader. De gezusters Parton zaten luidruchtig huilend in de voorste bank, en ze wist dat sommige mensen in de parochie haar zouden veroordelen. Ze zouden haar heldere stem horen en haar droge ogen zien en fluisteren dat ze een ongevoelige, kille vrouw was. Een ondankbare dochter die zijn kist had gesloten zodat mensen geen afscheid konden nemen zoals dat hoorde.

Ze sprak over hoe haar vader had gehouden van het land en van de mensen die voor hem werkten. Ze sprak over zijn liefde voor de paarden die hij fokte. Volwassen mannen en vrouwen huilden openlijk, maar ze plengde geen enkele traan.

Haar vader zou trots zijn geweest.

Na de dienst in de kerk volgde nog een dienst naast het graf op het Holy Cross Cemetery. Clive werd begraven bij generaties Hollowells en naast zijn vrouw. Na afloop werd de JH opengesteld voor de rouwgasten. De tweeling en tientallen andere leden van de First Baptist Church smeerden sandwiches met komkommer en kipsalade. Ze hadden eettafels neergezet onder tenten op het grasveld, en de vrouwen van Lovett arriveerden met begrafenisvoedsel. Gerechten waarvan de recepten al generaties lang werden doorgegeven stonden op de tafels. Er was gebakken kip en er waren allerlei soorten stoofschotels, salades en vijf soorten ingelegde eieren, groenten en broden, en een hele tafel met alleen maar desserts. Alles werd weggespoeld met zoete thee en limonade.

Iedereen was het erover eens dat de dienst prachtig was geweest en een geweldig eerbetoon voor iemand van Clives standing en reputatie. En natuurlijk stond het buiten kijf dat geen enkele begrafenis geslaagd was zonder een paar relletjes. Het eerste was natuurlijk Sadie Jo's emotionele afstandelijkheid terwijl de echte rouwgasten elkaar huilend om de nek vielen. Ze had het ongetwijfeld te druk met het tellen van haar erfenis om echt te rouwen. Het tweede relletje vond plaats toen B.J. Henderson verklaarde dat de huisgemaakte relish van Tamara Perdue lekkerder was dan die van zijn vrouw Margie. Iedereen wist dat Tamara een beruchte mannensteelster was. Margie ontplofte door B.J.'s uitspraak en de relish van Tamara kreeg per ongeluk een overdosis tabasco te verwerken.

'Waar is die jongeman van jou?' gilde tante Nelma van de andere kant van de salon naar Sadie, die bij de haard aan haar ijsthee stond te nippen en de dag probeerde door te komen.

Ten eerste was Vince niet die jongeman van haar. Hij was haar vriend met voordelen. Hij was de afgelopen vijf dagen een geweldige vriend geweest, maar bleef een VMV. Als ze zichzelf toestond om dat te vergeten, als ze ging verlangen naar zijn solide aanwezigheid in haar leven, al was het maar een seconde, dan zat ze diep, heel diep in de problemen. En ten tweede wist Sadie heel zeker dat Nelma 'haar oren in had' en dat ze niet hoefde te gillen. 'Vince is in de Gas and Go. Ik geloof dat hij vandaag aan het verven is.'

'Je hebt een handige jongeman,' zei ze, zo luid dat ze het twintig kilometer verderop konden horen. 'Het is altijd prettig om een man te hebben die dingen kan repareren en zo. Heeft hij een tandartsverzekering?'

Sadie had geen flauw idee of Vince verzekerd was voor de

tandarts, en ze zou dat waarschijnlijk ook nooit weten. Bovendien was er geen enkele reden waarom hij bij de begrafenis van haar vader zou moeten zijn. Vince had Clive niet gekend, en hoewel hij misschien zowel letterlijk als figuurlijk een steuntje in haar rug zou zijn geweest, was het beter als hij er niet bij was. Zijn aanwezigheid zou alleen maar een extra, sappiger reden voor roddels zijn geweest, en daar had ze geen behoefte aan.

Vince was zo lief geweest om haar op de dag dat haar vader was overleden naar Amarillo te rijden, en daarna naar de begrafenisonderneming, maar hij was niet haar vriend. Hoe aardig ze hem ook vond, ze mocht nooit vergeten dat hun relatie maar tijdelijk was, en zoals ze had ontdekt in de twee korte maanden dat ze nu in de stad was, was het leven veranderlijk en kon alles in een oogwenk anders zijn.

Haar leven was in elk geval veranderd. Ze had een hoop om over na te denken. Een hoop om te overpeinzen. Maar niet vandaag. Vandaag werd haar papa begraven. Ze moest gewoon de dag zien door te komen, van uur tot uur.

'Arm, arm weeskind.' Tante Ivella sloeg haar armen om Sadies nek. Ze rook naar haarspray en poeder. 'Gaat het een beetje?'

Ze had geen idee. 'Ja hoor.'

'Er droogt niks sneller dan een traan.' Ivella liet haar los. 'Het was een mooie dienst en er waren zoveel mensen. Lieve deugd, ze moesten zelfs een tweede boek halen.'

Sadie begreep niet zoveel van dat hele gedoe met gastenboeken op begrafenissen. Sommige mensen putten er misschien troost uit, maar ze kon zich niet indenken dat ze het ooit zou bekijken.

'Vergeet niet om wat te eten. Er is genoeg. Charlotte heeft haar kersentaart gebakken. Die ze normaal altijd met Kerstmis maakt.'

'Doe ik.' Ze nam een slok thee. 'Bedankt dat je er bent, tante Ivella.'

'Natuurlijk ben ik er. Je hoort bij de familie, Sadie Jo.'

Tientallen familieleden van de kant van haar moeder waren

langsgekomen om de laatste eer te bewijzen. De meesten hadden een stoofschotel of cake meegebracht en waren na een uur weer vertrokken. De oude tantes waren van plan tot het bittere eind te blijven.

'En hoewel Clive soms een lastige man was,' ging Ivella verder, 'was hij ook familie.'

Dat was een van de aardigste dingen die Ivella ooit had gezegd over haar overleden zwager. Sadie had heel bewust iedereen bedankt die naar de dienst en het huis was gekomen, maar ze wist zeker dat ze iemand had overgeslagen. Iemand die het komende decennium zou blijven praten over die misser.

Ze verontschuldigde zichzelf en liep de salon uit. Daar botste ze tegen oom Frasier en tante Pansy Jean. Het was even na vieren in de middag en Frasier moest nog op een droogje staan tot borreltijd. Hij maakte een lichtelijk misplaatste grap en Pansy Jean roddelde over de relishruzie tussen Margie en Tamara. 'Tamara Perdue ligt van nature horizontaal.'

Sadie bleef even staan maar liep toen gauw door naar de keuken en vulde haar glas met thee. Ze deed wat ijsblokjes in het glas en bewoog haar hoofd heen en weer. Ze kreeg kramp in haar nek van alle omhelzingen en haar voeten deden pijn van de tien centimeter hoge hakken. Ze vroeg zich af of het iemand zou opvallen als ze naar boven glipte en andere schoenen aantrok.

'Ik hoor dat je tijd doorbrengt met Vince.'

Sadie herkende de doorrookte stem voor ze zich omdraaide. 'Hallo, mevrouw Jinks.' Luraleen droeg een roze strokenrok en lange kralenoorbellen die tot op de magere schouders van haar T-shirt met het opschrift 'Fabulous Las Vegas' hingen. De oudere vrouw had een afgedekte schaal in haar handen. 'Ik wist niet dat je terug was.'

'Ik ben vanochtend thuisgekomen. Ik kwam alleen even gedag zeggen en een schaal met nacho's brengen, meer niet.' Ze duwde het in Sadies handen. 'Ik heb je papa altijd gemogen. Hij had respect voor iedereen.'

Sadie nam de schotel aan. 'Bedankt.' Ze had gelijk. Clive had respect getoond en had haar geleerd om iedereen met respect te behandelen. 'We hebben een heel buffet als je honger hebt.'

'Blijf je nu hier?'

'Ik weet het nog niet.' En zelfs als ze het wel wist, zou Luraleen Jinks wel de laatste zijn aan wie ze het zou vertellen. 'Ik heb nog even de tijd om het te bedenken.'

'Wacht niet te lang. Meisjes hebben minder lang de tijd dan jongens,' zei ze, haar stem klonk piepend en raspend. 'Je bent nu terug waar je hoort, maar nu is je papa weg.' Ze stak een magere vinger op. 'Je moet beseffen wat je plek is hier.'

Sadie glimlachte alleen maar en gaf de schotel in het voorbijgaan aan Carolynn. 'Bedankt dat je bent gekomen om afscheid te nemen.' Ze draaide zich om en fluisterde in het oor van de kokkin: 'Ik ga even liggen op mijn kamer.'

'Natuurlijk, liefje. Clara Anne en ik houden de boel hier wel in de gaten. Rust jij maar lekker uit.'

Zonder om te kijken liep ze de achtertrap op en over de overloop met de foto's van haar voorvaderen. Ze glipte haar kamer in en trapte haar schoenen uit. Ze wilde even wat rust en ging op de rand van haar bed zitten. Even wat rust, maar door het raam en via de trap bereikten stemmen haar kamer. Ze was doodop, maar nam niet de moeite om te gaan liggen. Ze wist dat slapen er nu niet in zat.

Ze stond op en liep over de overloop naar de gesloten deuren van haar vaders slaapkamer. Een paar seconden lang stond ze met haar handen op de doffe koperen deurknop. Toen haalde ze diep adem en deed de deur open. Sinds het overlijden van haar vader was ze hier maar één keer binnen geweest, namelijk op de dag dat ze zijn enige pak, overhemd en das was komen halen. Haar papa was een man van weinig woorden geweest, en nog minder persoonlijke bezittingen. Een oude quilt lag op het voeteneinde van het smeedijzeren bed. Op het oude houten dressoir stonden drie foto's: de Miss Texas-foto van Johanna, hun huwelijksfoto en Sadies eindexamenfoto. Boven de schoorsteen-mantel hing een foto van Captain Church Hill, een van zijn favoriete en meest succesvolle Tovero-hengsten. Captain Church Hill was tien jaar geleden gestorven.

De tranen drupten uit haar ogen en ze beet op haar trillende lip terwijl ze dacht aan haar vader en wat hij haar verteld had over de geschiedenis en de stamboom van zijn paarden. Hij had het nooit echt gehad over zijn jeugd op de JH. Ze had altijd gedacht dat dat kwam omdat hij knorrig en weinig mededeelzaam was. Dat klopte ook, maar ze wist nu ook dat hij was opgevoed door een opvliegende vader en dat hij zijn eigen onvervulde droom had gehad om 'king of the road' te worden.

Sadie schrok op van een geluid van beneden. Haar hart bonsde en ze deed een stap de kamer uit. Ze veegde de tranen van haar wangen.

Ze voelde zich als een emmer vol water. Ze kon niet in de gang naar de spullen van haar vader kijken en ze kon ook niet naar beneden. De gedachte aan nog meer thee en vriendelijk glimlachen was ondraaglijk.

Ze liep naar haar kamer en stak haar voeten in haar oude laarzen. Ze zette haar Stetson op en pakte haar zwarte tasje van het nachtkastje. De hakken van haar laarzen maakten een zacht, bonzend geluid op de hardhouten vloer van de gang en de trap-treden. Onderweg naar de voordeur liep ze langs meerdere mensen maar ze bleef niet staan om ze te begroeten. Ze liep gewoon door. Langs de rij geparkeerde auto's, over de onverharde weg. De hoed beschutte haar ogen tegen de late middagzon en ze liep verder. Angst en verdriet overmanden haar hart. Wat moest ze doen zonder haar vader? Wat moest ze met de JH? Ze hoefde niet op de ranch te wonen. Ze had meerdere keuzes. Ze kon zich gaan bezighouden met de dagelijkse bedrijfsvoering, ze kon de huidige ranchmanager en voormannen de boel helemaal laten overnemen of iets ertussenin. Maandagochtend had ze een afspraak met Dickie Briscoe, Snooks Perry en Tyrus Pratt. De ranchmanager en de twee voormannen wilden haar plannen en de opties met haar bespreken. Ze was nu de enige eigenaar van vierduizend hectare grond, een paar duizend koeien en een tiental geregistreerde raspaarden. Verder wist ze vrij zeker dat er nog een paar honden rondliepen en een hele meute boerderijkatten.

Een deel van haar wilde wegrennen, zoals altijd. In haar auto springen en het allemaal achter zich laten. Maar er was ook een deel, een nieuw en intrigerend deel, dat wilde blijven en wilde zien wat ze kon doen.

Een lichte bries blies door het wilde gras en het stof. Ze bleef midden op de weg staan en keek om naar het huis. Ze had ongeveer anderhalve kilometer gelopen. Ze moest maar eens terug.

'Iedereen zegt dat Sadie weggaat zodra ze het geld van haar papa binnen heeft.'

Vince keek op naar Becca. Hij had haar al bijna een week niet gezien. Hij dacht zelfs dat ze hem vergeten was. Maar helaas. 'Is dat wat iedereen beweert?'

'Ja.'

Hij gooide haar een koud blikje Dr. Pepper toe uit een koelbox die op de grond stond in het kantoortje van de Gas and Go. Vandaag had ze een kort schapenpermanentje. Een beetje vreemd, maar niet zo vreemd als het scheve kapsel van een paar dagen geleden. 'Ik weet niet wat haar plannen zijn.' Ze had ze niet met hem besproken.

'Heb je geen verkering met Sadie Jo?'

Hij knielde en rommelde in het diepste deel van zijn gereedschapskist, die in het midden van de kamer stond. Het renovatiewerk duurde langer dan hij had gepland. In plaats van te werken was hij op zoek geweest naar een appartement, en nu moest hij alles stilleggen en eerder dan verwacht naar Seattle vertrekken.

'Heb je dat niet?'

'Heb ik niet wat?'

'Verkering met Sadie Jo?'

Zijn seksleven ging Becca geen bal aan. 'Ik zou het geen verkering willen noemen.'

'Wat dan wel?'

Hij keek op naar de irritante eenentwintigjarige. 'Ik noem het mijn eigen zaken.'

Becca fronste en trok het blikje open. 'Ik heb wel gezien hoe je naar haar keek, Vince.'

'Wanneer?'

'Vorige week toen ik hier was en ze langskwam.' Ze leunde tegen de deuropening, waar een paar dagen eerder nog een deurpost had gestaan. Hij was niet van plan geweest de houten deuren en lijsten weg te halen, maar tientallen jaren in de sigarettenstank van Luraleen had de deuren gerookt als palingen, waardoor ze stonken als een bruin café. 'Er was een fonkeling in je ogen toen je haar zag.'

Dat was belachelijk. Als er al iets in zijn ogen te zien was geweest, dan was het lust. 'Ik doe niet aan fonkelingen,' zei hij tegen het meisje met glitter op haar oogleden. Hij zocht verder naar zijn waterpas en ging door: 'Ik heb nooit gefonkeld.'

'Je fonkelde echt wel.'

Zijn gezicht gloeide en hij zou bijna gaan denken dat hij zich schaamde. En dat sloeg helemaal nergens op. Hij schaamde zich nooit.

'Weet je nog toen we elkaar ontmoetten op de bruiloft van Tally Lynn?'

Dat zou hij niet zo snel vergeten. Hij stond op en pakte zijn gereedschapsgordel van het bureau.

'Ik dacht dat ik nooit meer iemand zou vinden na Slade.'

Hij sloeg de zachte leren riem om zijn middel. Jezus, wat deed ze dramatisch.

'Maar dat heb ik wel. Hij heet Jeremiah.'

Hij keek op en vroeg zich af waarom ze dacht dat het hem iets kon schelen. O ja. Ze dacht dat hij haar vader was.

'Dus ik zal wat minder vaak langskomen.'

De hemel zij geprezen.

'Dus blijft Sadie?'

Zelfs als hij wilde dat ze bleef, dan veranderde dat er niets aan dat ze altijd had gezegd dat ze meteen uit Lovett zou vertrekken als ze de kans kreeg. *Terug naar haar echte leven.* Het was een van de redenen dat hij haar vanaf het begin zo aantrekkelijk had gevonden. Nu waren er een hoop dingen aan haar die hij aantrekkelijk vond. Afgezien van de voor de hand liggende was ze slim en gehard. De afgelopen dagen was ze sterk gebleven, ondanks het verlies. In tegenstelling tot zijn eigen moeder, die altijd was ingestort als het misging, was Sadie blijven staan en had met kalme waardigheid afgewacht wat er ging komen. Dat vond hij prettig aan haar. Dat ze wegging was inmiddels een van de dingen die hij minder prettig aan haar vond. Toen hij net in de stad was, dacht hij dat hij een week, hooguit twee weken zou blijven. Soms overkwamen de dingen je gewoon of waren er, zoals Donald Rumsfeld zei, bekende bekenden, bekende onbekenden, en onbekende onbekenden. De pers had de vloer aangeveegd met de voormalige minister van Defensie om die uitspraak, maar voor een man als Vince, die was afgegaan op bekende onbekenden die vervolgens een bende onbekende onbekenden bleken te zijn, klonk het volkomen logisch. Hij hield van een goed uitgevoerd plan met bekende bekenden. Hij was complicaties graag voor. Hij zag problemen graag aankomen voordat een bekende bekende een bekende onbekende werd. Of erger. Een onbekende onbekende, waarbij er niets anders overbleef dan de boel op te blazen en alles neer te schieten wat bewoog. Gewoon afbranden die hap.

'Je bent een aardige vent en je verdient een aardige vrouw.'

Ze wist echt niet waar ze het over had. Hij was geen aardige vent. Hij had dingen gezien en gedaan waar hij met niemand buiten de teams over zou praten. Dingen die burgers nooit zouden begrijpen. Afschuwelijke dingen die in zijn ziel waren gebrand, maar waar hij ook geen spijt van had en die hij opnieuw zou doen als zijn land dat vroeg. Dingen die hij zou doen om zijn gezin te beschermen. Alleen had zijn gezin zijn bescherming niet meer nodig.

'Ik vind je echt geweldig, Vince.' Haar grote bruine ogen keken hem aan.

Zijn telefoon piepte en hij pakte hem uit zijn zak. Hij keek naar de tekst en las *Red me*. Er was een hoop te doen bij de Gas and Go. Hij had de hele dag naar appartementen gekeken en de afgelopen vier dagen had hij met Sadie doorgebracht. Hij lag achter met de renovaties. Hij zou vandaag nog een paar uur kunnen doorwerken. Hij *moest* vandaag nog een paar uur door-werken voor hij over een paar dagen naar Seattle vertrok. Door dat onverwachte tripje zou hij nog verder achteropraken, wat hem geld ging kosten.

Vince had bijna net zo'n hekel aan geld kwijtraken als aan onbekende onbekenden en bij mensen in de schuld staan.

Hij liet de telefoon in het zijzakje van zijn broek glijden. 'Het is al laat,' zei hij. 'Tijd om naar huis te gaan.' Hij duwde Becca met zachte hand naar de achterdeur en sprong in zijn pick-up. Onderweg naar de JH stond hij er maar liever niet bij stil waar-om hij alles liet vallen om Sadie te gaan redden. Het sloeg ner-gens op en hij hield ervan als dingen ergens op sloegen. Een goed uitgevoerd plan. Een duidelijk doel voor ogen. Een bekende bekende.

Hij sloeg van de snelweg af en reed onder de toegangspoort van de JH Ranch door. Hij zou zichzelf graag willen wijsmaken dat het om niets anders ging dan seks. Dat was het eenvoudige antwoord. Rechttoe rechtaan. Duidelijk. Maar wat er in zijn richting liep, met kleine stofwolkjes die van de hakken van haar laarzen kwamen, ongelofelijk sexy, was een gierend geile com-plicatie. Wat ouwe Donald Rumsfeld de bekende onbekende zou noemen.

Het slimste wat hij nu kon doen was omdraaien, voor het onbekende deel van die vergelijking een grote hoop ellende werd. Hij hield niet van hopen ellende. Hij hield niet van het gevoel dat hem bekroop als hij op onbekend terrein was. Elke goede soldaat wist wanneer hij een missie moest afbreken. Wanneer hij moest maken dat hij wegkwam. Een halve seconde dacht hij erover om de benen te nemen. Toen glimlachte ze en maakte ze een wuivend gebaartje met haar hand en het voelde alsof iemand een vuist tegen zijn middenrif had geslagen. Hij moest eraan denken om adem te halen. Hij drukte het knopje op de deur in en het raampje schoof omlaag.

'Hé, grote jongen,' zei Sadie terwijl een wolk lichtgekleurd stof opwoei van de weg. Ze keek door het geopende raam en haar blik ontmoette zwart haar en groene ogen in een gezicht dat bij elke ontmoeting met hem knapper leek te worden.

'Waar moet je heen?' vroeg hij.

'Maakt me niet uit.' Ze wuifde het stof weg. 'Heb je belangstelling?'

'Hangt ervan af.' Hij grijnsde. 'Wat had je in gedachten?'

Ze glimlachte. Een echte glimlach, voor het eerst die dag. 'Slechte beslissingen waar we later spijt van gaan krijgen.'

Hij gebaarde naar de lege stoel naast hem. 'Stap in.'

Dat hoefde hij geen twee keer te zeggen. Meerdere auto's met rouwgasten waren haar al gepasseerd tijdens haar wandeling. Ze waren vriendelijk geweest en bedoelden het goed, maar ze was uitgepraat. Ze gleed op de stoel en deed de gordel om zich heen. 'Hemel, wat een dag.' Ze zette haar hoed af en legde haar hoofd in haar nek.

'Moe?'

'Mmmmm.'

'Hoe ging het?' Hij draaide de pick-up om en reed terug naar de stad.

Ze draaide haar hoofd op de leuning en keek hem aan. Was dit de man die beweerde dat hij niet van gesprekken hield?

'De dienst was mooi. Een massa bloemen en heel veel mensen. Genoeg eten om een dorp te voeden. Dat weegt zwaar in Texas.' In de rustige omgeving van zijn pick-up kon ze voor het eerst die dag ontspannen. Misschien wel voor het eerst die week. 'Wat heb jij de hele dag gedaan?' Wow, ze klonken angstaanjagend veel als een echtpaar. Dat was een beetje griezelig.

'Naar een appartement gezocht en in Amarillo een luchtbed en een slaapzak gekocht.'

'Ik wist niet dat je op zoek was.' Hij droeg zijn gebruikelijke uniform van bruin T-shirt en beige cargobroek. Hij was de enige kerel die ze kende die zulke duffe kleuren kon dragen zonder er saai in uit te zien.

Hij draaide de snelweg op. 'Luraleen is gisteren thuisgekomen.'

'Ik weet het. Ze was op de begrafenis en bracht na afloop een schaal nacho's.'

Hij keek haar even aan en keek toen weer naar de weg. 'En dat is een van de vele redenen dat ik daar weg ben.'

Ze trok haar wenkbrauwen op terwijl ze zijn profiel bestudeerde, zijn stevige nek en zijn brede schouders in zijn strakke T-shirt. 'Heb je al iets gevonden? Dat was snel.'

'Ik ben snel.'

'Dat weet ik. Bij onze tweede ontmoeting zat je al met je hand onder mijn jurk.'

Hij grinnikte en keek haar even aan. 'Ik heb je niet horen klagen.'

'Klopt.'

Hij reikte naar achter zijn stoel en gaf haar een koude fles cola light en een zak Cheetos.

Ze keek naar de oranje zak op haar schoot. Voelde de koude fles in haar hand, en ineens voelde haar borst loodzwaar. Haar hart kromp een beetje ineen. In het verleden hadden mannen haar bloemen en sieraden en lingerie geven, dus waarom voelde ze zich nu zo week worden door Cheetos en cola? 'Eten?' Het waren vast de emoties van de dag. 'Pas op, hoor. Straks vraag je me nog mee naar de film.'

'Ik heb een achterliggende bedoeling.'

Ze draaide de fles open, nam een slok en weet het rare gevoel in haar buik aan het koolzuurgas. 'Je weet wat je aan me hebt. Je hoeft me niet te verleiden met Cheetos en cola light om een kans te maken.'

'Ik hou niet van kansspelen.' Hij keek haar van opzij aan en zijn mondhoek kwam omhoog. 'Ik hou van een goed uitgevoerd plan. Dat heet "volle cirkelbereidheid".'

'Staat dat in het handboek van de SEAL's?'

'Ergens.' Hij lachte, een zacht, geamuseerd geluid dat haar hartslag liet tintelen. 'Ergens tussen "op tijd, op het doel, nooit opgeven" en "pak je zak en spring".'

Ze glimlachte. 'Je rugzak?'

'Die ook.'

'Mis je het om uit vliegtuigen te springen?'

Hij keek uit het raam aan de bestuurderskant. 'Niet zo erg als vroeger.'

'Waarom ben je opgehouden?'

Er gingen een paar minuten voorbij voor hij antwoordde: 'Vooral om familieverplichtingen.'

Ze vermoedde dat er waarschijnlijk meer achter stak, maar ze wilde niet te nieuwsgierig zijn. Goed, ze was wel nieuwsgierig, maar ze vond dat ze dat niet mocht zijn. 'Wat mis je het meest?'

'Mijn teammaten.' Hij schraapte zijn keel en richtte zijn aandacht weer op de weg voor hem. 'Deel uitmaken van iets met een nobel doel.' Hij zweeg even en ging toen verder: 'Zwemmen in de oceaan. Voertuigen aanvallen met M2-machinegeweren en 40mm-granaatwerpers. De boel kapotschieten.'

Ze grinnikte en trok de zak Cheetos open terwijl ze Lovett binnenreden. 'Klinkt als mijn ideale baan. Ik kan aardig goed schieten.'

Hij keek haar vanuit zijn ooghoeken aan. 'Je kunt het redelijk, voor een meisje.'

'Ik schiet de meeste mannen eruit. Als we weer een keer een wedstrijd houden, schiet ik jou er ook uit.'

'Dat gaat nooit gebeuren.'

Dat was zo. Ze had gezien hoe dodelijk nauwkeurig hij was, dankzij zijn overheidstraining. 'Wat mis je nog meer aan het leger?'

'Mijn flippers aantrekken en de golven in springen.'

'Lake Meredith ligt ongeveer tachtig kilometer ten westen van Lovett.' Ze nam een krakende hap en ging verder: 'Mijn oom Frasier heeft een paar straten verderop een zwembad, maar het is na borreltijd en oom Frasier zwemt nu waarschijnlijk dronken en naakt rond. Maar ik wil het best vragen.'

'De afgelopen zestien jaar heb ik naast de oceaan gewoond. Dat heb ik liever dan een zwembad.' Hij draaide Desert Canyon Street op, en daarna links naar Butte Avenue. 'Zeker liever dan een zwembad waar een dronken naakte vent in drijft, als een soort blote kurk.'

Wat een goeie beschrijving was van oom Frasier.

Hoofdstuk zestien

Het Casa Bella Appartementencomplex was nieuw en was van terracottakleurig stucwerk met een dak van Spaanse pannen. Er waren ongeveer twintig woningen en Vince parkeerde de pick-up op een parkeerplaats met afdak. Hij leidde haar naar een appartement op de tweede verdieping. Het was een standaardappartement van vijfhonderd vierkante meter met twee kamers en anderhalve badkamer. Het tapijt was schoon en het rook er naar verse verf. Perfect voor een man die nog niet wist hoelang hij zou blijven. 'Als ik het had geweten,' zei ze terwijl ze de keuken in liep en naar de eenvoudige apparatuur keek, 'dan had ik een plant voor je gekocht.' Ze trok de koelkast open en zette haar Diet Coke naast een krat Lone Star en zes flessen water.

'Ik hoef geen plant.' Hij pakte haar hoed en gooide die op een doos die op het aanrecht stond. Toen liet hij zijn handen naar haar middel glijden. Hij trok haar tegen de kist en kuste haar nek. 'Ik heb vandaag niet zoveel gedaan in de Gas and Go, dus ik stink vast niet te erg.'

Ze glimlachte en hield haar hoofd een beetje opzij zodat hij er beter bij kon. 'Werkt die tekst bij jou?'

'Werkt hij bij jou?'

'Kennelijk.'

Hij ritste haar jurk open en liet hem van haar schouders glijden. 'Je hebt een zwarte beha aan.'

'Hij past bij mijn onderbroek.'

'Dat zag ik.' De zijden jurk viel op de grond en hij zei tegen haar blote schouder: 'Ik wil je neuken met je laarzen aan.' Zijn vingers gingen naar de sluiting van haar beha. 'Vind je dat goed?'

O ja. Ze draaide zich om en haar beha viel op de grond bij haar jurk. 'Ja, Vince.' Ze trok zijn shirt over zijn hoofd en liet haar handen over zijn harde spieren glijden. Ze kuste zijn hals en haar hand dook onder zijn gulp. 'Jij bent eigenlijk een perfecte man,' zei ze, terwijl ze haar hand om zijn grote, geaderde erectie legde. 'Je komt op tijd, je bent doelbewust en je houdt nooit op.' Hij hapte naar adem en ze glimlachte tegen de warme huid van zijn hals. 'Volgens mij noemde jij dat net "volle cirkelbereidheid". Ik hou wel van een man die helemaal klaar is met een echt goeie, grote, harde…' ze liet haar hand op en neer over de schacht glijden en streelde de eikel '… romp.' Ze beet in zijn oorlel en fluisterde: 'Neuk me met mijn laarzen aan, Vince.'

En dat deed hij. Gewoon daar tegen de koelkast, met haar benen om zijn middel. Het was snel en woest en zo heet dat hun huid bleef plakken en het voelde alsof ze van binnenuit opbrandde.

'Je bent goed. Zo goed,' kreunde hij. De interne ontbranding woedde in haar en ze hijgde, niet in staat om adem te halen. Haar hart bonsde en haar hele wereld ging aan flarden. Toen het voorbij was, en elke cel in haar lichaam weer op zijn plek was teruggekeerd, voelde ze zich anders. Niet *verliefd* anders. Eerder *niet zo alleen* anders. Ze was de hele dag omringd geweest door mensen. Niet echt alleen dus, maar met Vince kwam ze tot leven.

'Gaat het?' vroeg hij tegen haar keel, zijn warme adem kriebelde tegen haar nog gevoelige huid.

'Ja hoor. En jij? Jij hebt al het werk gedaan.'

'Ik hou van dit soort werk.' Hij ademde diep in en weer uit. 'Vooral met jou.'

Hoeveel langer nog, vroeg ze zich af, voor het eerst sinds hij die eerste avond naar haar huis was gekomen. Ze had geweten dat hij haar nachten zou vullen. Ze had er alleen niet op gerekend dat hij haar leven ook zo volledig zou beheersen. En dat was doodeng. Dat ze haar gedachten in die enge richting liet afdwalen betekende dat het haar kon schelen. Dat het haar kon schelen, was op zich niet erg, maar als het haar te véél kon schelen, werd het erg. Iets waar ze nu maar beter niet aan kon denken. Dat zou ze later wel doen, als ze tijd had om na te denken over alle andere dingen die waren misgelopen in haar leven.

Na afloop zat ze met haar benen over elkaar op zijn balkon, een biertje in haar hand. Het harde beton gaf haar een koude kont, terwijl ze naar de ondergaande zon keek.

'Ik heb een vlucht geboekt. Ik ga maandagmiddag naar Seattle.'

Sadie droeg haar onderbroek en zijn bruine shirt, dat net tot aan haar knieën kwam. 'Waarom?'

'Nu ik weet dat ik hier nog even blijf, wil ik mijn spullen uit de opslag halen.' Hij zat naast haar met zijn rug tegen de muur. Zijn blote voeten rustten op de onderste spijl van het smeedijzeren hek. Hij droeg zijn cargobroek, meer niet. 'Ik huur een busje om terug te rijden.' Hij nam een slok. 'Ik wil een paar dagen blijven om mijn zus te zien en wat te doen met Conner.'

'Je neef?'

'Ja. En ik moet vast ook met die klootzak praten.'

'Sam Leclaire?'

'Ja. God, wat haat ik die vent. Zeker nu, omdat de verhoudingen zijn veranderd.'

Ze nam een slok en keek met half dichtgeknepen ogen naar de oranje zon die achter de bomen verdween. 'Omdat hij verloofd is met je zus, bedoel je?'

'Nee. Omdat de eikel mijn borg heeft betaald. Nu kan ik hem niet meer in elkaar slaan.'

Sadie verslikte zich. 'Borg?' sputterde ze. 'Wat voor borg?'

'Borgtocht.' Hij keek haar vanuit zijn ooghoeken aan. 'Ik ben afgelopen december gearresteerd na een vechtpartij met wat kerels.'

'Wat? Hoeveel?'

'Tien of zo.' Hij deed alsof het niets voorstelde. 'Ze vonden zichzelf enorm stoere motorrijders.'

'Je hebt gevochten met tien stoere motorrijders?'

'Ze dáchten dat ze stoer waren.' Hij schudde zijn hoofd. 'Dat waren ze niet.'

Maar toch... 'Tien?'

'Het begon met twee of drie. De anderen kwamen er gewoon bij, tot het een echte vechtpartij was en iedereen naar alles mepte wat bewoog.'

'Hoe begon het?'

'Een paar kerels kletsten onzin en ik had geen zin om te luisteren.'

'Wat?' Haar mond viel open en ging toen weer dicht. 'Je ging op de vuist met een paar vechtjassen omdat ze iets zeiden wat je niet beviel?' Dat sloeg nergens op. Het was gewoon belachelijk. 'Kon je niet gewoon weggaan?'

Hij keek haar vanuit zijn ooghoeken aan alsof zij belachelijk was. 'Ik ben echt wel voor de vrijheid van meningsuiting. Maar die vrijheid betekent ook de verantwoordelijkheid nemen om te weten waar je het over hebt. En als je het leger ervan beschuldigt dat ze ongeschoolde verkrachters zijn, dan heb ik de vrijheid om je de mond te snoeren. Nee, de *verplichting*.'

'Een motorrijder zei dat?' Ze had gedacht dat die jongens aan de kant van het leger stonden.

'Het was in Seattle,' zei hij, alsof dat alles verklaarde. 'Washington zit vol met van die bezopen liberalen.'

Dit was misschien niet het beste moment om te zeggen dat ze op Obama had gestemd.

Hij greep in de zijzak van zijn broek en haalde zijn telefoon tevoorschijn. 'Je hebt me uitgeput en ik heb honger. Cheetos zijn niet genoeg.' Hij bestelde een pizza en hielp Sadie toen overeind. 'Als ik junkfood blijf eten en met jou blijf omgaan in plaats van te werken, word ik moddervet.'

Ze ging voor hem staan en legde haar hand op zijn platte buik. 'Daar hoef je je echt geen zorgen om te maken.'

'Ik ben uit vorm.'

'Vergeleken met wie?'

Hij liep naar binnen en ze volgde hem naar de keuken. 'Vergeleken met toen ik nog elke dag trainde.' Hij gooide haar hoed van de doos op het aanrecht. 'Toen mijn zus me mijn belastingpapieren van de afgelopen vijf jaar opstuurde, heeft ze er ook wat oude foto's en andere troep bij gedaan.' Hij greep in de doos en haalde er een handvol foto's uit. De meeste gooide hij op het aanrecht, maar hij gaf er een aan haar.

Ze keek naar de jongeman met de duidelijk omlijnde borstspieren en de natte broek. 'Hemel.' Ze wist niet dat hij er nog strakker uit kon zien. Ze keek van zijn natte borstspieren op de foto naar zijn gezicht. 'Je bent nog zo jong.'

'Ik was twintig. Die is genomen op de dag dat ik slaagde voor mijn antiverdrinkingstest.'

Ze wilde niet vragen wat dat betekende en pakte een foto van Vince op een knie voor een muur vol kogelgaten, met een machinegeweer aan zijn zij, in volledige camouflage en met een volle zwarte baard. Op een andere foto was hij gladgeschoren en deed hij pushups met twee duiktanks op zijn rug. 'Hoeveel wegen die?'

Hij keek om en keek even naar de foto's. 'Ongeveer veertig kilo. Maar opdrukken vond ik niet erg. Ik had er een hekel aan om nat en zanderig te worden.'

Dat hij dol was op water maar een afkeer had van zand, had-den ze al vastgesteld. Ze pakte een andere foto van de jongere versie van Vince, met zijn armen om een vrouw en een tiener-meisje met rood haar. Hij droeg een wit matrozenpak met een zwarte halsdoek, witte pet, en had een enorme glimlach.

'Dat zijn mijn moeder en zus toen ik afstudeerde van BUD/S.' Ze kon de gelijkenis met zijn moeder wel ongeveer zien. Maar hij leek totaal niet op zijn zus. 'Waar staat BUD/S eigenlijk voor?'

'Basic Underwater Demolition/SEAL.'

Ze kon ook de trots zien in zijn moeders ogen. Als haar papa een zoon als Vince had gehad, zou hij trots zijn geweest. Mis-schien had hij hem wel drie klopjes op zijn rug gegeven. 'Was je vader erbij?'

'Nee. Hij had vast iets belangrijkers te doen.'

Door het beetje dat hij over zijn vader had verteld, kwam dat antwoord niet als een verrassing. Maar wat was er nou belang-rijker dan je zoon die zijn diploma kreeg van de SEAL's? 'Zoals wat?'

Hij schudde zijn hoofd. 'Geen idee.'

'Mijn vader was er niet bij op mijn diploma-uitreiking van school.' Maar zij wist in elk geval wat er belangrijker was ge-weest. 'Hij was koeien aan het brandmerken.' Ze dacht aan de gebeurtenissen van de dag en alle verhalen over Clive. De goede en minder goede. De laatste keren dat ze hem had gezien, waren ze dichter tot elkaar gekomen dan in alle jaren ervoor. Er was een tip van de sluier om haar vader opgelicht, maar het was zeker niet de diepe emotionele band waar ze altijd naar had ver-langd. 'Je vader leeft nog. Misschien verandert hij.'

'Kan me niet schelen.' Hij keek in de doos en rommelde er wat in. 'Mensen veranderen niet tenzij ze het zelf willen. Nie-mand verandert omdat iemand anders het wil. En zelfs al zou hij veranderen, dan is het waarschijnlijk toch te laat.'

Ze geloofde niet dat het waar was, maar wat wist zij ervan? Ze had het nooit echt uitgepraat met haar vader. Het was niet het grootse, bevredigende hollywoodeinde geweest waarbij alles keurig werd afgesloten. Zelfs als hij nog tien jaar had geleefd, zou ze dat niet van hem hebben gekregen Ze keek in de doos en haalde er een blauwe helm op waar 'HAVEN' op stond in witte letters, met op de zijkanten '228'. 'Wat is dit?'

'Mijn BUD/S-helm tweede fase.' Hij nam hem uit haar handen en zette hem op haar hoofd. Hij viel tot op haar wenkbrauwen. 'Hij past bij je ogen.'

Ze duwde hem omhoog. 'Hij valt over mijn ogen.'

Hij haalde een gouden medaille uit een fluwelen doosje en speldde hem op het T-shirt. 'Je ziet er goed uit met mijn helm en Trident.'

'Echt?' Ze grinnikte. 'Hoeveel vrouwen heb je je helm laten dragen?'

'Die helm? Geen een.' Hij bracht zijn mond tot op de hoogte van haar nek en zei tegen haar huid: 'Je bent de eerste vrouw die mijn Trident mag aanraken.'

Ze wist niet goed of ze daardoor nou bijzonder was of niet, maar van zijn warme mond tegen haar huid kreeg ze een heel bijzonder gevoel vanbinnen. 'Ik heb niets wat jij mag aanraken.'

'Je hebt een hele hoop dingen die ik mag aanraken.' Hij liet zijn mond tot net onder haar oor glijden. 'Zachte dingen. Dingen die lekker aanvoelen.'

'Die dingen heb je al aangeraakt.'

'Ik wil ze nog veel meer aanraken.' Ze hield haar hoofd naar achteren, en zijn helm viel op het werkblad. 'Ik raak je graag aan,' zei hij terwijl hij haar kaak kuste. 'Ik hou ervan om diep te gaan.'

Hij hield ervan om diep te gaan, maar dat wilde niet zeggen dat hij van haar hield. Vroeger zou ze die dingen door elkaar hebben gehaald en zou ze zijn gaan denken dat deze emotioneel onbeschikbare man van haar hield. Dat deed hij niet, en ze mocht niet toestaan dat ze zelf iets voor hem ging voelen.

De deurbel ging en Vince keek op. Zijn wenkbrauwen kwamen omlaag en hij keek wat glazig. 'Wie is dat? Behalve jij weet niemand dat ik hier woon.'

'De pizzakoerier?'

'O ja.' Hij knipperde. 'Dat was ik vergeten.'

Ze zaten samen midden in de lege woonkamer van Vince en dronken Lone Star. Het verbaasde Sadie dat ze zoveel at, zeker omdat haar eigen huis gevuld was met begrafenisstoofschotels.

'Pizza geeft je zeker geen energie. Ik voel me net een slak nu,' zei ze terwijl ze achteroverleunde op haar ellebogen en haar volle buik uitstrekte. 'Als ik met jou blijf omgaan, word ík dik.' Op dit moment wilde ze nergens anders zijn. Maar er was wel een plek waar ze moest zijn. 'Ik moet naar huis.'

'Ik wil je eerst mijn luchtbed laten zien.' Vince spoelde de laatste hap weg met Lone Star en zette de fles op de lege doos.

'Waarom?' Ze had het luchtbed en de dubbele slaapzak al gezien toen hij haar had rondgeleid in het appartement. 'Heeft het iets speciaals wat andere bedden niet hebben?'

'Wel zodra jij erop ligt.'

'Gaan we helemaal poedelnaakt?'

Hij knikte. 'Van top tot teen.'

Haar zachte lach werd een gaap. 'Je bent zo romantisch.'

Er was iets mis. Sadie voelde het voor ze haar oogleden opende. Een paar desoriënterende seconden lang kon ze zich niet herinneren waar ze was. Ze hoorde een bons en keek om zich heen in de donkere kamer. Ze was bij Vince. In zijn slaapzak op een luchtbed. Ze wist niet hoelang ze had geslapen, maar het was donker buiten. Ze draaide zich om en keek naar het lege kussen naast zich.

'Roger!'

Sadie kwam overeind en greep het bruine T-shirt van Vince van de grond. Nog een bons. Ze stak haar armen door de mouwen en liep naar de gang. Het klonk alsof hij met een indringer vocht.

'Verdomme!'

'Vince!' Ze dacht er even aan om iets te pakken zodat ze kon helpen, maar ze wist dat er niets was.

'Maak al die geitenhoedende hufters af!'

Het licht van het fornuis scheen in de gang. Een donkere schaduw bewoog tegen het gevlekte licht. 'Vince?'

'O god.' Hij hijgde hard, alsof hij tien minuten had gerend in de zinderende hitte. 'O godver... Wilson!' Hij deed een paar passen naar achteren. 'Hou vol, maat... Shit, ik help je wel.'

Wilson? Wie was Wilson?

Hij knielde. Het vage licht scheen op zijn naakte dij en middel. De spanning was te snijden. 'Niet doen, Pete.'

'Vince?'

Zijn ademhaling werd zwaarder. Sneller. Hij hoestte en hijgde. Het licht viel op zijn harde arm, waarvan de aderen waren opgezwollen alsof hij gewichten hief. Hij was enorm, zoals hij daar gehurkt zat in de smalle gang. 'Blijf bij me.'

'Vince!' Ze raakte hem niet aan. Kwam niet dichterbij. Ze was niet bang voor hem. Ze was bang om hem. Bang dat hij ging hyperventileren of dat hij zichzelf pijn zou doen. 'Gaat het?' vroeg ze, ook al was duidelijk dat het niet ging.

Zijn hoofd kwam met een schok omhoog en ze dacht dat hij haar had gehoord. 'De heli komt. Hou vol.'

Ze knipte het licht van de slaapkamer aan en knielde in de deuropening. 'Vince!' Zijn wijd open ogen staarden haar aan, staarden naar iets wat alleen hij kon zien. Haar hart brak voor hem. Brak helemaal doormidden. Ze wilde niet dat het gebeurde. Maar ze kon het niet tegenhouden.

Weer keek hij met een schok omhoog en omlaag, alsof hij naar iets in de lucht keek. Zijn mond ging open om lucht in zijn longen te laten stromen, en zijn handen bewogen voor zijn borst heen en weer alsof hij naar iets onzichtbaars greep.

Normaal gesproken was hij groot en sterk en leek hij alles om zich heen onder controle te hebben. 'Vince!' gilde ze.

Hij knipperde en keek haar met zijn niets ziende blik aan. 'Wat?'

'Gaat het?'

Zijn mond klapte dicht en zijn neusgaten werden wijder doordat hij door zijn neus ademde. Zijn wenkbrauwen kwamen omlaag en hij keek om zich heen. 'Wat?'

'Gaat het?'

'Waar ben ik?'

Haar hart ging tekeer en barstte nog wat verder. 'In je appartement.'

Het geluid van zijn zware ademhaling vulde de gang en hij keek haar met wijd open ogen aan. 'Sadie?'

'Ja.' Het voelde alsof ze door de barsten in haar hart viel. Gewoon daar in de gang van zijn appartement. Op de allerergste dag van haar leven. Ze deed haar best. Deed haar uiterste best om niet verliefd te worden op Vince Haven, de meest emotioneel onbeschikbare man op aarde, maar toch deed ze het.

'Jezus.'

Ja, jezus. Ze kwam naar hem toe en legde haar hand op zijn schouder. Zijn huid voelde heet en droog. 'Kan ik iets voor je halen?'

'Nee.' Hij slikte iets weg en leunde tegen de muur achter hem.

Ze stond toch op en liep door de woonkamer naar de kleine keuken. Ze pakte een fles water uit de koelkast. Ze deed haar best om niet te huilen om hem, maar de tranen gleden over haar wangen en ze veegde ze weg met de zoom van het T-shirt. Toen ze terugkwam, zat hij nog steeds tegen de muur, met zijn onderarmen op zijn knieën. Hij staarde naar het plafond.

'Hier.' Ze knielde naast hem en draaide de fles open.

Hij pakte het water maar zijn hand beefde en dus maakte hij eerst een vuist.

'Komt het weer goed met je?'

Hij likte zijn droge lippen. 'Het gaat prima.'

Het ging niet prima. 'Gebeurt dit vaker?'

Hij haalde zijn schouders op. 'Soms.'

Het was duidelijk dat hij er niet over kon praten. Ze kuste zijn hete, droge schouder. 'Wat ruik je toch lekker,' zei ze. Hij zei niets. Ze ging naast hem zitten en sloeg haar arm om zijn naakte middel. Ze hield van hem en dat vond ze doodeng. 'Wie is Wilson?'

Hij keek naar haar, met gefronste wenkbrauwen. 'Waar heb je die naam gehoord?'

'Jij riep hem.'

Hij draaide zijn blik weg. 'Pete Wilson. Hij is dood.'

'Was hij een maat?' Ze pakte zijn vuist en dwong de plastic fles in zijn hand.

'Ja.' Water droop uit zijn mondhoeken terwijl hij een paar grote slokken nam. 'Hij was de beste officier die ik ooit heb gekend.' Hij veegde het water weg met de rug van zijn hand. 'De beste man die ik ooit heb gekend.'

'Hoe is hij gestorven?'

'Hij werd gedood in het Hindu Kush-gebergte in Centraal-Afghanistan.' De woede rolde van hem af en de spanning maakte zijn spieren nog harder.

'Wat kan ik doen om je te helpen?' vroeg ze. Hij was zo lief geweest voor haar de afgelopen week. Net toen ze hem nodig had, was hij er geweest. Hij had haar gereden en had naast haar gelopen met zijn hand op haar onderrug. Hij had met haar gepraat en soms juist helemaal niets gezegd. Had haar gered, zelfs als ze dat niet had gevraagd. Hij had zich een weg gebaand naar haar hart, terwijl dat de laatste plek was waar hij wilde zijn.

'Ik heb geen hulp nodig.' Hij stond op en haar hand gleed langs zijn blote been. 'Ik ben geen meisje.'

Ze stond op en keek in zijn groene ogen. 'Dat ben ik ook niet, Vince.' Ze zag hoe hij vlak voor haar ogen in zichzelf keerde. Ze wist niet waar hij heen ging, alleen dat hij weg was. 'Vince.' Zijn naam bleef hangen in haar keel, een brok emotie, en ze sloeg haar armen om zijn hals. Ze drukte zich tegen zijn harde, hete borst en bazelde: 'Het spijt me. Het moet zo vreselijk zijn. Ik wou dat er iets was wat ik kon doen.'

'Waarom?'

'Omdat je me hielp toen ik je nodig had. Omdat ik niet alleen ben met jou erbij. Omdat je mijn redder in nood bent, zelfs als ik dat niet vraag.' Ze vocht tegen haar tranen en ze wilde haar mond opendoen om hem te vertellen dat hij groot en sterk was en geweldig. Dat hij de beste man was die ze ooit had gekend. Maar in plaats daarvan buitelde er iets rauws en nieuws en afgrijselijks naar buiten: 'Omdat ik van je hou.'

Een onaangename stilte hing tussen hen in, tot hij eindelijk zei: 'Bedankt.'

O god. Had hij haar nu net *bedankt*?

'Ik breng je thuis.'

Zijn handen bleven langs zijn zij, maar zijn woorden voelden alsof hij haar had geduwd. Ze had hem net verteld dat ze van hem hield en hij reageerde daarop met een bedankje en een aanbod voor een lift naar huis.

'Het is al laat.'

Ze trok snel haar zwarte jurk aan en duwde haar voeten in haar cowboylaarzen. Geen van beiden zei erg veel terwijl ze haar hoed en tasje pakte onderweg naar de uitgang. Een ongemakkelijke stilte vulde de auto terwijl Vince naar de JH reed. Een ongemakkelijke stilte die er nooit eerder was geweest. Zelfs niet toen ze hem voor het eerst had zien staan langs de kant van de weg, met de motorkap van zijn pick-up omhoog.

Ze vroeg niet of hij nog ging bellen of sms'en. Ze vroeg niet of ze hem ooit weer zou zien. Geen liefdesverklaringen meer. Ze had meer waardigheid dan dat; haar liefde was wel het laatste wat hij wilde. Daar was hij altijd heel duidelijk in geweest, en terwijl ze de achterlichten van zijn pick-up zag wegsterven, wist ze dat het voorbij was.

Wat had ze verwacht? Hij was eerlijk geweest over wat hij wilde. Dat had zij ook gewild, maar ergens in de afgelopen weken was ze iets voor hem gaan voelen. Iets wat meer was dan alleen lust.

Ze had haar vader begraven, was verliefd geworden en gedumpt. Allemaal op dezelfde dag.

Hoofdstuk zeventien

De koele, vochtige wind blies in het gezicht van Vince. De extra lange uitlaat van zijn Harley liet de lucht trillen op Morning Glory Drive in Kirkland, Washington, een buitenwijk van Seattle. De achterkant van Conners helm sloeg voor ongeveer de tiende keer tegen de kin van Vince terwijl ze samen langzaam op en neer reden in de straat voor Conners huis. Ze droegen identieke leren motorjacks, al zat dat van Conner wat strakker dan de vorige keer toen ze samen door de straat hadden gereden.

Het was vijf maanden geleden dat hij uit Washington was vertrokken. Vijf maanden, maar het leken wel jaren.

De motor reed langzamer toen ze naar het splitlevelhuis met de huurbus voor de deur reden.

'Nog een keer, oom Vince!' gilde Conner boven de ronkende motorgeluiden.

'Jij je zin.' Hij maakte een U-bocht en reed terug over de met bomen omzoomde straat. Vince wist al niet meer hoe vaak hij op en neer was gereden.

Toen hij eindelijk tot stilstand kwam op de oprit, achter de bus, protesteerde Conner luid. 'Ik wil niet stoppen.'

Hij zette de motor uit en hielp zijn neefje op de grond. 'De volgende keer dat ik er ben, moeten we maar een nieuwe jas voor je kopen.' Hij schopte tegen de standaard met de hak van zijn laars en duwde hem omlaag. 'Misschien vindt je moeder het wel goed als we naar het park rijden.' Autumn haatte de Harley, maar Conner was er zo gek op dat ze wel voor het huis heen en weer mochten rijden. Niet harder dan vijfentwintig kilometer per uur.

Conner frunnikte aan zijn kinband. 'Misschien mag ik dan sturen.'

'Als je voeten bij de grond kunnen, zullen we het erover hebben.' Hij stond op uit de zitting en sloeg zijn been over de motor. 'Niks tegen je moeder zeggen.'

'En ook niet tegen papa.'

'Wat? Houdt je vader niet van motoren?' Logisch.

Conner haalde zijn schouders op en gaf de helm aan Vince. 'Ik weet het niet. Hij heeft er geen.'

Omdat het een mietje was. 'Ga maar tegen je moeder zeggen dat ik bijna wegga.'

'Ik wil niet dat je weggaat.'

Vince legde de helm op de zitting. 'Ik wil niet weg.' Hij ging door een knie. 'Ik zal je missen.' De naden van zijn jas kraakten toen hij Conner omhelsde. God, hij rook hetzelfde. Naar het wasmiddel dat zijn moeder had gebruikt en naar klein kind.

'Wanneer kom je weer thuis?'

Goede vraag. Hij wist het zelf niet. 'Als ik de Gas and Go verkoop en een hele hoop geld heb.' Alleen voelde dit huis de laatste tijd niet echt als thuis.

'Mag ik een hele hoop geld?'

'Natuurlijk.' Wie moest hij het anders geven?

'En de Harley?'

Hij stond op en tilde Conner over een schouder. 'Tenzij ik een ander jongetje vind om hem aan te geven.' Zijn neef gilde terwijl Vince hem twee keer op zijn billen sloeg. Toen zette hij hem weer op de grond. 'En nou rennen en je moeder halen.'

'Oké.' Conner draaide op de hakken van zijn Spider-Man-gympen en rende naar de voordeur. 'Mam!' gilde hij terwijl hij de trap op liep.

Vince trok de deur van de huurbus open en trok een loopplank tevoorschijn. Hij reed de Harley naar binnen tussen de buitenwand en een leren bank en zette hem vast. Hij was drie dagen in Washington geweest en had biertjes gedronken met oude vrienden, leuke dingen gedaan met zijn zus en Conner, en had de bus volgeladen met essentiële spullen zoals zijn bed, de leren bank en de 64-inch breedbeeldtelevisie.

'Conner zegt dat je een jongetje wil hebben. Kun je niet beter eerst een vrouw zoeken?'

Vince keek achter zich naar de open deur van de grote bus. De mistige ochtendzon scheen op het rode haar van zijn zus. 'Vrouw?'

'Je hebt iemand nodig in je leven.'

'Je vergeet Luraleen,' grapte hij.

Ze trok een gezicht. 'Iemand zonder rokershoest en ingelegde lever. Ik vind het geen fijne gedachte dat je daar helemaal alleen zit met Luraleen.'

'Ik ben bij haar weggegaan.' Hij dacht aan Sadie. Hij was niet alleen geweest sinds de dag dat zijn auto het had begeven langs de kant van de weg. 'Ik was nooit alleen.'

'Nooit?' Hemel, hij was vergeten dat hij op zijn woorden moest letten in haar bijzijn. Ze kende hem zo goed en viel over elk woord. 'Heb je iemand ontmoet?'

'Natuurlijk.' Hij stond op en liep naar de open deur. 'Ik ontmoet altijd wel iemand.'

Autumn sloeg haar armen over elkaar, niet geamuseerd, en keek hem uit de hoogte aan, ook al torende hij boven haar uit, zoals ze altijd uit de hoogte naar hem keek. Zelfs toen ze nog kinderen waren. 'Heb je met iemand meer dan een of twee nachten doorgebracht?'

Hij sprong omlaag, greep de deur en trok die omlaag. Hij deed de deur op slot en haalde zijn schouders op. Autumn kende hem beter dan wie dan ook op aarde, maar er waren dingen die zelfs zij niet wist. Dingen die niemand wist.

Behalve Sadie. Zij wist het. Ze had hem op zijn absolute dieptepunt gezien. Hulpeloos en gevangen in zijn nachtmerries. God, wat haatte hij het dat ze hem zo had gezien.

'Vinny!' Ze greep hem bij de arm.

Ze had zijn stilte als een soort bevestiging gelezen. 'Het is voorbij,' zei hij, in de vergeefse hoop dat ze erover op zou houden.

'Hoelang hebben jullie iets gehad?'

Hij nam maar niet de moeite om uit te leggen dat hij en Sadie niet echt iets hadden *gehad*. 'Ik heb haar ontmoet op de avond dat ik in Lovett aankwam.' Hij keek omlaag in haar groene ogen. 'Een paar dagen geleden kwam het ten einde.' Toen ze hem naakt en wanhopig had gezien. Ze had gezegd dat ze van hem hield. Hij wist niet dat het kon.

Ze hapte naar adem. 'Twee maanden. Dat is lang voor jou doen. Echt lang. Wel veertien maanden in hondenjaren.'

Vince kon er niet eens boos om worden, omdat ze het meende en omdat ze eigenlijk wel gelijk had. Het hadden geen twee maanden geleken. Het leek eerder alsof hij haar altijd al had gekend, en tegelijk nog lang niet lang genoeg. Hij draaide zich om en ging op de bumper van de verhuisbus zitten.

'Waarom heb je het uitgemaakt?' Autumn ging naast hem zitten, en hij had kunnen weten dat ze het niet met rust kon laten.

Ze kende hem te goed. Wist dat hij degene was die er meestal een eind aan maakte. 'Ze zei dat ze van me hield.' Dat was niet de echte reden, maar zijn zus wist niets van de nachtmerries en dat wilde hij graag zo houden.

Een grijns speelde om haar lippen. 'Wat zei jij toen?'

'"Bedankt."'

Autumn hapte naar adem.

'Wat?' *Bedankt* was niet slecht. Het was niet erg goed, maar het was beter dan niks zeggen.

'En toen?'

'Toen heb ik haar naar huis gebracht.'

'Je hebt haar bedankt en naar huis gebracht? Heb je zo'n hekel aan haar?'

Een hékel aan Sadie? Hij had geen hekel aan Sadie. Hij wist niet goed wat hij van haar vond, behalve dan dat hij een vreemde verwarring voelde. Iets tussen instinctieve paniek en intense opluchting maalde en woelde in zowel zijn hoofd als zijn borst. Hoe kon hij er zowel in paniek als opgelucht over zijn dat het voorbij was? Het sloeg nergens op. 'Ik heb geen hekel aan haar.'

'Gilde ze het tijdens...' Autumn keek om zich heen of er kleine potjes met grote oren waren '... de seks? Want het telt niet als iemand het tijdens het vrijen roept.'

Hij moest bijna lachen. 'Ze zei het niet tijdens de seks.'

'Is ze heel lelijk?'

'Nee.' Hij dacht aan haar blonde haar en grote glimlach. Haar helderblauwe ogen en haar roze mond. 'Ze is prachtig.'

'Dom?'

Hij schudde zijn hoofd. 'Slim en grappig, en ik heb haar niet in een bar opgepikt, kan ik je vertellen. Ze was niet een avontuurtje voor één nacht.' Hoewel het wel zo was begonnen.

'Dat is vooruitgang, neem ik aan, maar het blijft treurig.' Oprecht verdriet liet Autumns mondhoeken omlaag wijzen. 'Als je alles diep vanbinnen opsluit, zodat de pijn er niet uit kan, voorkom je ook dat goede dingen kunnen doordringen.'

Hij keek diep in haar ogen, die een paar tinten donkerder waren dan de zijne, en een verbaasde glimlach speelde om zijn lippen. 'Wat? Ben je de nieuwe, blanke Oprah?'

'Het is niet grappig, Vin. Je kunt zo goed voor anderen zorgen. Zo goed voor anderen vechten, maar niet voor jezelf.'

'Ik kan prima voor mezelf zorgen.'

'Ik heb het niet over vechtpartijen in kroegen. Die tellen niet.'

Hij grinnikte en stond op. 'Hangt ervan af wie de klappen krijgt.'

Ze stond op en hij sloeg zijn armen om haar heen. 'Wanneer is die bruiloft die je per se wilt hebben?'

'Je weet dat het in juli is, omdat Sams gezicht dan de minste blauwe plekken heeft voor de foto's. Je hoeft alleen maar te komen en me naar het altaar te leiden. Ik heb de rest gedaan.' Ze omhelsde hem. 'Zit je dan nog in Texas?'

'Ja, in elk geval nog tot volgend jaar.' Hij liet zijn handen vallen en dacht aan Sadie. Hij vroeg zich af of ze nog in Lovett was of dat ze misschien al was vertrokken.

Een rode pick-up reed door de straat en draaide de oprit op. Autumn keek Vince aan en zei waarschuwend: 'Aardig zijn. Ik meen het.'

Vince glimlachte terwijl Sam Leclaire, top-ijshockeyspeler, de vader van Conner, de verloofde van Autumn, zijn aanstaande zwager, en schoft in het algemeen, uit de Chevy stapte en naar hem toe kwam. Sam was een paar centimeter langer dan Vince en had het voorkomen van een straatvechter. Vince zou hem graag verrot slaan, maar hij wist dat Sam zich niet zomaar gewonnen zou geven. Er zat een paarse vlek op zijn wang. Het was april, het seizoen was nog maar halverwege. Voor hij twee wedstrijden verder was, zou hij een bijpassend blauw oog hebben.

'Je ziet er beter uit dan de vorige keer.' Sam stak zijn hand uit en Vince accepteerde die met tegenzin.

De vorige keer dat ze elkaar hadden gezien, hadden ze allebei blauwe plekken gehad. Sam door zijn werk en Vince door de vechtpartij. 'Jij niet.'

Sam lachte. Een tevreden man die een goed leven leidde. Vince kon zich niet herinneren dat hij zich recentelijk zo had gevoeld. Misschien voor hij de SEAL's verliet. Of anders een paar keer in Texas.

Sam sloeg zijn arm om Autumns schouders. 'Ik wil met je broer praten.'

'Alleen?'

'Ja.'

Ze keek ze allebei om beurten aan. 'Gedraag je,' beval ze. Toen omhelsde ze Vince voor een laatste keer. 'Bel me als je in Texas bent, anders maak ik me zorgen.'

Hij kuste haar kruin. 'Doe ik.'

De twee mannen keken Autumn na, die de trap op liep naar het huis en naar binnen ging.

'Ik hou van haar,' zei Sam. 'Je hoeft je nooit zorgen te maken over haar en Conner.'

'Ze is mijn zus en Conner is mijn neef.' Vince sloeg zijn armen over elkaar en keek de hockeyspeler recht in zijn blauwe ogen.

Sam knikte. 'Ik heb je nooit bedankt.'

'Waarvoor?'

'Omdat je voor mijn gezin hebt gezorgd toen ik was weggelopen voor de verantwoordelijkheid. Toen ik niet wist dat alles wat ik wilde, alles wat ertoe deed, hier in dit veertig jaar oude huis in Kirkland was. Niet in een luxe penthouse in het centrum.'

Een penthouse dat tot afgelopen herfst gevuld was geweest met supermodellen en playmates.

'Het gaat er niet om waar je woont,' ging Sam verder. 'Het gaat erom met wie. Ik wil overal wonen, als het maar bij je zus en Conner is.' Hij grijnsde. 'Al zou ik best een iets grotere jacuzzi willen.'

Hoewel hij het ontzettend moeilijk vond, zei Vince toch: 'Graag gedaan.' En hoewel hij het ontzettend moeilijk vond, moest hij zichzelf eraan herinneren dat dit de reden was dat hij vijf maanden geleden uit Seattle was vertrokken. 'Maar dat betekent niet dat ik je een aardige vent hoef te vinden.'

Sam lachte. 'Natuurlijk niet.' Hij sloeg met zijn hand op Vince' schouder. 'Je blijft een eikel.'

Vince probeerde niet te glimlachen, maar slaagde daar niet in. 'Goed om te weten dat we er hetzelfde over denken, weekdier.' Hij liep naar de chauffeurskant van de huurbus. Hij wuifde naar zijn zus en neef, die achter het raam naar hem stonden te kijken, en stuurde de bus toen in de richting van Texas. In de richting van Lovett met al zijn roddels en de Gas and Go.

Naar huis. Wanneer was dat gebeurd? Wanneer was Lovett, Texas, gaan aanvoelen als thuis? Nu Sadie niet langer deel uitmaakte van zijn leven? Hij dacht eraan hoe het was als hij haar nooit meer zou zien, haar nooit meer de Gas and Go in zou zien komen, nooit meer haar gezicht bij het zijne zou zien of haar lichaam tegen dat van hem zou voelen, nooit haar hand op zijn gezicht zou voelen of haar zachte stem in zijn oren of tegen zijn hals, en ineens voelde hij weer dat paniekerige, opgeluchte gevoel in zijn maag.

Zijn zus had het gehad over *uitmaken*. Er was geen sprake van uitmaken. Wat er in dat donkere hoekje van zijn appartement was gebeurd had meer weg van een verwoesting. Hij was wakker geworden uit een nachtmerrie, gedesoriënteerd en verward en doodsbang.

En vernederd. Sadie was de laatste mens op aarde van wie hij wilde dat ze hem zo zou zien. Hij had in haar bezorgde ogen gekeken en had het gevoel gekregen dat hij tot aan zijn middel in een moeras van onbekende onbekenden was beland en hij had gedaan waarvoor hij was opgeleid. Dingen opblazen en alles overhoopschieten.

Hij dacht aan haar gezicht. Hoe ze hem had aangekeken terwijl ze zich gehaast aankleedden. Had gewacht tot hij ging zeggen wat hij niet kon zeggen. Wat hij nog nooit tegen iemand buiten zijn familie had gezegd.

Ze had gezegd dat ze van hem hield en hij had haar gekwetst. Hij had haar niet eens hoeven aankijken toen hij haar had afgezet bij de JH om te weten hoe erg hij haar had gekwetst, en Sadie kwetsen was wel het laatste wat hij wilde. Voor de eerste keer in zijn omgang met vrouwen kon het hem geen barst schelen wat dat over hem zei. Hij wist gewoon niet wat hij eraan moest doen. En of hij er wat aan moest doen. Misschien kon hij maar beter niets doen.

Sadie drukte op het knopje aan de binnenkant van de deur van haar Saab en het raam ging een stukje open. Koele lucht woei door de opening en over haar wang. De bries kreeg een paar plukken van haar steile blonde haar te pakken en blies ze in haar gezicht terwijl ze richting Lovett reed, en naar huis.

Thuis. In tegenstelling tot op die dag een paar maanden geleden toen ze naar Lovett was gereden, was ze nu niet bang en klaar om zo weer te vertrekken. Ze had vrede met het verleden. Ze voelde zich niet opgesloten of gebonden. Oké, een beetje misschien, maar haar toekomst lag wijd open en daardoor kon ze ademhalen als het haar te benauwd werd.

De afgelopen week was ze in Arizona geweest, waar ze dode planten had weggegooid en had ingepakt. Ze had wat losse eindjes afgehandeld, had haar huisje te koop gezet en had een verhuisbedrijf ingehuurd.

De maandag na de begrafenis van haar vader had ze een bespreking gehad met Dickie en de rest van de managers en voormannen, en met een aantal advocaten in Amarillo. Ze had verdere besprekingen gehad in de dagen voor ze naar Arizona was vertrokken, en ze was veel te weten gekomen over hoe je een ranch moet leiden. Ze wist dat ze nog veel meer moest leren, maar ze moest toegeven dat ze de zakelijke kant ervan best boeiend vond. Al die jaren dat ze nooit ergens in was afgestudeerd leken eindelijk vrucht af te werpen. Nou ja, afgezien van die cursus Zombies in Populaire Media. Ze wist niet welk nut het bestuderen van zombiefilms en hun invloed op de maatschappij had, maar je wist nooit wat voor rampen er nog gingen gebeuren. Ze had ook nooit gedacht dat er een dag zou komen dat ze op de JH zou willen wonen, maar ze keek ernaar uit om te onderhandelen met geldverstrekkers, net zoals ze had gedaan als makelaar. Werken met harde en zachte deadlines en alles op orde houden. Ze kon zo veel en zo weinig betrokken raken bij de dagelijkse gang van zaken op de JH als ze zelf wilde. Ze had nog niet besloten wat ze precies ging doen, maar ze was tot de conclusie gekomen dat ze erg op haar vader leek. Ze hield van de JH, maar haatte de koeien. Stomme, stinkende dieren die alleen goed waren voor biefstuk, schoenen, en echt mooie handtassen.

Ze sloeg van de snelweg af en reed onder de toegangspoort van de JH door. In tegenstelling tot de vorige keer, twee maanden geleden, stond er nu geen zwarte pick-up met pech langs de kant van de weg. Er was geen grote, sterke man die een lift naar de stad wilde hebben.

Ze kon het niet nalaten zich af te vragen of Vince al terug was uit Seattle. Niet dat het iets uitmaakte. Hun vriendschap-met-voordelen was voorbij. Over. Dood. Begraven. Sinds die avond in zijn appartement had hij haar niet geprobeerd te bellen of te sms'en, en ze wilde dat ze de woorden die ze toen had uitgesproken kon terugnemen. Ze wilde dat ze er niet had uitgeflapt dat ze van hem hield. Maar ze wilde vooral dat het niet waar was.

Ach ja.

De late middagzon scheen door de voorruit en ze klapte de zonneklep omlaag tegen de indringende stralen. Ze was verliefd geworden op een emotioneel onbeschikbare man. Een man die niet van haar kon houden. Een man die haar naar zich toe had getrokken, en toen had afgestoten. Nadat ze had gezegd dat ze van hem hield. Op de rottigste dag van haar leven. En dat maakte hem toch wel de grootste eikel op de planeet.

Behalve dan om haar papa had ze om geen enkele andere man op de planeet zoveel tranen vergoten. In elk geval meer dan hij verdiende. Haar hart was gebroken en ze voelde zich ellendig, en ze kon er niemand de schuld van geven behalve zichzelf. Hij had haar eerlijk gezegd dat hij geen man was voor relaties. Hij had haar verteld dat als hij zich verveelde, hij er een punt achter zette. Ze wilde dat ze Vince kon haten, maar ze kon het niet. Telkens als ze goed boos op hem werd, en dat was niet echt moeilijk, kwam het beeld weer bij haar op van zijn naakte lijf, happend naar lucht en starend naar dingen die alleen hij kon zien, en haar hart brak opnieuw. Voor haar en voor hem.

Ze was weer voor een emotioneel onvolgroeide man gevallen. Deze keer was ze harder en dieper gevallen, maar net zoals bij alle andere emotioneel onvolgroeide mannen die een plek hadden ingenomen in haar leven, zou ze wel over hem heen komen.

De Saab kwam tot stilstand voor het grote huis en ze pakte haar weekendtas en handtas van de achterbank. De zussen Parton moesten nog ergens zijn, maar toen ze binnenkwam, was het huis stil. Op de tafel bij de deur lag een kopie van haar vaders testament boven op een stapel post en andere documenten. Ze liet haar tassen vallen en nam de stapel mee naar de keuken. Ze pakte een cola light uit de koelkast en liep naar de ontbijthoek, waar Vince ooit had zitten eten van Carolynns speciale ranchontbijt.

Ze bladerde door het testament. De brief die haar vader aan haar had geschreven zat er ook bij en ze glimlachte. Ze zou het huis gaan moderniseren. Ze zou alle meubelen uit haar vaders slaapkamer laten opslaan en haar eigen spullen laten brengen. De bank van koeienhuid en alle portretten van haar vaders paarden gingen ook de opslag in. Als ze op de JH ging wonen, moest het wel haar thuis zijn. Ze dacht er ook serieus over na om de talloze portretten op de overloop weg te halen. Als ze ooit kinderen kreeg, wilde ze niet dat al die voorvaderen hun de stuipen op het lijf joegen, zoals bij haar vroeger.

Ze bladerde naar het deel van haar vaders testament waarin werd gesproken over een niet nader genoemde begunstigde. Zij had gedacht dat hiermee haar eventuele kinderen werden bedoeld. Ze bracht de fles cola naar haar lippen en fronste. Ze wist niet zeker of ze de clausule verkeerd had begrepen of dat hij niet goed was voorgelezen, maar er werd gesproken over een trustfonds voor een niet nader genoemde begunstigde. Een niet nader genoemde begunstigde die was geboren op 10 juni 1985 in Las Cruces, New Mexico.

10 juni 1985? Wat betekende dat in godsnaam? *Las Cruces, New Mexico?* Het trustfonds ging niet om haar. Zij was geboren in Amarillo. En het kon dus ook niet bedoeld zijn voor haar toekomstige kinderen. Wat had het te betekenen?

De hor van de achterdeur sloeg dicht en Sadie sprong op.

'Ik zag je komen aanrijden,' zei Clara Anne terwijl ze de keuken binnenkwam. 'Als je honger hebt, kan ik wel iets uit het kookhuis halen.'

Ze schudde haar hoofd. 'Clara Anne, jij was er toch bij toen het testament van papa werd voorgelezen?'

'Zeker weten. Wat een droevige dag.'

'Herinner jij je dit?'

'Wat, liefje?' Clara Anne boog over het document en haar kapsel zakte een stukje opzij. Ze schudde haar hoofd. 'Wat is dat?'

'Ik weet het niet zeker, maar waarom zou mijn papa een trustfonds oprichten voor een niet nader genoemde begunstigde die geboren is in New Mexico op tien juni 1985?'

Ze trok haar neus en wenkbrauwen op. 'Staat dat er?'

'Volgens mij wel. Heb jij gehoord dat de notaris dit heeft voorgelezen die dag?'

'Nee, maar dat zegt niks. Ik was die dag zo emotioneel stabiel als een brug van luciferhoutjes.' Ze kwam overeind. 'Tien juni 1985,' peinsde ze, en ze klikte met haar tong tegen haar tanden. 'Ik vraag me af of het iets te maken heeft met Marisol. Die vertrok zo gehaast.'

Sadie zette de cola op tafel. 'Wie?'

'Vraag dat maar aan meneer Koonz.' Clara Anne beet op haar lippen.

'Zal ik doen. Wie is Marisol?'

'Dat is niet aan mij om te zeggen.'

'Dat heb je al gedaan. Wie is Marisol?'

'De nanny die je papa inhuurde vlak nadat je mama was overleden.'

'Had ik een nanny?'

'Een paar maanden, en toen vertrok ze weer. De ene dag was ze er nog en toen niet meer.' Clara Anne vouwde haar armen over haar buik. 'Ongeveer een jaar later kwam ze terug met een baby. Wij hebben nooit willen geloven dat die baby van je vader was.'

'Wat?' Sadie stond al voor ze besefte dat ze was opgesprongen. 'Welke baby?'

'Een meisje. Het dekentje was in elk geval roze. Als ik het me goed herinner.'

'Heb ik een zus?' Dit was bizar. 'En dat hoor ik nu pas?'

'Als je een zus had, zou je vader het je hebben verteld.'

Ze wreef over haar gezicht met haar handen. Misschien. Misschien ook niet.

'En denk je niet dat iedereen in de stad erover zou hebben gepraat?' Clara Anne schudde haar hoofd en liet haar armen vallen. 'Ze zouden het er nu nog steeds over hebben bij de Wild Coyote Diner.'

Dat was helemaal waar. Als Clive Hollowell een onwettig kind had, zou dat de roddel van de eeuw zijn aan elke eettafel in de stad. Ze zou er intussen vast iets over gehoord hebben.

'Aan de andere kant waren ik en Carolynn er als enigen bij toen Marisol die dag langskwam. En wij hebben het er nooit met een mens over gehad.'

Hoofdstuk achttien

De Road Kill-bar was in tien jaar weinig veranderd. Countrymuziek klonk uit dezelfde Wurlitzer-jukebox, oude verkeersborden en opgezette beesten sierden nog steeds de muren en modebewuste bezoekers konden er riemen kopen van ratelslangenhuid en handtasjes van gelooide gordeldieren, die te koop lagen in een vitrinekast achter de mahoniehouten bar. De eigenaar van Road Kill zette in zijn vrije tijd dieren op. Er werd beweerd dat Velma Patterson, de ziel, hem had ingehuurd om haar arme keffertje Hector op te laten zetten, dat het slachtoffer was geworden van een of andere maniakale automobilist.

Sadie zat aan een tafeltje achter in de hoek, onder een opgezette coyote die met zijn kop omhoog naar het plafond jankte. Tegenover haar weerkaatsten de gedempte barlichten de getoupeerde rode lokken van Deeann terwijl ze samen een paar margarita's achteroversloegen. Deeann had haar gebeld en Sadie overgehaald om naar de bar te komen. Niet dat ze daar erg veel moeite voor had moeten doen. Sadie had niet veel anders omhanden en een hoop aan haar hoofd. Ze had die ochtend een afspraak gehad met notaris Koonz en had ontdekt dat haar papa de 'niet nader genoemde begunstigde' 27 jaar lang financieel had ondersteund. Nergens werd bevestigd dat hij de vader zou kunnen zijn. Zijn naam werd zelfs niet genoemd op de bankrekening die was geopend in Las Cruces. Dat had de notaris in elk geval gezegd, maar Sadie had moeite hem te geloven.

'Ik probeer altijd uit te gaan op de weekenden dat mijn ex de jongens heeft,' zei Deeann terwijl ze aan haar drankje nipte.

Sadie dronk dat van haar met ijs omdat ze dan helderder hoopte te blijven. Voor haar avondje uit naar Road Kill droeg ze een eenvoudige witte zomerjurk, een blauw vestje en haar laarzen. Hoe vaker ze haar laarzen droeg, hoe meer ze wist waarom ze er zo dol op was. Ze waren zo lekker ingelopen; ze zaten weer als gegoten.

'Het huis is te stil zonder de jongens.'

Sadie wist wel het een en ander over stille huizen. Zodra de zusjes Parton 's avonds vertrokken, werd het huis te stil. Zo stil dat ze de paarden van haar papa buiten kon horen. Zo stil dat ze wachtte op het gerinkel van een telefoon die nooit ging, het gepiep van een sms die niet binnenkwam en het geluid van een pick-up die nooit kwam voorrijden.

'We hebben eigenlijk niet meer gepraat sinds voor je vader overleed.' Deeann nam een slok. 'Hoe gaat het met je?'

'Druk.' Dat vond ze het prettigst. Druk zodat ze geen tijd had om te zitten nadenken over dat ze haar vader kwijt was. En Vince. Al was Vince natuurlijk nooit echt van haar geweest en kon ze hem dus ook niet kwijtraken.

'Ik reed laatst langs de Gas and Go en zag dat alles nieuw was. Wanneer gaat Vince ook alweer open?'

Sadie had de nieuwe borden gezien en ook de pick-up van Vince die aan de zijkant geparkeerd stond toen ze die ochtend naar de notaris in Amarillo was gereden. Haar hart was tegelijkertijd sneller gaan kloppen en stil blijven staan. Een pijnlijk gebonk en een doffe bons. Pijn die in haar oogbollen prikte, en ze deed heel, heel erg haar best om hem te haten. 'Ik weet niet wanneer hij de Gas and Go heropent.'

'Hebben jullie niet iets samen?'

Samen? 'Nee, we hebben niets. Hij mag met iedereen afspreken.' Ze nam een slok en slikte om de pijn in haar borst niet te voelen. 'Jij mag hem best mee uit vragen.' Al zou ze Deeann moeten waarschuwen dat Vince zich zou gaan vervelen en een ander zou gaan zoeken. Misschien wel op de ergste dag van haar leven. De dag dat ze haar papa had begraven en de nacho's van zijn tante had moeten aannemen. Eikel.

Deeann schudde haar hoofd en haar wenkbrauwen fronsten boven haar bruine ogen. 'Ik wil nooit iets met een ex van een vriendin. Vince is een knappe vent, maar dat is gewoon verkeerd. Het is tegen de regels. De meisjescode.'

Sadie wist dat er een reden was dat ze Deeann zo aardig vond.

'Hoewel...' Deeann roerde in haar drankje. 'Ik heb ooit wel wat gehad met het vroegere vriendje van Jane Young.' Ze hield een hand aan de zijkant van haar mond. 'Maar die wedt op meerdere paarden tegelijk, als je begrijpt wat ik bedoel.'

Sadie leunde voorover. Het was al zo lang geleden dat ze met vriendinnen had zitten kletsen dat ze was vergeten hoe ze het miste. En ja, ook roddelen. Zolang het maar ging over iemand die ze niet mocht. 'Jane neemt het ervan?' Normaal zou ze dat niemand kwalijk nemen, maar Jane had een zwarte ziel.

'Reken maar.' Deeann liet haar hand op tafel vallen. 'En ze had een tijdje iets met mijn ex Ricky.'

Sadie hapte naar adem. Deeann was al heel lang bevriend met de zusjes Young. 'Dat is tegen de regels.'

'Ze denkt dat ik het niet weet.' Deeann haalde haar schouders op en speelde met haar zilveren ketting. 'Als ze geen sieraden van me zou kopen, zou ik haar negeren.'

Ah, Deeann liet de vriendinnencode een goede zakelijke deal niet in de weg staan. Keurig.

'Haar vorige vriend was veel beter in bed dan Ricky. Het is

nog een wonder dat ik twee kinderen van die man heb gekregen.'

Sadie lachte en ze bestelden nog een rondje. Ze dronk ervan terwijl de bar volliep met mensen die ze al haar hele leven kende. Ze speelde pool in de achterkamer met Cain Stokes en Cordell Parton en wist van beiden te verliezen. Ze vermaakte zich prima, maar rond elf uur wilde ze wel eens naar huis. De veearts zou de volgende ochtend komen om naar Maribell te kijken en haar een inenting te geven tegen miskramen. Tyrus kon heel goed voor de merrie zorgen, maar Maribell werd ook een dagje ouder en dit zou haar laatste veulen zijn. Het laatste veulen van haar vader, en Sadie wilde graag de bevestiging van een deskundige dat alles goed ging.

Ze zette haar keu weg en liep naar de andere zaal om Deeann te zoeken.

'Ik was net naar je op weg,' zei Deeann in het midden van de bar. 'Vince is hier.'

Sadie keek over het hoge kapsel van Deeann naar de strak omlijnde spieren in een T-shirt die achter haar stonden. Hij droeg zijn gebruikelijke bruine shirt met cargobroek, en haar hart kromp ineen van de aanblik. Ze liet haar blik omhoog glijden langs zijn brede nek en kin tot aan zijn groene ogen die haar aankeken.

'Wil je gaan?' vroeg Deeann.

'Nee.' Ze schudde haar hoofd, ook al was ze van plan geweest te vertrekken. In een stad zo groot als Lovett was het onvermijdelijk dat ze elkaar tegenkwamen. Ze kon het maar beter achter de rug hebben. Hij liep naar haar toe en ze dwong zichzelf helemaal stil te staan. Ze mocht niet wegrennen of naar hem gaan meppen of haar armen om zijn brede borst slaan.

Hij hield zijn hoofd een beetje scheef en keek haar aan. 'Hoe gaat het, Sadie?' zei hij boven het rumoer uit.

Het geluid van zijn stem ging over haar heen en trok aan haar inwendige. 'Het gaat wel.'

Hij sloeg zijn armen over elkaar. 'Blijf je in Lovett?'

'Voorlopig.' Kletspraat. Met Vince? Het lukte haar niet. Niet zonder te gaan huilen.

'Dit is mijn maat Blake.' Hij gebaarde naar de man achter hem. 'Hij helpt me met de toonbanken van de Gas and Go.'

Sadie draaide zich om naar de man die ze nog niet eerder had gezien en vroeg zich af waarom. Hij was lang en blond en duidelijk een militair. Ze stak haar hand uit. 'Aangenaam kennis te maken, Blake.'

Blake grijnsde en nam haar hand. 'Het genoegen is geheel aan mij, schat.'

Vince stak zijn arm uit en legde een hand op de borst van zijn vriend. Ze keken elkaar even aan en Blake draaide zich om naar Deeann. 'Ik ben dol op roodharige vrouwen. Hoe heet je, schoonheid?'

Sadie probeerde niet met haar ogen te rollen maar Deeann slikte het als zoete koek. Ze kenden amper elkaars naam voor ze al naar achteren gingen om pool te spelen.

'Wil je wat drinken?'

Hij stond zo dichtbij dat haar hart bonsde in haar keel en borst. 'Ik was net op weg naar huis.'

Zijn blik dwaalde omlaag naar haar lippen. Zoals hij naar haar keek als ze sprak. 'Ik loop wel even mee.'

'Hoeft niet.'

Hij legde zijn hand op haar onderrug en ze stond het toe. Alsof het niets was. Alsof hij haar hart niet in duizend stukjes had gebroken. Alsof ze van zijn aanraking niet in hem weg wilde kruipen. Alsof de pijn niet zo immens was dat ze zich afvroeg waarom ze er niet van stierf.

'Hoe gaat het op de JH?'

Alsof de aanraking van zijn hand en de geur van zijn huid haar niet in verwarring brachten en haar zintuigen verwarden. 'Ik heb misschien een zus,' flapte ze eruit toen ze de koele meiavond in stapten. Dat had ze tegen niemand willen zeggen.

Zeker niet tegen Vince. Ze waren geen vrienden meer. Haar zaken gingen hem geen barst aan. Hij hoefde niets te weten, maar ze kende hem goed genoeg om te weten dat hij het niet zou doorvertellen. Dat hoefde ze niet te vragen.

'Wat?'

'Niets. Laat maar. Vergeet het.' Eenmaal buiten stapte ze bij hem vandaan en viel zijn hand langs zijn lichaam. 'Misschien is het niet eens waar en ik zou trouwens niet weten hoe ik haar moest vinden als het wel waar was.'

Ze liepen onder de sterren die de donkere Texaanse lucht bezaaiden, maar Vince kon er geen rust in vinden. Vredigheid gaf hem geen rust. Hij had niet geweten dat Sadie in Road Kill zou zijn. Had niet geweten hoe hij zich zou voelen wanneer hij haar voor het eerst weer zag. Had niet geweten dat het voelde alsof de wereld onder zijn voeten instortte en tegelijk compleet tot stilstand kwam. Had niet geweten dat zijn longen zouden branden bij elke poging tot ademhaling.

'Daar staat mijn auto.' Ze wees naar links en het gekraak van het grint onder de hakken van haar laarzen vulde de stilte tussen hen. De laatste keer dat hij haar in die laarzen had gezien, was hij diep in haar doorgedrongen, tegen de koelkast. Was hij in haar verloren geweest, zonder na te denken over het einde. Zonder over iets te denken, behalve dan hoe fijn het was om bij haar te zijn. 'Je kunt wel weer naar binnen,' zei ze.

Hij kon niet naar binnen. Niet nu. Ze bleven bij de deur aan de bestuurderskant staan en hij wilde haar aanraken. Ze deed een stap naar achteren en opnieuw viel zijn hand langs zijn zij. 'Ik heb je nooit willen kwetsen, Sadie,' zei hij.

Ze keek omlaag naar de neuzen van haar laarzen. 'Ik wist dat je je zou gaan vervelen en een ander zou zoeken.'

'Ik verveelde me niet.' Hij beging niet weer de fout om haar aan te raken en balde zijn handen tot een vuist. 'Ik heb me nooit verveeld.'

Ze schudde haar hoofd en de maan scheen op haar lichte haar en de zijkant van haar gezicht. 'Het geeft niet.'

'Het geeft wel.'

'Waarom heb je me dan behandeld alsof ik er niet toe deed?' Ze keek hem aan en legde een hand op haar borst. 'Alsof ik niets voorstelde?'

Omdat ze hem op zijn slechtst had gezien. Omdat hij het afschuwelijk vond dat hij nachtmerries had als een klein kind en dat ze dat nu wist. Omdat hij zich lager voelde dan niets. '*Jij* hebt nooit niets voorgesteld.'

'Ik heb altijd geweten dat je genoeg van me zou krijgen. Ik heb altijd geweten dat er een einde aan zou komen, maar moest je nou echt mijn hart breken op de dag dat ik mijn vader begroef?'

'Het spijt me.'

'Had je niet kunnen wachten? Op zijn minst een dag?'

Hij had het helemaal niet willen beëindigen. Hij zou er alles voor geven om die nacht over te kunnen doen. Om de hele nacht wakker te blijven en niet in slaap te vallen. Wakker te blijven en naar haar te kijken terwijl ze sliep. 'Het spijt me, Sadie, sorry.'

Het maanlicht weerkaatste op haar voorhoofd toen ze haar wenkbrauwen fronste. 'Sorry? Mensen die op mijn tenen gaan staan, zeggen sorry. Jij danst op mijn hart en dat is het enige wat je kunt zeggen? "Sorry, het spijt me"?'

'Ja.' Het speet hem vooral dat hij vlak naast haar stond en haar niet kon aanraken. Dat hij niet met haar kon praten over alle dingen die hij had gedaan bij de Gas and Go en dat hij niet kon luisteren naar wat zij te vertellen had over de dingen in haar leven.

Ze bewoog voor hij het in de gaten had. Ze legde haar handen op zijn borst en duwde hard. 'Sorry?' Ze was zo kwaad dat hij werkelijk een stukje naar achteren stapte. 'Je denkt zeker dat dat alles weer goedmaakt?'

'Nee.' Hij legde zijn hand op de hare. 'Niets is nog goed.' Hij liet zijn handpalm over de zijkant van haar hoofd glijden en bracht zijn gezicht op dezelfde hoogte als dat van haar. 'Ik wil je,' fluisterde hij. 'Ik heb nog nooit iets zo erg gewild als ik jou wil.'

'Vince.' Zijn naam op haar lippen streelde de zijne en bracht hem van slag. Het brak hem. Hij kuste haar. Verslond haar met een hete honger waarvan hij niet eens wist dat hij die in zich had. Het verzengde hem met een razend vuur van oerdriften en verlangens. Losbarstend en onbeheerst. Wild en zonder controle. Zijn handen waren overal. Streelden haar, trokken haar tegen hem aan, terwijl hij haar verslond met zijn mond. Hij wilde haar bij zich hebben, haar opeten, en haar nooit meer laten gaan.

'Vince!' Ze duwde hem weg en deed een paar passen naar achteren. 'Hou op.' Ze bracht de achterkant van haar hand naar haar mond. 'Ik wil niet dat je me nog meer kwetst.'

Zijn longen deden pijn bij het ademhalen, hij hapte naar lucht. 'Ik wil je niet kwetsen.'

'Maar dat ga je wel doen.' Ze deed de deur van de Saab open, maar ging nergens heen. Ze was van hem. Hij kon haar van gedachten laten veranderen.

Hij greep de bovenkant van het portier. 'Je zei dat je van me hield.' Hij wilde dat ze van hem hield. Wilde het meer dan hij iets ooit had gewild in zijn leven.

'Daar kom ik wel overheen.' Onder het licht van de maan liep een traan over haar bleke wang. Het was alsof hij een stomp in zijn maag kreeg en hij liet zijn hand weer omlaag vallen. 'Blijf bij me weg zodat ik niet meer van je ga houden. Blijf weg zodat ik niets meer voor je hoef te voelen.'

Sadie huilde nooit. Niet op de dag dat haar vader was gestorven, niet op de dag dat ze hem had begraven. Vince keek haar achterlichten na, verdoofd en gebroken. Hulpeloos. Net als toen hij had geprobeerd om Pete te redden.

De vuurzee die in hem woedde, keerde zich naar buiten. Echte woede. Het soort woede dat hij had gevoeld tijdens de dagen nadat Pete was gestorven. Toen hij had gevochten om zijn gehoor terug te krijgen en later toen hij was weggegaan bij de eenheid waar hij zo van hield. En de woede die hij had gevoeld toen hij een bar vol motorrijders te lijf was gegaan.

Hoofdstuk negentien

Sadie schikte de kussens op haar bed en deed een stap naar achteren om haar werk te bekijken. Misschien moest er nog wat paars bij. Bij haar volgende bezoek aan Amarillo zou ze eens een kijkje nemen bij een woonwinkel.

Ze keek met een mengeling van verdriet en vredigheid rond in de grote slaapkamer. Ze had er háár kamer van gemaakt, met haar witte slaapkamermeubilair en haar grote witte vloerkleed, en ze voelde zich er thuis. Op haar gemak. Captain Church Hill hing nog steeds boven de stenen schoorsteenmantel en de trouwfoto van haar ouders stond erop, maar verder was alles weggehaald en naar zolder gebracht. Alles behalve de zilveren kam en borstel waarvan ze wist dat haar vader die aan haar moeder had gegeven op hun huwelijksnacht. Ze had het setje gevonden in de sokkenla van haar vader, samengebonden met een oude veterdas, en ze had besloten het op haar eigen dressoir te leggen.

De veearts was langs geweest en had Maribell nagekeken. Hij en Tyrus hadden een echo gemaakt van de foetus en ontdekt dat de merrie in de herfst een kleine hengst zou baren. Ergens in de hemel danste haar vader een blij dansje. Waarschijnlijk met haar moeder.

Sadie liep de kamer uit en over de gang met alle portretten. Ze wist nog altijd niet goed wat ze ermee moest doen. Ze liep de trap af naar het kantoor van haar vader en ging achter het oude bureau van hout en leer zitten. Dat bureau moest ook nog weg. De stoel, bekleed met leer en Navajo-stof, zat lekker en mocht misschien blijven. Ze deed haar laptop open en typte 'verloren familie vinden' in de zoekmachine. Ze moest iets interessants bedenken om haar dagen te vullen. Om de leegte te vullen. Ze kon niet langer Vince bellen om haar te redden en het terugvinden van een verloren zus – als het al haar zus was – leek een goede oplossing. Als Sadie er haar hele leven niets over had gehoord, wat wist die zus dan? En als ze inderdaad een zus had, wat was dat dan voor iemand?

Haar vinden was een sprong in het diepe. Ze wist niet hoe ze iemand moest vinden die al heel lang verdwenen was. Ze had de naam van de moeder, de geboortedatum, en het ziekenhuis. Plus de informatie uit het trustfonds dat haar vader had opgezet en een bankrekeningnummer, maar ze wist niet wat ze met die informatie moest. Ze wist ook niet aan wie ze die informatie kon toevertrouwen. Het was niet iets wat ze aan de grote klok wilde hangen. Nog niet althans. De enige die ze het had verteld, was Vince, en dat was helemaal per ongeluk gegaan.

Ze keek op van het computerscherm. Het was moeilijk geweest om Vince weer te zien. Alleen al van hem zien begon haar hart opnieuw te bloeden voor hem. Toen had hij haar gekust met meer passie en verlangen dan ze ooit van hem had gevoeld. Hij had meer verlangen in die kus gestopt dan in alle eerdere kussen samen. Dat was vast omdat hij nog geen vervanging had gevonden, en het zou makkelijk zijn geweest om hem terug te zoenen. Om toe te staan dat hij haar aanraakte en met hem mee te gaan en te vrijen. Hij wilde haar. Dat had hij zelf gezegd, maar hij hield niet van haar. En ze was klaar met mannen die niet van haar konden houden zoals ze dat verdiende. De dood van haar vader had haar in elk geval geleerd dat ze niet moest gaan zitten wachten op een grote liefdesverklaring, want die konden of wilden sommige mannen nou eenmaal niet geven.

De deurbel ging en ze wachtte tot Clara Anne opendeed. Toen hij opnieuw klonk, stond ze op en liep naar de voordeur. Ze trok een van de twee grote deuren open en daar stond Vince. Zijn gebruikelijke uniform van T-shirt met cargobroek was verdwenen. In plaats daarvan droeg hij een wit overhemd en een kaki broek, net als op de bruiloft van Tally Lynn. Er ontbrak alleen nog een stropdas. Hij was lang en sterk en zag er zo goed uit dat haar maag in de knoop raakte.

Hij staarde haar aan met die groene ogen van hem, die haar in één keer leken op te nemen. Haar overal leken aan te raken. 'Sadie,' zei hij alleen maar.

Na een paar ellenlange seconden vroeg ze: 'Waarom ben je hier?'

'Ik heb een naam voor je.'

'Van wie?'

'Iemand die kan uitvinden of je een zus hebt.' Hij gaf haar een strookje papier dat hij had dubbelgevouwen. 'Hij kan veel of weinig doen, net wat je wilt.'

'Bedankt.' Ze nam het papiertje aan en stopte het in de kontzak van haar jeans. 'Je had niet helemaal hierheen hoeven te rijden om me dit te geven. Dat had je me ook kunnen sms'en.'

'Ik heb nog meer.'

'Wat?'

'Laat me binnen.' Hij schraapte zijn keel. 'Alsjeblieft.'

Meer? Hoe kon hij meer weten? Ze had hem niets extra's verteld. Ze stapte opzij en hij liep langs haar door de deuropening. Ze draaide zich om en leunde tegen de gesloten deur.

'Gisteravond nadat je was vertrokken, wilde ik dingen verrot slaan. Ik voelde me ellendig en ik wilde dat iemand anders zich net zo beroerd zou voelen als ik deed. Vroeger zou ik het ook hebben gedaan.'

Sadie keek naar zijn handen en vervolgens naar zijn geschoren gezicht. 'Maar je deed het niet.'

Hij schudde zijn hoofd en een scheve glimlach vertrok zijn lippen. 'Als ik met een blauw oog kom opdagen op het huwelijk van mijn zus, slaat ze míj in elkaar.' Hij zweeg en zijn glimlach verdween. 'Maar ik deed het vooral niet omdat ik niet wil dat je denkt dat ik het soort man ben dat zich niet kan beheersen. Voor het eerst in mijn leven kan het me schelen wat een vrouw over me denkt. Het kan me schelen wat jij van me denkt.'

Haar hart kromp een beetje ineen en ze deed haar best om zijn woorden niet meer betekenis te geven. Dat het hem kon schelen wat iemand dacht was niet hetzelfde als liefde.

'Toen ik je gisteren zag, dacht ik dat we gewoon weer terug konden gaan naar hoe het was. Dat we verder konden gaan waar we waren opgehouden.'

'Dat gaat niet.'

'Dat weet ik. Het was nooit de bedoeling dat je meer zou zijn dan een avontuurtje voor één nacht.'

'Dat weet ik.' Ze keek naar de vloer onder haar voeten. Het was nooit haar bedoeling geweest dat hij iets anders was dan een vriend met voordelen. Maar het vrienddeel was liefde geworden.

'Maar één nacht werden er twee en drie werden een week en een week werd twee weken. Twee weken werden twee maanden. Ik ben nog nooit zo lang met een vrouw geweest als met jou.'

Ze keek op. 'Dus eigenlijk zou ik me gevleid moeten voelen dat ik je toen pas ging vervelen.'

'Ik heb je gisteren al gezegd dat je me niet verveelde. Ik was er nog niet klaar voor dat het ophield.'

'Dus waarom hield het dan toch op?'

Hij vouwde zijn armen voor zijn borst. 'Omdat je me die nacht zag. Ik wilde niet dat je me zo zag. Afgezien van een marinearts weet niemand van de dromen en ik wilde dat ook zo houden. Zeker tegenover jou.' Hij schudde zijn hoofd. 'Juist tegenover jou.'

Ze duwde zich af van de deur. 'Waarom?'

'Omdat ik een man ben.' Hij haalde zijn schouders op en liet zijn handen langs zijn lichaam vallen. 'Omdat ik alles aan moet kunnen. Omdat ik een Navy SEAL ben... Omdat ik een vechter ben en geen last heb van posttraumatische stress. Ik hoor niet bang te zijn voor een suffe droom.'

'Het is geen suffe droom.'

Hij keek over haar schouder naar een vaas met gele rozen die Clara Anne had geplukt in de tuin. Hij deed zijn mond open en sloot hem toen weer.

'Hoelang heb je ze al?'

'Sinds Pete stierf. Hij komt en gaat al zo'n zes jaar.'

'Je maat, Pete Wilson?'

'Ja.'

'Wat is er met Pete gebeurd?'

Hij keek haar aan, maar opnieuw leek het alsof hij iets achter haar zag wat zij niet kon zien. En net als de vorige keer brak het haar al gebroken hart. 'Ik had het moeten zijn. Niet hij. We zaten vast, lagen zwaar onder vuur, de kogels sloegen in bomen en stenen, ze kwamen van alle kanten. Pete schoot maar door, op alles en nog wat, met één hand, terwijl hij met zijn andere hand om luchtondersteuning vroeg via de mobilofoon. We waren omsingeld, en de mariniers onder ons schoten recht omhoog naar de taliban. Maar er waren er zoveel. Honderden. We konden ons niet terugtrekken van die kloteberg. Te veel terroristen. Er zat niets anders op dan steeds maar weer nieuwe magazijnen te laden en te hopen dat de luchtaanval op tijd kwam en we gered zouden worden.'

Ze voelde de aandrang om haar hand op zijn wang te leggen en hem recht aan te kijken. Maar ze deed het niet. Ze hield van hem maar ze kon hem niet aanraken. 'Ik ben blij dat je die dag niet bent gestorven.'

Hij keek weer naar links. 'Pete werd geraakt door drie kogels. Een in zijn linkerbeen en twee in de borst. Ik werd niet geraakt.

Althans niet door kogels van de taliban. De bommenwerpers en aanvalshelikopters kwamen eraan en schoten de hele bergspleet aan flarden tot al die talibanstrijders het loodje hadden gelegd. Toen de reddingshelikopters eindelijk aan kwamen vliegen vanuit het zuiden, was Pete al weg. Ik was doof en kotste mijn ingewanden naar buiten, maar ik leefde nog.'

Sadie stak een hand op. 'Wacht even. Was je doof?'

'Ik had een hersenschudding door de luchtaanval.' Hij haalde zijn schouders op alsof het niets was. 'Ik heb mijn gehoor weer bijna terug, al hoor ik links maar met zestig procent.'

Dat verklaarde waarom hij haar aankeek als ze sprak. Ze had gedacht dat hij graag naar haar lippen keek.

'Ik heb nog nooit iemand verteld over Pete, maar jij hebt me op mijn slechtste moment gezien. Ik vond dat je dat moest weten. Ik ben vandaag gekomen om je te vertellen waarom ik deed wat ik deed nadat je me zo zielig had gezien en... nou ja, nadat je me daar in het hoekje had gezien.'

Hij was haar geen uitleg verschuldigd. 'Je was niet zielig.'

'Een vrouw hoort zich veilig te voelen bij een man. Ze mag hem niet in een hoekje vinden, schreeuwend naar schaduwen.'

'Ik heb me altijd veilig gevoeld bij jou. Zelfs toen.'

Hij schudde zijn hoofd. 'Een man hoort voor een vrouw te zorgen. Niet andersom. Je hebt me op mijn slechtste moment gezien en dat spijt me. Ik heb spijt van een hoop dingen, maar vooral dat ik je die avond gewoon heb laten gaan. Ik denk dat ik hoopte dat je het zou vergeten.'

'Ben je daarom helemaal hierheen gekomen?' Hij had kunnen weten dat ze niet roddelde. Nou ja, behalve dan over Janes promiscuïteit. 'Ik zou het nooit hebben verteld.' En wat het gedumpt worden voor de voordeur betrof, daar zou ze waarschijnlijk ook over zwijgen.

'Ik ben niet bang dat je het tegen mensen zult zeggen. En dat is niet de enige reden dat ik hier ben. Er is nog iets.'

Nog meer? Ze wist niet hoeveel meer ze nog aankon voor ze

weer instortte. Zoals gisteravond, toen ze de hele weg naar huis had gejankt. Ze was erg blij dat niemand haar had gezien.

'Het spijt me dat ik je gisteren aan het huilen heb gebracht.'

Verdomme. Het was donker geweest en er was één enkele traan ontsnapt. Ze wilde dat hij het niet had gezien. Ze wilde dat ze het binnen had kunnen houden.

'Ik wil nooit meer de reden zijn dat je huilt.'

De enige manier waarop dat ging gebeuren was als hij wegging en haar tijd gaf om haar gewonde hart te laten genezen. Ze deed een stap naar achteren en pakte de deurknop achter zich. Haar ogen prikten en als hij niet snel wegging, zou hij haar weer zien huilen. 'Is dat alles?'

'Er is nog iets wat ik je wil vertellen.'

Ze sloeg haar blik neer tot aan het derde knoopje van zijn overhemd. 'Wat?' Ze wist niet wat hij nog meer zou kunnen zeggen. Afgezien van vaarwel.

Hij haalde diep adem en liet het gewoon komen. 'Ik hou van je.'

Ze keek hem aan, en een eenzaam 'Wat?' ontsnapte aan haar lippen.

'Ik ben zesendertig en voor het eerst van mijn leven ben ik verliefd. Ik weet niet wat dat over mij zegt. Misschien dat ik mijn hele leven op je heb gewacht.'

Haar mond viel open en ze hapte naar adem. Ze voelde zich helemaal licht in haar hoofd, alsof ze ging flauwvallen. 'Vince. Zei je nou dat je van me houdt?'

'Ja, en ik vind het doodeng.' Hij slikte. 'Zeg alsjeblieft niet bedankt.'

Ze beet op haar lip om niet te glimlachen of te huilen of allebei. 'Meende je het toen je zei dat je van me hield?'

Ze knikte. 'Ik hou van je, Vince. Ik dacht dat je gewoon een vriend met voordelen was. Maar toen werd je een echte vriend en nam je Cheetos en cola light voor me mee. En ik werd verliefd.'

'Cheetos?' Hij fronste. 'Was er niet meer voor nodig?'

Nee, er was veel meer geweest. 'Je was mijn redder in nood, Vince Haven.' Ze deed een stap in zijn richting en hield haar hoofd naar achteren zodat ze hem in zijn ogen kon kijken. Telkens als ze hem nodig had gehad, was hij er geweest.

'Ik zal altijd je redder zijn.'

'En ik de jouwe.'

Een van zijn mondhoeken kwam omhoog. 'Waar moet jij mij van redden?'

'Van jezelf. Van zevenendertig worden zonder mij.'

Hij legde zijn handen op de zijkanten van haar gezicht. 'Ik hou van je, Mercedes Jo Hollowell. Ik wil geen dag langer zonder je leven.' Hij veegde met zijn duim over haar wang en onderlip. 'Die schoft van een Sam Leclaire zei iets. Iets over dat het niet uitmaakte waar iemand woont. Dat het erom gaat met wie je woont.' Hij kuste haar en voegde eraan toe: 'God, wat vind ik het vreselijk als die vent gelijk heeft.'

Sadie grinnikte en greep naar de hand van Vince. Soms was een anker meer dan een plek, soms was een anker een persoon. De JH was haar thuis. Vince was haar anker. 'Kom mee.'

'Waarheen?'

'Ergens waar het rustig is. Ergens waar jij me kunt redden uit deze strakke broek en ik je red uit die niet-militaire broek.'

'Hooyah.'